JN084497

雪狐

～氷の王子は番の黒豹騎士に溺愛される～

登場人物紹介
キラトリヒ
ルナエルフィンの番。
黒豹の獣人で、国最強の騎士と言われている。
初めて会った時にルナを番とは気づかず
つらく当たってしまったことを後悔し、
いつもルナエルフィンの傍で見守ることにした。
ルナエルフィン
異世界に狐の獣人として転生した元日本人。
生まれたばかりの時期に親に捨てられ人間に虐待を受けた。
そのせいで、出会ったばかりの番に蔑まれ、
トラウマになっている。

アタメント
ルナエルフィンの
友人である猫の獣人。
ギバセシス
ルナエルフィンの義兄。
獅子の獣人で、
少々傲慢な性格をしている。
ハヴェライト
ルナエルフィンの義兄。
ギバセシスとは双子だが、
彼と違い大人しい。
ミカルレイン
エルフの国の王子。
白狐であるルナエルフィンに惹かれ、
彼に付き従ってお世話をしている。
クレセシアン
ルナエルフィンの義兄であり、
ギバセシスとハヴェライトの兄。
面倒見がよく、ルナエルフィンにも優しい。

雪狐
～氷の王子は番の黒豹に溺愛される～

プロローグ

真っ黒な子猫を庇(かば)って大型トラックに轢(ひ)かれるという派手な死に方をしたと思ったら、目が覚めると白いふわもこになっていた。

これが転生ってものだろうか。

どうやら俺は小さな獣に生まれ変わったらしい。

「――みゅー、みゅー」

発している言葉は、およそ日本語とは思えない。周囲に置いてある家具の大きさと比べて小さな体で顔を持ち上げると、知らない二人の人物が俺を上から覗き込んでいた。二人とも頭に茶色の耳があり、背後にはボワッとした尻尾(しっぽ)が見えている。

どうしてそんなに自然につけているんだ？　もしかして生えているんだろうか？

俺は困惑しながら二人を凝視(ぎょうし)する。しばらくして彼らが俺を気持ち悪いものを見るような目で見ていることに気付いた。

なんでそんな目で見るんだよ。そんな覚えは全くないけど……

それから二人は何かを話し出したが、俺にはその言葉が分からなかった。

どれほどの月日が経ったのか、閉じ込められて過ごしている俺には分からない。

二人が揃ってどこかへ出かける時だけは家の中を自由に動き回れるけど、それ以外は家の一番奥の部屋から出してもらえないのだ。

ご飯は多い日は一日に二回貰っている。多い日というのは、ない日もあるから。

二人がいない時は貰えないし、だいぶ間があく時もある。

それはともかく、俺はだいぶこの小さな体に慣れてきた。

俺が行けるところには鏡がないので全身を見たことはないが、自分でも綺麗な白い体毛だと思う。

（でも、お風呂に入れてもらえないなぁ。自分で頑張って毛繕いしているけど、それじゃあ限界があるし。心なしか少しずつ汚れてきている気がする……）

それに、あの二人は俺に話しかけない。

だから俺は、今でもこの世界の言葉を覚えられていなかった。

二人の会話にこっそり耳をすましてはいるけれど、それだけじゃ言葉を覚えられない。

俺はいつも与えられたタオルの上で、くるんとふわもこな尻尾を抱き締めるように丸まって眠りにつく。

そんな生活にだいぶ慣れてきたけれど、寂しいものは寂しかった。

それほど酷いことをされたわけじゃない。まだ全然大丈夫だ。そう自分に言い聞かせる日々だった。

そんなある日。俺は家の一番奥の部屋に閉じ込められていた。

その部屋の扉が突然、開かれる。

まだご飯の時間じゃないと思うけど……

俺が二人のいつもとは違う行動を怪しんでいると、続いて全然知らない男が一人、部屋の中に入ってきた。

身綺麗な格好をしていて金持ちそう。それが男に抱いた第一印象である。

言葉は分からないが、二人はその男におもねるような態度だった。男には耳も尻尾もついていないので、どうやら人間みたいである。

そしてその男は俺をジロジロと観察した後、ニヤリと汚く笑って二人に金色のコインのようなものを数枚手渡した。二人はとても嬉しそうに頭を下げる。

その様子を観察していると、急に男に首の後ろを掴まれて乱暴に持ち上げられた。

「きゃんっきゃんっ！」

痛くはないのだが、初対面の相手に乱暴に掴まれて嬉しい者など存在しないと思う。

放してほしくて暴れるが、小さな俺では男の手から逃れることなどできず、俺は男の手によって初めてこの家から外に連れ出されたのだった。

家の周りは木々が鬱蒼としている。そこに綺麗な馬車が一台停まっていた。多分、男はこれに乗ってきたのだろう。

薄々感じていたが、どうやらこの世界は文明が前世ほど発達していないようだ。

男は馬車の扉を開けて乗り込み、何ヶ所か穴があいた箱に俺を閉じ込めた。

息苦しくはないけど、外から鍵をかけられ絶対に逃がさないと言われているようで怖い。

「きゃんきゃんきゃん」

出してほしくて騒ぐと、男に大声で怒鳴られた。だからもう騒がないことにする。

馬車はしばらく走り続け、俺はあの森の中の家からかなり離れた場所に運ばれた。

できることは何もなく、ほとんどの時間を眠って過ごしたので、どのくらい移動してどれだけの時間が経ったのか、全然分からない。やっと箱から出してもらえたのは当然見知らぬ場所で、そこで俺は知らない人たちにお風呂に入れられた。

泡立ててごしごし洗われた俺の毛はとても綺麗になり、白というよりは輝きを帯（お）びた白銀になる。

そして初めて自分の姿を見ることが叶った。

なんと俺は狐（きつね）でした！

瞳の色は薄水色ではっきりいって凄（すご）く可愛い。

だけどそんな自分の姿を堪能（たんのう）する暇もなく、今度は綺麗にラッピングされた箱に入れられる。箱には上から丁寧にリボンが結ばれたようだ。

次に箱の蓋（ふた）が開いた時には、目の前にドレスを着た気の強そうな女が座っていた。

馬車とかドレスとか、なんだか中世のヨーロッパみたいな世界だ。

女は俺を一瞥（いちべつ）すると、男に金色のコインのようなものを渡す。

そのやり取りを見て、嫌でも分かってしまった。俺はあの耳と尻尾（しっぽ）のある二人に売られて、さらにこの貴族らしい女に売られたのだ。

女は俺のことをアクセサリーみたいに扱った。

売られた時に嵌（は）められた首輪は俺を従えるためのものらしく、反抗しようとすると首が絞め付けられる。

とはいえ、女はそこまで俺に興味がないようだし、俺の世話をしてくれる使用人は動物が好きみたいで優しくしてくれた。毎日三回食事を与えられてお風呂に入れてもらえるし、以前よりも良い暮らしをしている。

しかし、少しばかり贅沢（ぜいたく）だったそんな暮らしは、長く続かなかった。

女が俺に飽きたのだ。

いや、小さな動物を連れ歩くという貴族女の流行（はや）りが去ったのかもしれない。

そんなわけで、俺はまたもや商人に売られることになる。白銀の子狐（こぎつね）は人気があるらしく、すぐに買い手が現れた。

二番目に俺を買った男は、最低だった。

暴力を振るいながら高笑いするような人間だったのだ。

それだけではない。

毎日痛めつけられていても、獣型の俺はまだマシなほうだった。男は女でも男でも犯して壊す。

中には耳と尻尾が生えた子供もいて、俺はその子供が動物の姿に変化するのを見た。

ということは多分、いずれ俺も人間の姿になれるのだろう。

いつ、どんな条件で人間の姿になるのか、この世界の言葉すら理解していない俺には分からない。

男に抵抗する手段を持たない俺は、そんな日が来ないようにと、ただただ願う。

そんな日々の中、殴られ蹴られ血まみれになり、まともな食事すら与えられず、幼く小さかった俺は見る見るうちに衰弱した。

死んでしまうのではないか。

恐怖が支配する暗闇にいる俺は、世界を呪うことしかできない。

男は何の反応もしなくなった俺に飽き、俺はまた売られる。

ボロボロの俺を買い求めるのは男と同じような人種ばかりで、恐怖から抜け出すことは叶わない。

そうして何人もの人間にたらい回しにされ、最終的にはオークションに出品されることになったようだった。何の反応も示さない、言葉も話さず、毛で目立たないとはいえ傷だらけの俺を、好んで買う人間を見つけるのが難しくなってきたせいらしい。

俺はこの世界の言葉を少しずつ覚えていたものの、その頃には自分から言葉を発する気力はごっそりなくなっていた。

もうこんな生活は嫌だ。

せっかく貰った第二の人生だけど、いっそのこと自分の手で刈り取ってしまいたい。

けれど、それは俺の首に嵌められた忌々しい首輪が許してくれなかった。何かしようとすると、首輪がきつく絞まり、気絶してしまうのだ。

ならば早く誰かの手で終わらせてくれ。

どれほど酷(ひど)い扱いをしてもいいから、残りの気力と体力を奪い俺を殺してくれる、そんな人間に買ってもらいたい。

そう願った俺は、舞台に上げられスポットライトが当てられようとも丸く蹲(うずくま)ったまま顔を伏せて動かないでいた。

「顔を上げろ！　お客様に顔を見せるんだ！　鳴いてみろ！　媚(こ)びることもできないのか!?」

傍(そば)でオークションの司会を務める男がどれだけ喚(わめ)こうとも動かない。

その後、金貨十枚からオークションはスタートした。金額がどんどん上がっていく。

物好きな人間が沢山(たくさん)いるものだ。こんな愛想のない狐(きつね)にそんな大金を支払うなんて……

「五百」

そして、そろそろ決まりそうだなというところで、倍の額の金貨を提示する男が現れる。

どうやら俺は、あの男のもとへ行くらしかった。

1

「――陛下、獣人の子供が闇オークションに出品されるという情報を掴みました」

ある日。この獣人の国の宰相を務めているレイが、珍しく顔を顰めて報告した。

常時ニコニコ微笑んでいるレイがこんな顔をするのだから、余程その獣人の子供は状態が悪いのだろう。

「何時、何処でだ」

「アルーシャ王国で二週間後に」

「チッ、何処その貴族の仕業か」

「そのようです。アルーシャの国王は獣人好きですから、協力してくださるでしょう」

「獣人じゃなくて動物がだろ」

近隣諸国で獣人の人身売買が禁止になり、人間の我々に対する差別意識は薄くなりつつある。しかし禁止されたからといって、法を犯す組織がなくなるわけではない。どれだけ取り締まっても人身売買は細々と続けられ、獣人の女や子供はその標的になりやすかった。

それでも人身売買の禁止は、それが合法だった頃と比べれば大きな進歩だ。

獣人の国である、このヴィナシスシス王国が大国となったからこそ実現したことである。

周りの国が禁止しているからと、渋々足並みを揃えている国も少なくはないが……そこは警戒を怠らないようにしている。

「俺が行く」

「……陛下ご自身がですか？」

「獣人は皆、ヴィナシス国王である俺の民、俺の子供。みすみす人身売買を見逃したのは俺の責任でもあるし、迎えに行ってやりてぇ。それにお前の顔を見るに何かあるんだろ？」

いつもなら売られる前、他国の手に渡る前に見つけ出して助けるレイなのに、今回は既に薄汚い人間の手に渡ってしまっている。

「……出品される獣人は白い狐だという噂です」

「狐だと？　俺もほとんど会ったことのない獣人――それも白色とは、人間がどうやって……」

狐の獣人は大昔、迫害されていたことがあり、今では数を減らしヴィナシス王国内の森の奥に集落を作ってひっそりと暮らしている。

その上、獣人は白や黒の単色を持つ者が生まれにくい。黒一色の毛を持つ者もほとんどいない、白となると俺ですら見たことがない。

そんな貴重な存在なのに、人間はどうやってその白い狐を手に入れたのだろうか。

「まだ分かりません」

「狐の獣人の中で、白の体毛を持っている者の存在は？」

「大昔には確認されていますが、現在ではいないはずです……その白狐なんですが……捕まってすぐにオークションに出品されるわけではないらしいんです」

「……何？」

「何度か人間の間で売買され、今回に至ったと……。申し訳ありません、私の落ち度です」

「……いや、お前だけの落ち度ではない」

奴隷として扱われる獣人が人間からどんな扱いを受けるのかは、知っている。まだ人化もままならない子狐を性欲処理の相手にはしていないだろうが、暴力を振るっている可能性が高い。

俺たちは二週間後のオークションに向けて会議を重ね段取りを決めた。

大事にはしたくないので、俺とレイ以外に数人の護衛と使用人にのみ今回のことを伝える。

皆白狐のことを心配し、人間に対して憤りを感じているようだ。


そして二週間後。俺はレイと数人の護衛、使用人を連れてアルーシャ王国に旅立った。

仕事は優秀な補佐に丸投げする。詳しい事情は話していないが、あいつならなんとかしてくれるだろう。


会場に着くと、既に席が埋まるほどの客がいた。

俺たちは耳と尾を隠す魔道具を使用しているため、獣人だとは気付かれていない。

違法な方法で手に入れただろう商品が次々と舞台に上がり、高い金額で競り落とされていく。

「最悪だな」

「ええ、全くです。この雰囲気……、早く帰りたい」

会場を包み込む異様な空気を、俺の隣に座るレイも感じているようだ。

ここには腐った人間しかいない。ギラギラと目を輝かせ、違法な行為に興奮している異常な人間しか。

《お次の商品は獣人の子供です！　まだ人化する前の小狐でございます！》

舞台の上にいる男が声を拡張する魔道具を使用して、商品を売り込む。その声に合わせ、布で覆われた四角い箱が舞台に運び込まれた。

「……クソッタレ」

俺は周りの人間には聞こえないように、だが、ありったけの憎悪を込めて呟く。

布が取り払われて現れたのは檻。その中で従属の首輪を嵌められた小さな白い狐が丸まっていた。かなり弱っているようで、くったりと力なく横たわっている。司会進行の男が愛想良くさせようと小狐を怒鳴っているが、反応する気力もないのか動かない。

金貨十枚から始められた競りは、その金額が止まることなく上がっていく。

あっという間に金貨二百五十で決まろうとしていた。

「五百」

俺は狙いすましたように札を上げてその倍の値段を発し、しんと静まり返った会場をさっさと後にする。

今回の闇オークションを主催しているのは、数ヶ国を股に掛ける大きな犯罪組織。このオークションを一つ潰したところで解決には繋がらない。むしろ警戒を強め、尻尾を掴ませなくなるだろう。

だから、オークションに参加して小狐を手に入れたのだ。

俺が大金を叩いたことについて、レイも護衛の騎士も異を唱えることはなかった。

小狐を早く檻から出し、首輪を外してやりたい。

俺たちの思いはただそれだけだ。

会場の奥にある商品受け渡し部屋に案内された俺たちのもとに、小狐を閉じ込めた檻が運ばれてくる。大金を払う上客を逃したくないのか、身綺麗な格好をした商人が媚びを売ってくるが、その全てが嫌悪を増幅させた。

「今回はご参加いただき、ありがとうございます。よろしければ次回も――」

「さっさと檻を開けろ」

「ひっ、か、畏まりました！」

少し威圧すると、商人は顔を青くして素早く対応する。

俺はそいつが檻の鍵を開けたのを見計らい、すぐに小狐を抱き上げた。この薄汚い人間にこの子を触らせたくない。

「……ッ！」

抱き上げた白い小狐は、まるで重さを感じないほど軽かった。ガリガリに痩せ細り、肋や背骨が浮き出ている。それに体毛で隠れているが、全身傷だらけだ。

俺は金の受け渡しを使用人に命じ、レイと一緒にすぐ部屋を出た。

小狐はピクリとも動かないが、寝ているわけではなさそうだ。

俺が何をしようとも好きにさせているものの、こちらを警戒しているのが分かる。

「さっさと首輪を外せ。治癒魔法が使える奴はいるか？」

「申し訳ありません。首輪は随分前から嵌められているらしく、もはや鍵が何処にあるか分からないそうです」

金を払った使用人は子狐の首輪の鍵を要求したが、オークションの主催者は持っていなかったそうだ。

この子は一体いつから首輪を嵌められているのだろう。

「治癒魔法は使用人の中に使える者が一人います。……怪我をしているのですか？」

「ああ、全身傷だらけだ。宿に戻ったら治療させる。薬も用意させろ」

「畏まりました」

宿に残してきた使用人の中に、多少治癒魔法が使える者がいたようで安心した。

小狐は俺の腕の中で大人しく丸まっている。

その姿が見ていられないほど痛々しくて、俺はその体を優しく撫でることしかできなかった。

宿に戻った俺は、レイや護衛の騎士、使用人たちと全員で小狐の面倒を見た。

温いお湯と清潔な布で汚れた体を清める。

綺麗に洗った体毛は白というより白銀と表すほうが正しく、光を反射してキラキラと輝く。

治癒魔法を使える使用人が真剣に治癒を続け、他の使用人が薬を混ぜた温かいスープを与える。

俺とレイはその様子を見守った。騎士たちも、小狐を心配している。

皆で様子を見守っていると、小狐もこちらが危害を加える気がないと分かってくれたのだろう。

「……きゅーん……」

弱々しく鳴き、閉じていた瞼を開いた。

覗いた瞳は綺麗なアイスブルー。

皆その神秘的なまでに美しい瞳に魅入られ、感嘆の息を漏らす。

そして小狐はゆっくりと瞼を閉じると、くぅくぅと寝息を立てて眠ってしまったのだった。

2

俺を競り落とした男は、今まで出会った人間と違って箱に入れないで馬車まで運んでくれた。そして檻の鍵が開かれるとすぐに抱き上げられる。その手つきはとても優しく、ほんのちょっぴりだけ期待した。

だけどいつ豹変するか分からないから、警戒は怠らない。

あれだけの大金をぽんと払えるくらいなのだ、かなり裕福なのだろう。それは世間知らずの俺でも分かる。

「さっさと首輪を外せ。治癒魔法が使える奴はいるか？」

俺を膝に乗せて馬車内の椅子に座った男は、外にいるのであろう使用人に声をかけた。

その声はオークション会場で発していた威圧的なものではない。しかし、人に命令することに慣れた低く威厳のある声だった。

使用人は鍵がないことを申し訳なさそうに男に伝えている。

それはそうだろう。初めに貴族の女に売られた時から嵌められている首輪だ。外すつもりのない首輪の鍵など、とっくにどこかへ捨てているに違いない。

この世界に魔法があるのは、今まで転々としてきた間に知った。でも実際に使っているのは見たことがない。代わりに魔道具というものが生活必需品で、どこへ行っても見かけた。

俺の首に嵌められている首輪もそれなのだろう。

そんな話をしている間も、男は膝の上で大人しくしている俺をずっと撫でてくれていた。

やっぱり今までの人間とは全然違うみたいだ……

しばらくして馬車が止まる。俺は男に抱っこされて馬車から降りた。

男は俺に歩けとは言わない。使用人に任せることもない。

男たちの会話からどうやらここは宿屋らしいと判明する。

部屋に着くと俺はすぐに手当てをされた。暖かい布で丁寧に体を拭いてもらい、使用人に治癒魔法をかけてもらうと、体がぽかぽかと温かくなってきて、痛みが徐々に薄くなっていく。

傷や痣が全部塞がって良くなっていくのを感じる。

少ししたらいい匂いがしてきて、クッションの上で寝そべっている俺の口元に運ばれた。

どうやら食べられるものを作ってきてくれたようだ。微かに薬の匂いがするから、この中に混ぜられているのだろう。

運ばれるままに口に含むと、それはほど良い温かさのスープだった。

美味しい……

こんなにまともなものを食べたのは一体いつぶりだろう。

こんなに良くしてくれる人たちの顔が見てみたくて、俺はそっと瞼を持ち上げる。

一番に目に入ったのは、心配そうにこちらを覗き込んでいる男だ。光を反射して煌めく綺麗な金髪をオールバックに整え、深い緑色の瞳をしている。

意志が強そうな凛々しい顔立ちのこの男が、オークションで俺を買った男だとすぐに分かった。

その隣に控えるように立っている薄い緑色の長髪の男が、馬車に一緒に乗っていた男だろう。この男も焦げ茶色の瞳でこっちを窺うように見ている。

その他は使用人が二人と、護衛と思われる鎧に身を包んだ男が五人。

この人たちがこれから俺を飼うのだろうか？

ここまで良くしてくれるなら、それでもいいと思った。いつまでも周りを警戒し続けるのは疲れる。

「きゅーん……」

ありがとうとよろしくの気持ちを込めて鳴いてみたけど、思ったより弱々しくなってしまった。

それに気を抜くとなんだか眠くなってきて、その睡魔に身を委ねた俺は深い眠りに落ちていく。

今までの人間と違い、この人たちは俺が寝ていても暴力で起こしはしないと思えたから。

意識が浮上し始めると、カタカタという音が聞こえ、自分が揺れているのに気付いた。

どうやら俺はまた馬車に乗って移動しているようだ。だいぶ寝てしまったらしい。

「起きたか」

「そのようですね」

顔を持ち上げると、正面にあの金髪の男が見える。

「よく寝ていたな。ゆっくり休めたか？」

優しい眼差しで話しかけてきたその男に、俺は頷くことで返事をした。

「それは良かったですね」

正面に金髪の男が見えるってことはと思い上を見ると、薄緑の長髪の男が俺を見下ろしている。

つまり俺は薄緑の長髪の男の膝の上に乗っているようだ。

「三日間ほとんど目を覚まさないので、心配していたんですよ」

「たまに起きた時にスープを飲ませてやってたが、寝惚けてたから覚えてねぇだろ？」

金髪の男がクツクツと笑いながらそう告げるが、ほんとに覚えてない。

薄緑の長髪の男が膝の上で丸まっている俺を優しく撫でてくれた。

「腹減ってるだろ？　すぐに飯を持ってこさせる」

そう言うと、金髪の男が馬車を操作している使用人に指示を出す。

馬車を止めて俺に食べ物をくれるようだ。

「自己紹介がまだだったな」

男たちの様子を窺っている俺に気付いた金髪の男が微笑む。俺にはこの男たちの情報が一切ないのでありがたい。

「俺はヴィナシス王国第十八代国王――アレンハイド・ヴィナシスだ」

ええ……！　……国王陛下!?

「歳は百八十二歳、種族は獅子だ。よろしくな」

俺が目を見開いているのに気づかず、陛下はなおも俺の常識にはないことを告げる。

まぁ、魔法が存在している世界に狐(きつね)として転生した時点で、常識とかないんだけど……

百八十二歳……、それは若いのだろうか？　二十代にしか見えない……その歳(とし)で国王陛下なのは当たり前なの？

というか、獅子(しし)？

……そういえば、ヴィナシス王国っていう獣人の国があると耳にしたことがある。

でも俺が見たことのある獣人と違って、陛下には耳や尻尾(しっぽ)が見当たらない。

「陛下、もうすぐヴィナシスですし、変装の魔道具を外してもいいのではないですか？」

「あぁ、そうだな」

二人は指に嵌(は)めている宝石の付いた指輪を外した。その瞬間に、陛下に髪の色と同じ金色の耳と尻尾(しっぽ)が現れる。

もう一人の男を見上げると、彼の頬や首などには緑色の鱗(うろこ)のようなものが現れていた。

「私はレイモンド・ヴィナシス。ヴィナシス王国の宰相を務めています。歳(とし)は二百五十六で、種族は蛇(へび)です。よろしくお願いしますね」

薄緑の長髪を耳にかけ、宰相だという男はにこりと微笑(ほほえ)みながら自己紹介してくれる。

陛下とは対照的に中性的な美しさのある人だ。

ん、でも、名前が同じヴィナシス？

「俺たちは番(つがい)なんだ。結婚してて子供もいるんだぜ？」

「番は分かりますか？　獣人には皆、番がいて、匂いでその存在が分かるんです。私の家は代々宰相として王家に仕えている家系でして、陛下が生まれた時に当時宰相をしていた父についてお祝いにいったんですが、すぐに陛下が自分の番だと分かりましたよ」

少し恥ずかしそうに顔を赤らめて話す宰相は、本当に幸せそうだ。その様子を陛下も嬉しそうに見つめている。それがとても印象的だった。

それから陛下と宰相は、色んな話を俺に聞かせてくれる。

獣人が成人と認められるのは五十歳。彼らはお互いが番だと分かってはいたが、結婚したのは陛下の五十歳の誕生日だったということ。この世界では男同士、女同士でも結婚できること。

今回護衛をしてくれているのは、ヴィナシス王国王立騎士団第一師団の五人だということ。

ヴィナシス王国に騎士団は第一から第十師団までの十あること。

第一師団は王族、王宮の護衛。第二師団は第一師団の補佐。第三から第六師団は王宮を囲む街を東西南北に区切り、それぞれの護衛。第七師団はその補佐。第八師団が戦闘要員なんだそうだ。第九、第十師団はヴィナシス王国内にある、王都以外の二つの町をそれぞれ守護しているらしい。

第一と第二師団は忠誠心の強い狼や犬の獣人が多く、第三から第七師団は虎や豹、熊を中心に、猫、それに鷲や鷹といった種族が混在していること。第八師団はそれら全てを合わせた中でも戦闘能力が高い獣人たちが集められていること。

魔物の大群が攻めてきたとか、他国が侵略してきたとか、有事の際、一番に戦場へ飛び出していくのが第八師団であり、それをここの団員は喜々として実行しているとか。

陛下は第八師団に交ざりたいらしいが、国王になってからはそんな危険な行為は許されないそうだ。

ここまで話を聞いて眠くなってきた俺は、宰相の膝の上で一眠りする。

陛下も宰相もそれを許してくれる優しい人だった。

次に起きたのは、ヴィナシス王国へ入国したところだった。

ここまで来ると護衛の騎士たちや使用人も変装の魔道具を外している。五人の騎士たちは皆狼の獣人で、ピンと立った立派な耳とフサフサの尻尾が生えていた。使用人は一人が兎の獣人で、薄ピンクの垂れ耳と丸い尻尾が可愛らしい。もう一人は羊の獣人でパーマ髪の頭には丸まった角が生えている。

兎や羊などの戦闘に不向きな種族は、使用人や薬師になることが多いそうだ。手先が器用で魔法の素質がある者がほとんどで、魔法や魔道具の研究をしている者もいるらしい。

そして宰相みたいな蛇や鰐の獣人は闇に潜むのが得意で、情報収集や暗殺など、この国の暗部を担っているのだとか。暗部を纏めているのが宰相の家だそうで、その長が宰相のお兄さんだという。

なら狐の獣人はどうなのだろう？

「きゅう、きゅう」

俺は狐の獣人について説明を求め、尻尾でたしたしと床を叩きながら鳴いてみる。

獣人のほとんどが人化して過ごしているが、獣化姿で鳴いても言いたいことは伝わるようだ。

二人は言いづらそうだったけれど、きちんと狐の獣人について説明してくれた。

「……狐の獣人は大昔、迫害されて以来、王国内の森の中に籠っちまってんだ」

「狐は獣人の中で一番魔法に長けた種族なんです。ですが昔、その魔法を使って獣人を欺こうとした者がいて、その人物が有名な魔法使いだったため、かなり大きな事件となりました」

だからあの二人の家は森の中にあったんだな。そういえば、彼らの耳は狐のものだった。

「他の種族は狐の魔法を信用できなくなり、事件に関係のない狐獣人も白い目で見るようになったようです」

そうなんだ……

陛下も宰相も、今まで狐の獣人は見たことがないらしい。わざわざ森の中の集落まで会いに行ったことはないという。

「ごめんなさい」

宰相は俺に向かって頭を下げた。

「いつもなら獣人が攫われたり売られたりする前に、私の家の者が情報を掴んで食い止めていたのですが……ほとんど付き合いがないからといって、貴方のような幼い子供を違法組織の手に渡すことを許していい理由にはなりません。本当にすみません」

「レイだけじゃねぇ、俺の責任でもある。狐たちとの繋がりの改善を試みなかった。すまなかった。こんなこと二度と起きないようにする」

宰相に続き、陛下まで俺に頭を下げる。

そんなことしなくてもいいのに。悪いのは俺を売り飛ばした、あの二人の狐の獣人なのだから。

「きゅうん」

（いいよ。二人は助けてくれたんだから。紛れもなく貴方たちは俺の恩人だ）

「許してくれるのですか？」

「ありがとな……」

二人は優しく俺の体に手を滑らせる。抱っこしてもらうのも、膝に乗せてもらうのも、撫でてもらうのも彼らが初めて。撫でられるのは、体がぽかぽかしてきて気持ちがいいから大好きだ。

「そういえば貴方の名前はなんというのですか？」

「そうだな。今さらだけど、教えてくれるか？」

名前……

「きゅーん……」

名前なんてない。つけてもらってない。だから呼んでもらったこともない。

今までそんな境遇にいなかったから。

俺は耳をへたりと後ろへ倒し、ゆらゆら揺れていた尻尾もぺたんと力なく垂らした。

陛下と宰相はそれで察してくれ、少しだけ悲しそうな顔になる。

「そうか……。じゃあ俺たちがつけてやるか」

「そうですね！　それでいいですか？」

「きゅう！」

二人は俺の名前の案を色々と出し始めた。あーだこーだと真剣に考えてくれている。

俺は一気に嬉しくなって、ピンと耳を立て尻尾をふりふりした。

この二人は俺にどんな名前をつけてくれるのだろう。

「ルナエルフィン」

「ルナエルフィン……。月の妖精。この美しい子にピッタリですね！」

「お前の名前はルナエルフィンだ！」

ルナエルフィン……ルナエルフィン、それが俺の名前！

「きゅう、きゅーん！」

ありがとう!! 素敵な名前をつけてくれて！

「……ルナ、お前が良かったらでいいんだが……」

そこで陛下が急に真剣な顔つきになり、俺に向き直った。

「俺の息子にならないか？」

「アレン！ それはいい、とても素敵な考えです！」

「だろ？」

「えぇ、私もルナが可愛くて仕方ありません。大切にしてあげたいのです」

宰相、陛下のことアレンって呼ぶんだ。

……ってそんなことはどうでもいい。

俺が陛下の息子？ 養子になるってことか？ それは可能なことなのだろうか？

「獣人にはあまり馴染みがねぇけど、別に禁止されてるわけじゃねぇんだ」

　馴染みがない？

「獣人は長寿な分、子供ができにくいんですよ。だから自分の子供をとても大切にする種族なんです。……例外もいるようですが……」

　宰相、怖い。

　宰相は、俺を売り飛ばした奴を酷く嫌悪しているみたいだ。縦長の瞳孔が開いている。

「ルナエルフィンが私たちの息子になってくれると凄く嬉しいのですが、どうでしょうか？」

　いいのかな？　許されるならこの温かくて優しい二人の子供になりたい。

　俺は人化もしていない子供で、こんな首輪をつけられたまま一人で生きていくなんてできないと思うし。

「何も遠慮することはねぇ。俺は国王なんだぜ？　俺がいいと言えばいいんだ」

　どちらにしろお世話になると思うし、それに二人は俺を手放す気がないようだった。

　俺はありがたく頷く。二人の息子になれるならば、それは願ってもないことだ。

「ありがとう、ルナエルフィン。今から私はルナのお母さんです」

「俺は父さんだぞ。ルナエルフィン・ヴィナシス。俺たちの息子になってくれてありがとな」

　二人は嬉しそうに俺を撫でてくれる。

　二人が笑ってくれると俺も嬉しい。二人の息子になれて本当に嬉しい。

それから俺は父さんと母さんに交互に抱っこしてもらいながら、王都までの道のりをゆっくりと過ごした。

使用人が作ってくれるご飯は、今ではスープからお粥みたいなリゾットみたいなものに変わっている。とても美味しくて、かなりの量を食べられるようになってきた。

そうしてしばらくすると、外壁が見えてくる。

もう太陽はとっくに沈んでおりよく見えないが、白い色をした壁らしい。街をぐるりと囲むように作られていて、魔物の侵入から王都を守護しているそうだ。

外壁から王宮までは距離があるらしく、再び数時間馬車に揺られ、結局王城に着いたのは夜中だった。

「「「お帰りなさいませ」」」

深夜でも起きて主を待っていた沢山の使用人が、ズラリと並んで一斉に挨拶する。騎士たちも城内や城壁内の至る所に配置され、昼夜関係なく警護しているようだ。

凄い……

俺は忠誠心の厚い獣人たちに圧倒された。

「きゅう」

「大丈夫ですよ、何も心配することはないですからね」

母さんに優しく抱き上げられて城内に入る。

すれ違う使用人や護衛の騎士たちは、あからさまではないものの、俺に視線を向けていた。

かなり緊張するけど、仕方ないことなのだろう。珍しい狐の獣人、さらには目立つ首輪を嵌めているのだから。

「お帰りなさいませ、父上、母上。遅かったですね」

王族の住居になっているらしい奥の奥へ進み、ついにリビングのような広い部屋に着く。

ここまでの内装は煌びやかすぎて落ち着かなかったけど、ここは幾分か落ち着いた雰囲気になっている。

それでも家具などがかなり高価なものなのは変わらない……広いリビングの壁に備え付けられた暖炉の前に、ふかふかそうなソファが置かれていた。そこで十代後半くらいの見た目が父さんそっくりな獅子の獣人が寛いでいる。

「おや？　そちらの美しい子は？」

見た目と毛色は父さんそっくりなのに、声色と優しい表情は母さん似だ。父さんより少しタレ目気味。

「まだ起きてたのか、クレセシアン」

「今日中に帰ってきそうだと聞いたので。俺に仕事を任せて自ら赴くほどのことだったんでしょう？　ずっと気になってたんですよ」

確かに国王陛下である父さんと宰相である母さんが国を空けるなんて、その間のことを任せられる人がいなければ無理だろう。それがこの人ということか。

「ルナ、彼は私たちの最初の息子なんです。クレセシアン、自己紹介してください」

「クレセシアン・ヴィナシスだよ。歳(とし)は百三十一で、種族は見ての通り獅子(しし)。父上の子供だから第一王子だね」

父さんたちに使っていた敬語を外し、クレセシアンと名乗った獅子(しし)の獣人である王子は、母さんの腕に抱かれている俺にニコッと笑いかけてくれた。

百三十一ってことは父さんが五十一歳の時の子供ということで、母さんと結婚して一年で生まれたことになる。

「それで、この子は？」

「俺たちの新しい家族だ」

「ルナエルフィンと名付けました。大切にしてくださいね」

「きゅあぁ」

父さんと母さんが俺を紹介してくれているのに、俺はここで空気も読まず欠伸(あくび)をしてしまった。

凄(すご)く眠たい……

「レイ、ルナと先に寝室へ行っておけ。クレセシアンには俺が説明しとくから」

「分かりました。ルナ、今日はもう寝ましょうか」

母さんになでなでされると、気持ちよくて瞼(まぶた)が落ちてくる。

「おやすみなさい」

「あぁ、おやすみ。ルナも」

「きゅ」

俺が眠そうにしているので、父さんが母さんと一緒に先に寝るように促(うなが)してくれた。

「おやすみなさい、母上。おやすみ、ルナエルフィン。また明日な」

「きゅう」

俺の兄となる獅子(しし)の王子は、俺の頭から背中にかけてするりと撫(な)でてくれる。父さんと母さんと同じ優しい手つきだ。

それから俺は母さんと一緒にお風呂に入った。

流石(さすが)は王城。無駄じゃないかと思うほど広いお風呂だったけど、眠たくて堪能(たんのう)できず、俺は母さんに全てを任せっきりだ。タオルは太陽の下で干したばっかりのようにふわふわだし、ベッドのシーツもすべすべで最高の肌触り。今まで俺がいた場所とは天と地ほどの差がある、そんな場所。

そして、大きなベッドで母さんに抱っこされながら、俺は横になる。

少しすると父さんも話が終わったみたいで、布団に入ってきて俺と母さんを抱き締めてくれた。

とくとくと二人の心臓の音が聞こえてきて、温かくて安心できる。

こんな風に眠りにつける日が来るとは思わなかった。

凄(すご)く苦しかったけど、この首輪がなかったら俺は自らの手で命を絶っていただろう。

この二人に会える未来が決まっていたのなら、あの時死んでしまわなくて本当に良かった。

◇◆

話はさかのぼり、ルナとレイが部屋を出ていった後、俺――アレンハイドは早速息子であるクレセシアンに事の次第を説明した。

「父上、あの首輪は……」

「あぁ、従属の首輪だ」

「まだ残っていたなんて……」

ルナ――ルナエルフィンと名付けたあの子供に嵌められているのは、奴隷制度が廃止されて以降、製造が禁止され、破棄されたはずの首輪。

「ルナは生まれてしばらくした後、狐獣人である両親によって人間の商人に売られている」

「獣人が人間に自分の子を売ったというのですか!?」

「そうだ。レイの調べではあの子を最初に買ったのは貴族の女で、アクセサリーのごとく扱っていたそうだ。すぐに飽きてまた売られ、新しい人間に買われたらしい」

昔、まだ数が少なかった獣人は人間に虐げられ、奴隷として扱われてきた歴史がある。

成長の過程でその歴史を教わる獣人たちは、仲間意識が強く、同じ種族の者に信頼感を持つ。俺にとってもそれが当たり前だった。

だから自分の子供を売り飛ばす獣人が存在するなんて、考えもしなかったのだ。

「特に二人目の買い手が酷かった。暴力で快感を得るような、頭のネジが緩んだ最低の人間だ」

「じゃあ、あの子は……」

「……体毛で分かりづらいが、体中に夥しい数の傷痕がある。最近の怪我は、治癒魔法で痕が残らないよう綺麗に治せたが、それ以前の傷痕は消せない。深い傷の痕は一生残るだろう……クレセシアン、あの子を大切にし、守ってあげてくれ。俺もレイも、できるだけのことをする」

「もちろんです、父上」

クレセシアンは弟たちの面倒もよく見てくれているし、心配することはなさそうだ。ルナのことも同じように愛してくれるだろう。

クレセシアンに事情を話し終えた後、俺はシャワーを浴び寝室に向かう。

二人は既に眠っていたが、ルナは俺が部屋に入ってきた気配で起きてしまった。

ルナの眠りはまだまだ浅い。

俺はベッドに入るとルナと、彼を大切そうに抱いているレイを、包み込むように抱き締めて眠りに落ちた。

◇　◆

寝室の外からバタバタと騒がしい音がした。

父さんと母さんはまだ寝ているけど、俺は忙しない気配で起きてしまう。そして俺が起きたことで、父さんと母さんも起きた。

「おはようございます、ルナ」

「きゅぅん」

「おはよう」

二人は俺のおでこにキスを落とした後、お互いにおはようのキスをする。その自然さで、二人がキスを習慣にしていることが分かった。

「ん？　何か騒がしいな。……それでルナが起きちまったのか」

父さんは起き上がり、着替えて寝室の外の様子を見にいく。その間に母さんもゆっくりと着替えた。

「何事だ」

「あ、陛下！　おはようございます！　先ほどキラトリヒ様がお見えになりまして、陛下を連れてこいと仰（おっしゃ）っているのですが、お起こしするわけにもいかず……」

どうも何人かの使用人が部屋の前でオロオロしていたようだ。

「はぁ、ったくあいつは……すぐに行くから、リビングへ通しておけ」

「畏（かしこ）まりました！」

父さんが指示を出すと、使用人たちはバタバタと駆けていく。

「朝からごめんな？」

「きゅう」

「キラは俺の乳兄弟（ちきょうだい）なんだ。俺は両親がかなり高齢の時にできた子供だから、母上が体調を崩してな。乳母（うば）になったのがキラの母親で、一緒に育ったってわけだ」

だから国王である父さんを朝からアポなしで訪ねることができるのだろう。使用人たちも追い返すことはできないだろうし。

「加えて王立騎士団第八師団の副師団長なんですよ」

戦闘に特化している第八師団に所属しているということで、俺の中でのイメージが父さんよりもムキムキな獣人になってしまった。どんな人物なのか会うのが楽しみだ。

面会の場所が王族居住区内のリビングなので、父さんと母さんはラフな格好で向かう。もちろん俺は母さんに抱っこしてもらっていた。

王城の廊下は長く、今日はそこになんだかいい香りが漂っている気がする。

とても落ち着く香り。リビングに近づくにつれてそれが強くなっていった。

ガチャリと父さんがリビングの扉を開くと、いい香りがぶわぁっと溢れてくる。

甘く蕩けるような、それでいて爽やかで涼しいような、そんな心地のいい香りだ。

いつまでもずっと傍にいたくなるその香りは、リビングの中にいる一人の獣人から発せられていた。

「きゅう！」

「ルナ？」

俺は母さんの腕から飛び下り、父さんの足の横をすり抜けてリビングの中に入る。

そこにいたのは漆黒の髪に琥珀の瞳の、黒い軍服に身を包んだ美しい騎士だ。

小振りな耳も長い尻尾も真っ黒、身長は父さんと同じでかなり高い。

でも想像していたようなムキムキの体格ではなくて、思っていたよりもスラリと細い。

けれど、その凛々(りり)しく整った綺麗な顔は、俺が近くに寄ると思いっきり顰(しか)められた。

「この薄汚い狐(きつね)はなんだ？」

え……この香りが分からないの？

「キラ！　なんてこと言うんだ！」

「見たままを言ったまでだが」

この獣人は俺の番(つがい)。

絶対にそう。間違いないのに!!

「きゅう！　きゅーう！」

俺は漆黒(しっこく)の獣人に向かって訴えた。

でも彼は一層顔を顰(しか)める。

どうして？　番(つがい)は匂いですぐに分かるんじゃないの？

母さんが父さんを見つけた時のことをそう言っていた。

俺もすぐに分かった。

間違えようもない。他の獣人とは明らかに違うんだ！

「お前……。まだ小狐(こぎつね)の癖に俺に媚(こ)びを売るんだな。裏切り者の上に淫売(いんばい)か？」

……その言葉に、一瞬で頭の中が真っ白になった。

裏切り者って、大昔に事件を起こした狐(きつね)のこと？

淫売(いんばい)？　俺が？　どうしてそうなるの？

番の相手はこの世界にたった一人。

俺はその相手に見下され、蔑まれた。

「キラトリヒ！　貴様、俺の息子に‼」

固まって動けなくなっている俺のもとに母さんが駆け寄ってきて、抱き上げてくれる。そして目の前の漆黒の獣人に向かって、父さんが叫んだ。俺は呆然としていて、全く動けない。

「息子だって？」

「そうだ。人間から酷い扱いを受けた、まだ幼い白狐だ。キラ、いくらお前でもルナへの侮辱は許すことができねぇ。当分の間ここへの出入りは禁止にする」

「は？　なんで俺が」

「命令だ。さっさと出ていけ」

父さんは闇オークションの会場で見た時と同じくらい怒っている。威圧、さらに殺気。

漆黒の獣人もやばいと思ったのか、大人しくリビングから退散していった。去り際に俺を睨みつけるのを忘れずに。

俺はショックから立ち直ることができず、耐えられなくなって倒れるように意識を手放した。

◇　◆

「……ナ、ルナ！」

母さんが俺を呼んでいる。

「ルナ、目が覚めましたか？」

「きゅぅ」

「心配しましたよッ」

目を開けると、母さんが俺を抱き上げて腕の中にぎゅうっと包み込んだ。

「きゅぅん、きゅぅん」

俺は母さんに縋(すが)り付き鳴き声を上げる。もう涸れ果てたと思っていた涙がポロポロと頬を滑り、俺の白い毛を濡らした。

「ルナ。どうしたのですか？　キラに何かあるのですか？」

……言えるわけない、こんなこと。番(つがい)に気付いてもらえなかったなんて……

俺はただただ泣き続けるだけで、母さんにも、父さんにも詳しい話はできなかった。

それから数日。俺は父さんと母さんのベッドの中に籠(こも)り続(つづ)けている。

その間は母さんと、たまに父さんが傍(そば)にいてくれた。二人が寝室に仕事を持ち込み俺を見守ってくれるので、俺は二人の膝(ひざ)の上に乗ったり、横にくっついて座ったりして書類を覗く。字は読めなかったものの、二人が余裕がある時に教えてくれた。

そうして過ごしているうちに、俺はこの世界のことに興味が向く。

あの漆黒(しっこく)の獣人のことを忘れたわけではないけれど、それについては俺にできることは思いつかない。父さんと母さんにずっと心配をかけるのも心苦しいし。

「ルナ、今日はだいぶ調子が良さそうだな」

「きゅう！」

「これから紹介したい者がいるんだが、いいか？」

ある日、父さんが心配そうに聞いた。

「きゅ？」

「ルナのもう二人のお兄ちゃんですよ」

そういえばクレセシアン兄さん以外にも兄弟がいるみたいなことを聞いていた。

俺は今回も母さんに抱っこしてもらってリビングに移動する。

既に父さんとクレセシアン兄さん、そして幼い二人の獣人がソファで俺を待っていた。

「おはようございます」

「おはようございます、母上」

「「おはようございます、母上」」

幼い二人は息ぴったりに母さんに挨拶をする。

母さんがその幼い獣人二人の正面のソファに腰掛けたので、俺にも二人の顔がよく見えた。

一人は金髪緑眼で父さんとクレセシアン兄さんと同じ色を持った獅子の獣人。……勘違いでなければ、俺を物凄く不機嫌そうに睨んでいる。

もう一人は同じ金髪に母さんと一緒の焦げ茶色の瞳をした蛇の獣人。母さんと同じように顔や首に鱗(うろこ)があり、それらは髪と同じ金色をしている。

こっちの獣人は心配そうな、不安そうな顔で、俺ともう一人の幼い獣人を交互に見ていた。

……なんだか嫌な予感。

「ルナ、こちらがルナの兄になった二人です。こっちがギバセシス、獅子(しし)の獣人。こっちがハヴェライト、蛇(へび)の獣人です。二人は双子で十五歳になったところなんですよ」

表情は全然違うけれど顔つきはそっくりな彼らは、やはり双子だったらしい。

「ギバセシス、ハヴェライト。この子がルナエルフィンです。二人の弟ですから、大切にしてあげてくださいね」

母さんが二人に俺を紹介してくれたのに、二人は返答しない。

「……分かりましたか？」

「……はぃ」

小さく返事をしたのは、蛇(へび)の獣人であるハヴェライトのみ。ギバセシスは納得いかないといった風でそっぽを向いた。

「ギバセシス」

「……はぁい」

ようやくギバセシスは渋々といった感じの返事をしたが、態度は分かりやすく俺を嫌がっている。

「今日は勉強と稽古(けいこ)を休みにしましたので、二人はルナの面倒を見てあげてください」

突然そう告げられ、俺は戸惑(とまど)う。

「外せない会議があるから、今日だけは頼んだぞ」

「二人はお兄ちゃんになったんだからな？　きちんと面倒見てあげてな」

父さんとクレセシアン兄さんまで。

俺たちを仲良くさせるための配慮かもしれないけれど、このまま三人にされるのは怖い。

（俺のことを置いてかないで！）

なのに、三人はリビングからそそくさと出ていってしまう。使用人や護衛も、部屋の中ではなく外で待機するようだ。

そういえば父さんと母さんは入浴や着替えも自分でしていたし、プライベートな時間を大切にするのがヴィナシス王家なのかもしれない。それはともかく……

「きゅーん！　きゅーん！」

父さんと母さんがいなくなった途端、落ち着かなくなる。怖い。怖い……

「きゅーん！　きゅーん！」

俺は扉に向かって鳴き続けた。扉の前に座ったり、右へ左へウロウロする。

どうしよう、父さんと母さんと少し離れるだけなのに、怖くて仕方がない。

……頭がおかしくなりそうだッ。

「きゅーん！」

「あっ！」

え？

「きゃんッ！」

不意に体が吹っ飛ばされて、俺は壁にぶち当たる。

何が起こったのか分からないまま、じんわりと痛みが襲ってきた。

自分が蹴り飛ばされて壁に激突したのだと認識した瞬間、全身に痛みが広がる。

忘れることなどできない、懐かしい痛みだ。

「うるっせぇんだよ！」

俺を蹴ったのはギバセシス。彼は大きな声を出しながら俺に向かってくる。

次に訪れるであろう衝撃を恐れ、俺は痛みで軋む体を引きずり、ソファの下の狭い隙間に逃げ込んだ。

「何隠れてやがる‼　出てこい！」

ギバセシスが叫び、俺が隠れたソファを蹴りつける。

俺は暴力にも痛みにも慣れている。大の大人に与えられ続けた痛みに比べれば、まだ幼さの残るギバセシスからの暴力など、恐れるほどのものではない。

だが、ギバセシスは暴力を振るうことに躊躇いがなかった。

こいつは他人に暴力を振るえる獣人だ。

俺はこいつに何もしていない。鳴き続けてうるさかったかもしれないが、暴力を振るうほどのことだろうか？

言葉で文句を言う前に、前触れもなく蹴り上げたのだ。

「どうしてお前みたいな奴が俺たちの家族になるんだよ!?　お前みたいな奴隷がさぁ!!」

……ど、れい……？

確かに俺は人間に売買され、普通の獣人とは全然違う場所にいたかもしれない。だけど、一度も自分を奴隷だなんて思ったことはなかった。

一度もなかったのに……

「俺、見てたぜ。お前がキラトリヒに薄汚いって言われてたとこ」

ズキッと心の傷が抉られる。

「裏切り者で淫売なんだろ？　卑しい奴隷が王族の家族になれると本気で思ってたのか!?　珍しい狐だからって、調子に乗るな!!　お前は俺たちの家族になんかなれない！　気色悪いんだよ！！！」

それからもギバセシスは気が済むまで俺を罵り続けた。

暴力だけでなく、言葉でも傷付けるほど俺が嫌いなようだ。

俺は声を殺して鳴き続ける。少しでも声を漏らしたら、また罵られてしまう。

ギバセシスはひとしきり俺を蔑んだ後、俺が隠れているソファに座ってお茶を飲んでいる。

ハヴェライトも座るように促されていたが、そこまでできないようで、ギバセシスとは違うソファに座った。

それを見たギバセシスがまた機嫌を悪くしかけたが、すぐにお菓子に気を取られる。

お昼近くなってようやく母さんが戻ってきた。

「ギバセシス、ハヴェライト、ルナと仲良くできましたか？　あれ、ルナ？」

母さん！　でも今はギバセシスがいるから、ソファの下から出たくない……

「母上、ルナエルフィンはソファの下です」

「ルナ？　どうしてそんなところに……」

「さぁ？　俺たちがいくら声をかけても出てきてくれないのです」

ギバセシスは平然と母さんに嘘をつく。

「そう……。二人は昼食をとって、午後からはいつも通りに勉強や稽古をしなさい」

「はぁい」

「……はい」

ギバセシスとハヴェライトは何事もなかったかのようにリビングを後にした。

「ルナ？　出てきてください？」

母さんの呼びかけに、俺はソファの下からゆっくりと這い出す。そんな俺を母さんは心配そうに抱き上げた。

「どうしたのですか？　どこか体調が悪いのですか？」

奴隷だった俺が王族の母さんに、ギバセシスにされた仕打ちを伝えてもいいのだろうか？

……そういう風に考えてしまったら、何もかもがイケナイことに思えて仕方がない。

王族の養子になるのも。この王城に住むのも。母さんの腕に抱かれていることさえも。

だが、だからといって今の俺に何ができるだろう。

いつか、いつか離れるから、どうか今だけはこの温かい腕に縋ることを許してほしい。

「きゅぅ、きゅぅん」

「そうですか、私やアレンと離れるのが不安なのですね」

結局俺はギバセシスにされたことは伝えず、母さんや父さんと離れるのがとても怖いということだけを伝えた。

すると母さんがうーんと考える。

「ではしばらく午前中は私と一緒に仕事へ行きましょうか」

(え、いいの？)

「でも午前中だけです。午後からはギバセシスたちと過ごしたり、使用人と散歩したりしてください。今のルナには適度な運動も大切ですからね？　王族居住区内ならどこに行っても構いません」

う、正直ギバセシスには二度と会いたくないんだけど……母さんたちは仲良くしてほしいみたいだから仕方ない。

「きゅう」

「傍(そば)にいつもの使用人をつけましょうか。知っている人のほうがいいでしょ？　護衛もこの間の第一師団の五人に交代でついてもらいましょうね」

それはありがたい。あの人たちなら俺の事情も知っているし、全く知らない人に傍(そば)にいられるよりは安心だ。

王城にいる使用人や騎士は上手(うま)く隠しているつもりらしいけど、好奇の視線は意外と分かる。これまでに向けられた視線にも俺は疲れていた。

「夜はいつも通り一緒に寝ましょうね」

「きゅう！」


ギバセシスとハヴェライトを紹介されてから数週間が経ったある日。父さんが家族全員をリビングに集めた。

あの日から毎日、午後は双子と三人で過ごしている。俺は母さんたちがいなくなったらすぐにソファの下に隠れることにしていた。

ギバセシスは飽きもせずあの漆黒の獣人の名を出しては俺を罵り、機嫌が悪い時は危害を加えようと画策する。

ハヴェライトはそんなギバセシスをオロオロと見ているだけ。

ギバセシスは他に人がいる時は猫を被るから、俺が何をされているのか誰も気付いていない。

ならば使用人や護衛の騎士と一緒に居住区を探検したり庭を散歩したりしようかとも思うが、この首輪のついた狐の姿ではどうも気が進まなかった。

周りからの視線が気になり気持ちが晴れないことに気付いたのだ。

体が小さく目線が低いから抱きかかえてもらえないと何も見えないし、まだ人化していないので自由に物を手に取ることもできない。

それはともかく、俺が母さんに抱っこしてもらいながらリビングに入ると、もう全員がソファに座って待っていた。

家族以外に、いつもの使用人や護衛の騎士たちもいる。

これだけの人数が入ってもなおリビングは相当広い。床にはふかふかの絨毯(じゅうたん)が敷かれて壁には大きな暖炉があるし、質のよい大きなソファとローテーブルが置かれている。

このリビングの庭側の壁はガラス張りで、美しく整えられた庭が一望できる。庭にもテーブルと椅子がいくつか配置され、外でもお茶を楽しめた。

他にダイニングテーブルがあり、家族での食事はそこでとる。

王族には食事をするための部屋が別にあるイメージだったけれど、いちいち移動しなくていいならそれに越したことはない。

母さんは迷わず父さんの隣に腰を下ろし、俺を膝(ひざ)の上に乗せた。

暖炉をコの字型に囲んだ中央のもので、そのソファが一番大きく、父さんと母さんがゆったりと座っても余裕がある。クレセシアン兄さんは父さん側、ギバセシスとハヴェライトは母さん側のソファに座っていた。

クレセシアン兄さんではなくギバセシスたちに近いことや、そのギバセシスに物凄(ものすご)く睨(にら)まれていることは気にしないでおこう……

「全員揃(そろ)ったな」

ヴィナシス家の全員が集まったことを確認し、父さんが話を切り出す。

「今日集まってもらったのは、家族全員で立ち会いたいと思ったからだ」

俺と双子はなんのことか分からずに首を傾(かし)げる。

だが母さんとクレセシアン兄さんは知っていたようだ。

「ルナ、待たせたな。お前の首輪を外す準備が整った」

俺はピンッと耳を立て、バッと父さんを仰ぎ見た。

「準備が整ったっつうか、やっと連れてこれたっつうか……。取り敢えず入ってきてくれ」

父さんがそう言うと、使用人がリビングの扉を開き、そこから二人の人物が入ってくる。

その瞬間ふわっとあの香りが漂ってきて、俺は二人のうちの一人が誰なのか分かってしまった。

俺しか気付いていない、俺の、俺だけの番。

漆黒の獣人は先に入ってきたもう一人の男の後ろに控えるように立つ。以前会った時とは違い、真っ黒の鎧を纏った完全防備だ。

眉間に皺が寄っていて不機嫌そう。

そんな漆黒の獣人を見ていると、俺の視線に気付いたようで、彼がギロリと睨んできた。

「きゅ……」

俺は母さんの腹に擦り寄り、背中を向けることで漆黒の獣人から視線を外す。

見たくなかった。

あれだけ安心できる香りのする相手に、あんな目で見られるなんて。悲しい……

……辛い……

「ルナ……」

母さんは俺を安心させるように抱き締め、丸まった背中を優しく撫でてくれる。

あの漆黒の獣人が入室した途端、ギバセシスが嬉しそうに笑うのを見てしまった。多分、ギバセシスは漆黒の獣人に懐いているのだろう。それか憧れを持っているとか。

だから彼に同調して、俺に辛く当たるのだ。納得したというか、複雑な気分になったというか……

「すまないな、ルナ。今日来てもらった奴は危険人物で、キラについてもらうしかなかったんだ」

父さんが言う。

そういえば、漆黒の獣人と一緒にもう一人入ってきたな。

俺は顔を上げて、できるだけ漆黒の獣人を視界に入れないようにその人物を見る。そこに立っていたのは、母さんと同じような中性的な美しさを持つ男だ。

見たところ獣の耳や尻尾、鱗はない。ほとんど人間と同じ外見なのだが、一ヶ所だけ違うのは横に長く伸びて尖っている耳。

前世の知識から引っ張り出したその容姿の種族は、エルフだ。

父さんや兄さんたちよりも薄い白金色の髪は肩辺りで切り揃えられ、細い一本一本が透き通るように光っている。全体的に色素が薄く、肌も透き通って見えるほど白い。

瞳は雲一つない晴天の空の色。服装は英国風のこの国のものとは違い、ゆったりとした布が多めのものを身につけている。

「なになにキラトリヒ嫌われてんの～？　ってかアレンハイドも僕のこと危険人物って酷くない～？」

……見かけによらずチャラそう。

漆黒の獣人はエルフの言葉を無視している。父さんも構わずに俺にエルフの紹介を始めた。

「こいつはレティシアス・マキュリア。隣の大森林の中にあるエルフの国の国王で、歳は……いくつになったんだ？」

「多分千三百十八歳くらい～？　アレンハイドとは大親友だよ！　よろしくね～？」

「はぁ……」

父さんが疲れたようにため息をつく。

やっぱりエルフは長寿な種族らしい。獣人の長い寿命もそうだけれど、全く想像がつかない。

でも、どうして危険人物なのだろう？　父さんも気を許していて仲良さそうに見えるけれど……

「エルフは皆が優秀な魔法使いだからな。中でもこいつの力はずば抜けてて、魔法を使われたら俺らは手も足も出ないってわけ。だから一応キラに護衛してもらってる」

父さんは俺の聞きたいことを察してくれて、レティシアス様についての説明をしてくれた。

「白狐か～。久しぶりに見たな～」

「白狐を見たことがあるのですか？　って、貴方の年齢でしたらあるのでしょうね」

「まぁねん。狐の獣人は僕たちに次ぐくらい魔法が使えるけど、白いのはその中でも特別」

レティシアス様はこちらに近づいてきて、俺を膝に乗せている母さんの前で膝をつく。

そして細くて綺麗な手を伸ばし、ゆっくりと俺の頭を撫でてくれた。

その指先が頭を滑り落ちて、俺の首に嵌められている従属の首輪に辿り着く。

「白狐（しろぎつね）は特別、ですか？」

母さんがレティシアス様の様子を眺めながら、そのまま問いかけた。

「うん。僕もそこまで深く関わったわけじゃないから、詳しくはないんだけどね～。狐（きつね）が使うのは僕たちが使う魔法とは違ってたかな～。その中でも白い者は魔力が強い。なんて言うか、自由自在だった。……まぁ、この子も同じかは分からないけど」

レティシアス様は何かを調べるように俺の首輪を触っている。その表情からはチャラさが一切消え、真剣そのものだ。

「首輪は外せそうか？　お前が無理ならお手上げなんだが」

父さんたちは俺の首輪を外すためにかなり奮闘してくれたそうだ。過去の文献を調べ上げ、ダメ元でレティシアス様に掛け合ってくれたらしい。

「なんとか外せるけど……これは酷（ひど）いね。かなり複雑な魔法陣が刻まれてる。絶対服従、魔力使用不可、自害禁止。……成長を妨げるものまで」

レティシアス様の言葉に、このリビングにいるほとんどの獣人が首輪に対しての嫌悪を表す。

父さんと母さん、クレセシアン兄さんに至っては怒りすぎて表情が消え去っている。

……怖い。

しかし、ギバセシスの視線からは別の感情が受け取れた。

やっぱり奴隷だ。そんな首輪をしている奴が同じ王族だなんて耐えられない、というものだ。

そして漆黒（しっこく）の獣人は我関せずといった様子。壁際に立ち、すましている。

……全く俺に興味がないんだな。

それにしても、俺はどうして成長まで妨げられているのだろう？　やはり最初に俺を買った貴族の女の、可愛い小動物をアクセサリーにという目的のためだろうか？

「本来ならもう人化できるんじゃないかな？　まぁ、まずは外してみてからだね」

そう言うと、レティシアス様は俺の首輪に掌を翳す。

神経を研ぎ澄ますように瞼を閉じて集中すると、一気に彼の周りの空気が張りつめた。

掌が淡く光を発し、それと同時に首輪が光って複雑な模様が描かれた円が浮き出す。

これが先ほどレティシアス様が言っていた魔法陣なのだろう。よく見ると、その模様が動いているようだ。

複雑な模様に徐々に隙間が生まれ、魔法が解除されていっているのだと俺にも分かった。そのうち模様が全てなくなり、最後には霧散する。

『崩壊』

レティシアス様がそう唱えた瞬間、首輪が砕け散って床に落ちた。

「ふぅ～、これでだいじょ――」

「きゅッ!?」

首輪が壊れるのと同時に、今度は俺の体が淡い光に包まれる。俺の瞳の色と同じ、極薄の水色の光だ。

体がぽかぽかと温かくなってきたと思ったら、すぐに燃えるような熱さに変わった。

「ルナ!?」

「「ルナ！」」

俺を膝に乗せていた母さんがいち早く俺の異変に気付き、焦った声で俺の名前を呼ぶ。首輪が壊れるのを見守っていた父さんと兄さんも俺に向かって手を伸ばした。

ミシミシと骨が音を上げている。これは妨げられていたという成長が一気に進んでいるのではないだろうか？

だとしたらどのくらい大きくなるのか分からない。母さんの膝の上にいるのは不味いかもしれない。狐なのでそこまで大きくならないだろうと予想したものの、俺はソファの空いているスペースに下りた。

間一髪だったようで、直後に淡かった光が強くなる。

その光はすぐに収まったものの、俺は今までよりも大きくなった体に戸惑った。

それでも、成長したことは嬉しく、くるりと回って隅々まで確認する。すると視界の端に、ゆらゆらと揺れる尻尾が入った。

……なんと俺の尻尾は三本に増えていた。

しばらくその尻尾に気を取られていたのだが、やがて周りが静かすぎることに気付く。視線を向けると、この場所にいる全員が何かに耐えるような辛そうな表情をしていた。

「ルナ君……くッ……その溢れ出ている魔力を……しまってくれ！」

レティシアス様が苦しそうに言葉を絞り出す。

自分の魔力なんて意識したことがなかったが、溢れているというヒントを頼りに意識してみる。確かにドロッとしたものが俺の体から出ていることが分かった。

これが俺の魔力……

自分の体から出ているそれを、体内にシュルシュルと引き戻すイメージを作ってみる。思った通り、魔力は俺の中に入ってきた。

それで魔力を全てしまうことに成功したようで、周囲の者はほっと胸を撫で下ろす。けれどすぐ、信じられないものを見るような目になった。

「あんなに濃い大量の魔力を一瞬で完璧にコントロールするなんて。もうほとんど魔力を感じられないよ……」

レティシアス様も周りの獣人と一緒に驚いていることから、あんな風に言ったものの本当にできるとは思っていなかったようだ。

「三股……」

ふいに隣にいる母さんが、三本に増えた俺の尻尾に触れた。

尻尾が増えるというのは、いったいどういうことなのだろう？

「獣人は魔力が多いほど尾が増えたり、鱗が増えたりといった身体的特徴として現れるんでしたね」

「だが、二尾でもかなり珍しい」

「確か、ルナ君と同じ三尾なのが、事件を起こした狐だったよね～」

母さんが俺の疑問に答え、父さんは俺の他にはそういう獣人がほぼいないことを教えてくれる。

続いてレティシアス様がとんでもない爆弾を落とした。

狐の獣人が迫害されるきっかけとなる事件を起こした獣人が、三尾だったというのだ。そんな獣人と種族も尻尾の数も同じだなんて、これからどんな目で見られるか思いやられる。

既にギバセシスが俺を物凄く険しい目で睨んでいた。

俺が王族の養子なのが一層嫌になったのだろう。これからさらに激しく危害を加えようとするに違いない……

その時、今までずっと視界に入れないようにしていた男が、近づいてくる。

俺は驚いて、その漆黒の獣人へ自ら視線を向けてしまった。

そこにあったのは今までの汚いものを見る蔑むような目ではなく、驚愕に見開かれた琥珀の瞳だ。

「お前……」

俺がその琥珀を見つめ返すと、漆黒の獣人が口を開く。

他の獣人も彼が話そうとしている相手が俺であると気付いたようだ。

「お前、まさか俺の番か……？」

その弱々しく小さな一言は、ここにいる全員が静まり返るほど衝撃的なものだった。

獣人にとって番は唯一であり、絶対の存在。

寿命は長いが、死ぬまでに番を見つけられるかは誰にも分からない。そんな番と出逢うことができた獣人は、例外なく相手と片時も離れたくないと思うようになり、一生を共にし愛し合うのだ。

少し前、母さんに父さんを見つけた時、どんな気持ちになったのかを聞いてみた。

『もう一人の自分だと思いました。半分に分かれてしまった片割れなのだと……』

うん。俺もそう思った。

何故かと問われても、それが獣人という種族なのだ。

そんな番に拒絶された俺——

この場にいる全員の視線が漆黒の獣人に集まり、その後俺に向けられる。

父さん、母さん、兄さんは漆黒の獣人の言葉が信じられないようだ。

だが俺たちの関係を知らない使用人や護衛の騎士は、番が見つかったことを無邪気に喜んでいる。

普通はそうなのだろう。歓喜し、祝福すべきことなのだろう。

もちろん俺も喜んだ、だが次の瞬間に絶望の底へと堕とされたのだ。

漆黒の獣人はよろよろと俺に近づいてくる。

……俺はその様子を、酷く冷めた気持ちで見つめていた。

現在進行形で急激に冷めていく気持ち、心。

漆黒の獣人は俺に言い放った言葉など、忘れたのだろう。

今までどんな目で俺を見ていたかも。

俺は、事情を知らずお祝いムードになっている使用人や騎士をも、冷めた目で見ることしかできない。

……ただ生きていく上で大切なものが冷えていくのを感じていた。

なおも漆黒の獣人が近づいてくる。

……嫌だ、嫌だッ。こっちに来てほしくないッ！！！

その気持ちに支配された瞬間、体がギシギシと音を立てて変化し始めた。

結構えげつない音がしているが、他の獣人にも聞こえているのだろうか？

首輪が外れた時とはまた違う感覚なので、大きく成長しているわけじゃない。

骨格が、皮膚が、筋肉が、全てが形を変えていく。体毛は消え、代わりに雪みたいに白い人間の皮膚が現れる。これは人化だ。

俺は体の変化に合わせて立ち上がった。

「わ～お、やっぱり人化できる歳になってたんだね～」

一人呑気なレティシアス様が興味深そうに見つめながら告げる。

しばらくして、人化は完全に終了した。先ほどのように光に包まれることもなかったため、俺の体が変化する様子は全て見られてしまったようだ。

俺は尻尾で体を支え、前世の感覚を頼りにバランスをとって立つ。変化した自分の体をぺたぺたと触りながら確認した。

分かっていたが完全に幼児体型だ。

今ではだいぶ食事を取れるようになっているものの、俺の体は痩せていて、それは人化しても変わらない。肋も浮いているし。

髪は視界に入る範囲だと、狐に獣化していた時と同じく白銀。瞳もきっと薄水色なのだろう。

……そして体を埋め尽くすように残っている傷痕。

浮き出たり凹んだりしているそれらに、リビングにいる獣人たちは全員釘付けだ。ギバセシスすら俺の体を痛々しそうに見ている。

だが俺はそれら全てを放置し、一言発した。

『しょうしつ』

俺から出ているだろう、番の香りだけを……

それに気付いた瞬間、漆黒の獣人は怒りに顔を染め、今までふらついていたのが嘘のように俺に駆け寄る。鬼のような形相でレティシアス様を押しのけ、俺の両肩をガシリと乱暴に掴んだ。

「お前ッ！　どうして番の香りを消したッ！！！」

近くに……今まで一番近くに安心する香りがあるというのに、俺の頭は酷く冷めている。

俺に、触らないで……

『だんぜつ』

俺を囲むように、他人には決して見えない結界が張られる。

バチッと手を払い除けると、漆黒の獣人は数歩後ろに下がった。

俺が拒絶する者、俺に危害を加えようとする者が、絶対に入ることができない不可侵領域。

漆黒の獣人は何が起きたか理解できず一瞬放心した後、俺に阻まれたことに気付いて酷くショックを受けたような顔をする。俺はそれに構わず母さんに抱きついた。

俺は母さんを拒絶していないし、母さんも俺に危害を加えないので結界の中に入ることができる。

母さんの膝に座り、腰に短い腕を巻きつけた。

「……おれのこと、うすぎたないって」

「あ……」

「うらぎりものの、いんばいだっていった」

母さんの胸に顔を埋め漆黒の獣人に突きつける。俺がどんな絶望を味わったのかを。

「ルナ」

母さんは俺を包み込むように抱き締めてくれた。

その温かさ、人の姿で抱き合えている喜びが溢れ出し、俺はぽたぽたと涙を流す。

シンと静まり返ったリビングに、俺がしくしくと泣く音だけが響いた。

「あれれ～？」

そんなどんよりとした空気を打ち破ったのはレティシアス様だ。

「ルナ君、その尻尾……」

「あれ、ほんとですね。五尾に増えています」

「えッ」

俺はバッと振り返って尻尾を確認した。

人化した俺のお尻の上辺りから、白銀のふわもこが五つ生えている。

増えた二本の尻尾をくいっと体の前に持ってきて、ぎゅうっと顔を埋めるように抱き締めた。

極上の毛並みはたまらなく気持ちがいい。

俺を膝に乗せている母さんも残りの三つを撫でて俺の毛並みを堪能しているようだ。父さんと兄さんはめちゃくちゃ羨ましそうな視線をこちらに寄越している。

「人化は一つの区切りだからね～。力がさらに強まったかな？」

「この一瞬でか」

「末恐ろしい弟だ」

レティシアス様の一言で、父さんと兄さんは何やら難しい話を始めてしまった。

まぁ、なんとなく内容は想像できる。

「このままじゃルナが寒いですね。少し大きいでしょうが、ギバセシスの服を持ってきてください」

五本の尻尾に大事な部分は隠されているが、素っ裸だ……五尾に感謝。

「ぎばせしすのはやだ」

「ルナ？」

服は嬉しいのだけれど、ギバセシスのを着せられるくらいなら裸でいたほうがマシだ。

「……あ!?　なんだと！」

遅れてギバセシスが何故自分の服が嫌なのかと怒るが、こいつ、馬鹿なのだろうか？

俺をあれだけボロクソに貶し、隙あらば暴行しようとしていたのだから、お前の服なんて着るわけがないだろう。

漆黒の獣人が俺を番だと言い出した時、一番驚きショックを受けた顔をしたのはギバセシスだ。

漆黒（しっこく）の獣人に好意を抱いているようだから、さらに俺を嫌うだろうと予想したのだが、意外にも今のこいつの目にはそんな感情はない。

……一体どういうことなのか。

「何故（なぜ）ギバセシスの服は嫌なのですか？」

ギバセシスにされたことは母さんに話していないので、俺は何も言えずに俯（うつむ）く。

「ハヴェライトの服も嫌ですか？」

母さんの問いに、こくっと頷（うなず）いて肯定した。母さんを困らせていることは分かっているが、どうしても嫌なのだ。

「では私のシャツを一着持ってきてください。それとパステルに至急来るよう伝えてください」

「畏（かしこ）まりました」

どうやら双子の服を着るのは免（まぬが）れたらしい。

使用人がすぐに母さんのシャツを持ってきてくれて、俺は母さんに手伝ってもらいながらシャツに袖を通す。凄（すご）く大きいけれど父さんや兄さんの服と比べれば、まだマシに違いない。

ボタンを留めてもらって、袖を手が出るまで捲（まく）ってもらう。

尻尾（しっぽ）があるからお尻は丸出しだが、五本の尻尾（しっぽ）で隠れるから大丈夫だ。

「うわぁ～、ルナ君可愛い～！」

「ルナ、こっちへ来い」

レティシアス様が満面の笑みで見つめてくる。

今度は父さんが抱っこしてくれるようで、俺は母さんの膝(ひざ)の上から下り、てくてくと歩いて父さんの前で両手を上げた。

そんな俺の両脇をぐいっと持ち上げ膝(ひざ)の上に座らせてくれる。そこで空気にピリッと緊張が走った。

鬼の形相になった漆黒(しっこく)の騎士が、父さんを睨(にら)んでいるのだ。

いくら一緒に育った兄弟同然の関係だからといって、父さんは国王陛下。

そんな相手に、まるで俺の番(つがい)に触るなと言いたげな、射殺(いころ)さんばかりの視線を送っている。

「キラ、お前は護衛任務中であることを忘れるな。下がれ」

「……チッ」

漆黒(しっこく)の騎士は俺を悲しげな目で一瞥(いちべつ)すると、元いた定位置に戻っていった。

「さすがは白狐(しろぎつね)だね～。やはり特別だ」

「とくべつ？」

初めて人化してそれほど時間が経っていないせいか少し声が掠(かす)れるけれど、思ったよりきちんと喋(しゃべ)ることができる。拙(つたな)く舌っ足らずな感じになったものの、聞き取ることはできるだろう。

「うん。さっき魔力を使ってたでしょ～？」

そういえば『消失』と『断絶』には魔力を使った気がする。でも魔法とは違うのか？

「僕たちは魔法を使うのに魔法陣を使うんだ。ルナ君は使ってなかったでしょ～？」

それはそうだ。俺は従属の首輪に刻まれていたあの複雑な模様の意味も一切分からなかったのだから、魔法陣がなんなのかなど知るわけがない。

「魔法式、つまり使いたい魔法の属性や効果を式に書き連ね構築するのが魔法陣。それに魔力を流すことで魔法が発動するのさ」

さっきレティシアス様が俺の首輪を壊したのは、時間を進める魔法で朽ちさせたらしい。時属性のもので、扱いが難しいそうだ。

「人間はそもそも魔力が少ないし、よっぽど好きじゃなきゃ、難しくて勉強する気になれないだろうね～。寿命が短いから大した魔法も使えずに死んでくよ。だから既に構築した魔法陣が書き込んであって魔力を流すだけの魔道具を使うのが主流なのさ。魔剣とかね～」

俺が嵌められていた従属の首輪も魔道具にあたる。

「獣人は人間に比べれば魔力がある。手先が器用で性に合ってる種族はよく勉強しているね～。中でも狐の獣人はエルフと同じくらいの魔力を持っているんだ。けど、今は何してるか分かんないな～。まぁ僕はエルフの中でも魔力が特に多いから、狐の獣人でも僕には敵わないけどね」

「まほうをつかうのは、そんなにむずかしいのですか？」

「ふふっ、礼儀正しい子だね。理解するまでが大変だけど、一度頭に入れてしまえばそこまででもないさ。コツを掴んだら、自分で新しい魔法を構築できる。まぁ、獣人の寿命でも、好き勝手に魔法を使えるようになるには足りないけどね～」

獣人でも既存の魔法を覚えて使うのがやっとらしい。既存の魔法は沢山あるだろうし、それらを覚えるのも一苦労らしい。

レティシアス様は既に千三百年以上も生きているため、魔法の研究やオリジナルの魔法陣の構築に精を出しているんだとか。

「だからこそ白狐は特別なのさ。限定した香りだけを消すとか、限定した者だけを阻む見えない壁とか、やろうと思っても相当難しいよ～？　それにルナ君は今でさえ五尾。今後増えるかもしれないからね～」

……うわぁ。俺、というか、白狐がとんでもない存在というのが、なんとなく理解できた。

「とても心配です、ルナ」

「その力を悪用したい連中に狙われるんじゃないかって……兄さんも心配だ」

母さんと兄さんは不安げだ。

「だいじょうぶ。わるいひとはおれにさわれないから」

「……確かにな。けど、俺はお前を政治に使ったりしない。敵は何も他国の者だけじゃないしな」

父さんは、養子に迎えたからといって俺を政治に利用することはないと宣言してくれる。

それからこの場にいる獣人全てに、俺の魔力について他言しないようにと命令した。

王家に仕えている獣人たちなので、そこは信用してもいいらしい。

「でも、おれにてつだえることがあるのなら、したい」

「……ありがとな」

父さんはふんわりと笑ってぎゅっと抱き締めてくれる。人化した今、俺も父さんの首に腕を回して抱き締め返せて、それが凄く嬉しかった。

「ところで、ルナ君に会わせたい子を連れてきてるんだけど、会ってもらってもいいかな〜？」

父さんとの熱い抱擁(ほうよう)を堪能(たんのう)した後、満足していた俺にレティシアス様が話しかけてくる。

「僕の息子でね。だいぶ変わった子だけど気にしないでね〜。じゃあ呼んできて〜」

レティシアス様は、はなから俺の意見を聞く気はなかったようで、指示された使用人がすぐに彼の息子を迎えに行く。

そんなにほいほい王族の居住区に人を招いていいのだろうかと思わないでもないが、相手も王族なので問題ないのかもしれない。

しばらくするとダダダダダと廊下を走る音が近づいてきた。

駆け込んでくることを察知した使用人が気を利かせてリビングの扉を開くと、タイミングバッチリで、レティシアス様の息子——マキュリア王国の王子らしき人物が姿を現す。

「わぁ」

レティシアス様の時も思ったけど、やはりエルフは綺麗な見た目をしている。

月夜のような美しい蒼(あお)の短髪に、薄黄緑色の瞳。レティシアス様と違ってかなり髪が短いので、エルフ特有の尖(とが)った耳がとても目立つ。

彼は俺を捉(とら)えるとビシリと固まり、そのまま凝視(ぎょうし)した。

俺もエルフの王子を見つめ返していると、彼の目から突然、涙が零れる。

「え？」

涙はとめどなく溢れ続けた。声も出さず嗚咽(おえつ)することもなく、ただただ俺を見ながらエルフが涙を流す様子は、やばい絵面（えづら）なのに、誰もが呆気（あっけ）にとられるだけで何も言わない。

　唯一レティシアス様は楽しそうだ。

　俺は父さんの膝（ひざ）から下り、リビングの入り口で固まって泣いている美しいエルフの王子のもとに行く。その間もエルフの視線は俺から離れない。涙が絨毯（じゅうたん）に染み込んでいった。

「あの、なかないで？」

　初対面の相手に自分から話しかけるのは人化してから初めてだ。緊張でお腹（なか）の前で両手をいじいじしてしまったが、ちゃんと声をかけられた。首が痛くなるほど見上げると、エルフの王子の涙はさらに量を増したが、次の瞬間に彼はスッと俺の前に跪（ひざまず）く。

「マキュリア王国第二王子、ミカルレイン・マキュリアでございます！　貴方という至高の存在に出逢えたこと、神に心から感謝します！　貴方さえ良ければ、私をお傍（そば）に置いてください！」

　幼児の前に跪（ひざまず）いて至高の存在とか言っちゃうやつ。うん、相当な変わり者だね。

　それにいきなり傍（そば）に置いてほしいとか言われても、どうしたらいいのか分からなくて困る。

　それは父さんたちも同様らしいが、レティシアス様だけは楽しそうにしていた。

「ルナ君の教育係にどうかな〜って」

「教育係？」

「そう！　ミカルレインは五百五歳だから、世界のことについても色々知ってるし、僕と同じくらい魔法が使える。いつか白狐（しろぎつね）にお仕（つか）えする時のためにって剣術とかも一通りマスターしてるしね〜。まずは教育係から〜ってことで！」

レティシアス様の話を聞いたエルフの王子はバッと勢い良く顔を上げた。その顔は期待に満ち満ちている。

情緒不安定というか、感情が豊かでそれが顔に出やすいのだろう。……なんだか犬みたい。

目の前にいるのは確かに綺麗なエルフなのだが、存在しない耳と尻尾が見える気がする。

今は耳をピンと立て、尻尾をブンブンと振り、跪いた低い位置からこちらを見上げているのだ。

「ルナがいいなら、許可しよう」

父さんたちは俺に判断を委ねた。

確かに俺はこの世界のことを何も分かっていないので、教えてくれる人がいるのはありがたい。

ギバセシスとハヴェライトもそれぞれ教育係がいて授業を受けているみたいだし、身元もしっかりしているのだから断る理由はないだろう。

「うーん、どうしようかなー……」

俺は断るつもりもないのに、うんうんと唸って考えるふりをする。

薄目でチラリとエルフの王子の顔を窺うと、俺があまりにも考え込んでいるので青ざめていた。

やっぱり犬だ。耳と尻尾をペタンと垂らして泣きそうになっている犬。

「ふふっ」

思わず笑ってしまった俺を見て、エルフの王子は一瞬ポカンと呆気に取られるが、すぐに真っ赤になった。

「か、からかったのですか！」

からかわれたことに気付いた彼は、プイッと顔を背けて拗ね始める。

そんな素直な様子が可愛くて、俺はエルフの王子の蒼い髪の毛を梳くように撫でた。いつも父さんや母さんが、俺にしてくれるように。

「ごめんね？　これからよろしくおねがいします。みかるれいんしゃま」

謝ると、ミカルレインはおずおずとこちらに向き直って許してくれた。

「私たちは互いに王族ですが、私に対しての敬語は必要ありません。貴方は私の主ですから。ルナエルフィン殿下」

「でんかじゃない」

「……ではルナエルフィン様？」

「るな！」

「……ルナ様」

「ん」

父さんたちが付けてくれた名前は大好きだけれど、特別な人には愛称で呼んでもらいたい。

ミカルレインの頭をさらに撫でると、彼は目を細めてそれを受ける。

触れられるということは、ミカルレインは俺が張った『断絶』に弾かれないということで、それは彼が俺に危害を加える意思がないことを示していた。

まぁ、それは『断絶』がなくても一目瞭然で、もしもミカルレインのこの態度が演技だというのならば、俳優として大成するだろう。

ミカルレインは俺の教育係で、俺は教えを乞う立場だというのに、これでいいのだろうかと思わなくもないが、本人が望んでいることなのでよしとする。

こうして俺たちの歪な関係が出来上がったのだった。


その後、レティシアス様は帰るね～と魔法でさっさと自国に帰っていった。

マキュリア王国はヴィナシス王国の隣の大森林の中にあるらしく、他の国よりも比較的近いのだが、『転移』の魔法ができるならわざわざ馬車を使うまでもない。便利そうなので俺もその魔法を利用したいと思う。

一方、レティシアス様からの護衛任務を解放された漆黒の獣人は、なおもリビングから出ていこうとしない。

「キラ、通常任務に戻れ」

見かねた父さんが声をかけるが、目を閉じたまま直立不動で壁際にいた。

「キラ」

父さんがもう一度声をかけると、漆黒の獣人はゆっくりと瞼を持ち上げたものの、その目はギラリと父さんを睨みつけている。でも先ほどのように殺気はなく、煩いと言いたげな視線だ。

「はいはい。好きにしな」

父さんは漆黒の獣人を動かすのをそうそうに諦め、好きにさせることを選ぶ。リビングにいることを許可された漆黒の獣人は、チラリと俺に視線を送り、また瞼を閉じた。

……何がしたいのだろう……、いや、何をしたいのかは分かる。番の傍を離れないつもりなのだ。俺が拒んでいるのに……

ミカルレインはそんな俺の様子をしっかりと見ていて、漆黒の獣人を真顔で見つめる。しばらくして、俺を見てニコリと笑みを浮かべた。

「ギバセシスとハヴェライトは部屋に戻って休め」

双子はこれから自由時間らしい。昼食を食べたらまたいつものように授業が始まるのだろう。

「ルナはミカルレインと一緒に衣装部屋だ。そろそろパステルが来るからな」

「ぱすてる？」

「仕立て屋だ。きちんと採寸してもらうんだぞ？　ついでにミカルレインも一緒に採寸してもらうといい。これからこの国に滞在するのなら必要になるだろう」

「はい、ありがとうございます」

父さんもミカルレインと会うのは初めてらしいが、ナチュラルに呼び捨てにしていた。歳はミカルレインのほうが上なのだが、父さんは国王だし、見た目も父さんのほうが年上に見える。友人だというレティシアス様の息子なのだし、いいのだろう。

「行ってくる」

「いってらっしゃい」

「ルナの好きなように服を作ってもらうのですよ？」

「はい」

「出来上がったら見せてくれな？」

「うん」

父さんたちは昼食までの僅かな時間にさえ仕事があるらしい。父さん、母さん、兄さんが順番に俺の頭を撫で部屋を出ていく。

「ルナエルフィンを頼みます」

「畏まりました」

クレセシアン兄さんは部屋を出る直前、ミカルレインに声をかけた。

しかし相変わらず漆黒の獣人は壁際に控えたまま。

「私たちも行きましょうか」

「うん。いしょうべやってどこかなぁ」

「何処にどの部屋があるのか、覚えないといけませんね」

「おれも」

俺は寝室とリビングと父さんたちの仕事場しか行ったことがないし、ミカルレインは今日ここに来たばかりで、王城の中は全く把握できていない。少しずつ覚えていくことにして、とりあえず使用人に案内され衣装部屋に移動する。

俺たちが移動を始めると、漆黒の獣人も少し間隔を開けて後ろについてくる。

ミカルレインはあからさまに嫌そうな顔をしたが、俺が何も言わないせいか黙っていた。

衣装部屋には王族、つまり父さんや母さん、兄さんや双子の服が仕舞われていた。

普段着は各自の部屋にあるので、この部屋にあるのは式典やパーティー用の煌びやかな衣装だ。公の場で王族が粗末な服を纏うわけにはいかない。

その衣装部屋だが、王族居住区のかなり外側にある。

王族専属の仕立て屋といっても、居住区の奥までは入れないせいだろう。

部屋の中には休めるようにかローソファが備えてあり、俺がそこに座ってミカルレインは立ったますぐ後ろに控える。漆黒の獣人と使用人は壁際に立った。

そのまま待っていると、ほどなくして足音が近づいてくる。

「おまたせぇー！　パステルよーん！」

現れたのはゴリマッチョのオネエに耳と尻尾がついているというエグさの塊みたいな存在だ。

鮮やかな紅の髪は肩下ほどの長さがあり、ゆったりとうねっている。ハーフアップにしているのは仕事の邪魔にならないようにらしい。化粧もしており、機能性抜群のドレスを着ていた。

「あらぁ、シャツ一枚なんてセクシーじゃなぁい？」

「るなえるふぃんです、よろしくおねがいします」

「まぁ、ご丁寧に」

オネエはドレスの裾を摘むとふわりと持ち上げ、片足を引いて頭を下げる。

「ヴィナシス王国王族専属の仕立て屋をしております、パステル・ライアーナと申します。歳は二百十一。種族はジャガーでございます。以後お見知りおきください」

その挨拶は洗練されており、流石王族を相手に仕事をしているだけあった。

「よろしくねん、ルナエルフィン様。……そちらは……エルフの国の王子様かしら?」

「ミカルレインだ。今はルナ様に仕えている」

パステルに対するミカルレインの態度は、明らかに嫌悪している漆黒の獣人へのものよりはマシだったが、俺に対する態度とは全然違う。父さんやクレセシアン兄さんへのものとも異なる。

同じ無表情でも父さんたちには少なからず関心があり、パステルにはないらしい。

「じゃがー?」

ミカルレインが相手によって態度を変えようとも、好きにすればいいと思う。俺はそれに構わずに自分の中に芽生えた疑問を、素直に口に出していた。

パステルの耳や尻尾は黄色で黒色の斑点があり、種族は豹だろうと思っていたので、どこが違うのかと思ったのだ。

「ふふっ、初見では見分けがつかないわよね。あそこの黒騎士と比べてもらうと分かりやすいんだけど、ジャガーは豹より体が大きいの。筋肉ムキムキで逆に豹はしなやか」

つまり漆黒の獣人は黒豹らしい。

今は鎧で分かりづらいが、彼はパステルのようなガチムチマッチョではなく細マッチョなのだろう。

確かに最初に会った時に着ていた真っ黒の軍服も、シュッとして似合っていた。

その上ただの豹ではなく、黒豹なのでしなやかな素早さに加え力強さもあるそうだ。

「あとは模様ね。ジャガーはこの模様の中に、黒い点があるのよ」

俺は豹(ひょう)とジャガーの見分け方を学び、なるほどと感心したのだった。

「それじゃあ採寸、の前に既製品だけど人化したての獣人の服を持ってきたわ。こっちに着替えながら測っていきましょ」

パステルはとりあえずと何着かすぐに着られるものを持ってきてくれたようだ。俺はミカルレインに手伝ってもらいながら着替える。

「……ルナエルフィン様。その傷痕……」

母さんのシャツを脱いだ俺の体に、パステルの視線は釘付けになる。

やはり初めて見ると、俺の傷痕は刺激が強いらしい。

「一番酷(ひど)いのは首ね。……できるだけ首が隠れるものにしましょうか？」

俺自身はそこまで気にならないが、見る側は気を遣うだろう。俺はコクリと頷(うなず)いた。

それにしても首にまで傷痕があるとは。

引っ張られたり擦(こす)れたりして結構血が出ていたし、あれだけ長い間首輪を嵌(は)めていたので当然かもしれない。

「じゃあ軍服風の詰襟(つめえり)の服を用意するわね。ルナエルフィン様は淡い色も似合うと思うけど、濃い色のほうが肌と髪の色が際立つかしら」

パステルは素早く採寸を行いつつ、脳内は既(すで)に俺の服のことでいっぱいになっているらしい。

「ハイネックのブラウスを作ってもいいかも。首元にはレースを使って。あぁ、ヒラヒラしたものにはしないから安心して？」

獣人用のズボンには後ろにもボタンがついていて、これなら尻尾を出してその上でボタンを留めれば、違和感なくズボンを穿けた。

母さんのような鱗のみが特徴の獣人は人間と同じ服を着るし、鳥類の獣人は背中に翼を出すための穴が開いている服を着るらしい。

「俺には執事服を用意してくれるか？」

「え、執事服⁇」

ミカルレインは父さんに言われた通り、自分の服もパステルに注文した。

ゆったりとしている今の服もとても似合っているが、執事服も似合いそうだ。

「王族が執事服ってどうなの……。使用人と一緒じゃダメだと思うわ。多少刺繍を入れたり、カフスやネクタイピンに宝石を使ってもいいかしら？」

「あぁ、それで頼む」

「りょーかい」

パステルはテキパキと俺とミカルレインの採寸を終えると、一目散に帰っていった。

あの様子だとすぐに出来上がった服を持ってきてくれるだろう。

俺はその時を想像し、前世では着ることのなかった服への期待に胸を膨らませるのであった。

この世界で最も優れた存在がエルフだと、俺――ミカルレインは信じて疑わなかった。

父は偉大であったし、それに匹敵する魔力を持つ自分も偉大な存在であると思っていたのだ。

しかし父の語った白狐（しろぎつね）の話がそんな俺の自尊心を砕く。信じられないと思う反面、会ってみたいと強く願った。

四六時中白狐（しろぎつね）のことを考え、いつからか考えが歪（ゆが）んでしまったようだが、それを父に指摘されて変だと思わない。それほど、俺は白狐（しろぎつね）に夢中になる。

そして念願の瞬間が訪れた。

迎えが来た後、俺は待ちきれずに走り出す。

白狐（しろぎつね）から漏れ出たと思われる、濃く膨大な魔力は俺を歓喜をさせる。

そして邂逅（かいこう）の瞬間、俺は涙を流していた。


その夜、ルナ様の兄上であるクレセシアン殿下が俺の滞在する部屋を訪れた。

俺はルナ様の様子を伝えると共に、ルナ様のことを教えてもらう。

キラトリヒという黒豹（くろひょう）の獣人が、ルナ様に何をしでかしたのかも……

ルナ様自身が既（すで）に対策をとったようだが、俺もキラトリヒを警戒したほうがいいだろう。

俺——キラトリヒは何をしてしまったのだろうか。

ずっと探し求めてきたはずだ。

アレンハイドとレイモンドを生まれた時から傍(そば)で見ていて、その関係に憧れていたはずだ。

従属の首輪という忌(い)むべきものに阻(はば)まれていたからといって、この世に唯一の存在に気付けなかっただけでなく……

俺はうんざりしていたのだ。

自分の息子に、獣人にとって貴重で優秀な者の証(あかし)である黒の色を望んでいるだけの奴らにも。

王立騎士団第八師団副団長という俺の役職しか見ていない奴らにも。

ロックバレル公爵家の財力にしか興味のない奴らにも。

周りの声が、目が、俺に纏(まと)わりついてくるようで戦場に逃げる生活。

そしてあの日は、いつも以上に苛立(いらだ)っていた。

アレンハイドとレイモンドが俺に何も言わずに国を離れることは初めてで、何か隠し事をしているのではないかと疑っていたのだ。

たとえ番(つがい)だと気付けなかったとしても、傷付いた小さな白狐(しろぎつね)に、あんなに酷(ひど)いことを言わなくても良かったのに……

先に自分が与えておいて、俺に絶望する資格はない。

あの子はやっと助かったと希望を持った直後に、番(つがい)である俺によって再び闇に落とされたのだから。

だが、離れることはできなかった。

護衛という口実を使って、俺はあの子の傍(そば)を離れない。

しかし、あの香りを感じることはできずにいる。

抱き締めることはおろか、触れることもできない。それでもこの地獄に身を置くことを許してほしい。

何度心を引き裂かれても構わない。

俺が傍(そば)に在ることを許してほしい。

ただそれだけを願った。

3

あれから俺はミカルレインと共に王城を探検した。

ここはまるきり会社と同じだ。国王、宰相、大臣などの重鎮やその他の貴族が、自分の仕事を行っている。それぞれの部署があり、それらの過去の資料を保管している資料室まであった。

会議室や応接室も多数で、中でも王族が使用するものはグレードが高い。

もちろん玉座の間もあるが、あそこは一番グレードの高い応接室のようなものだろう。他国の王族、貴族、使者と謁見する時に使うことが多いそうだ。

さて、王城で働いている獣人の中で一番数が多いのが使用人だったりする。

彼らは王城の敷地内にある宿舎に住んでいる者が多い。

余るほど敷地があるので、使用人たちの宿舎と王立騎士団第一、第二、第八師団の兵舎が収まっているのだ。

また、城内には王族の居住区とは別に客室がある。そこに滞在できるのは、他国の王族と重要な貴族だ。

加えて、王族の居住区にも客室があり、レティシアス様や漆黒（しっこく）の獣人のように父さんに許可を貰った者はそこに滞在していた。

そのうちの一つを俺の部屋にしていいとのことだったので、空いている中で一番陽当たりのいい部屋を選ぶ。

ミカルレインは迷わず俺の隣の部屋に滞在を決めた。

そして俺は、城の中で気に入りそうな場所をいくつか見つける。

そう広くない庭には、数本の木がありいくつもの木陰ができていた。

空が高くて風が気持ちいい。ここでは本を読んだり、お茶を飲んだりとのんびりできるだろう。

庭と同じくらい好きになりそうなのは、王族の居住区に近い場所にある地下図書館。

数多の希少な本が集められていて、自由に入ることができるのは王族のみ。

人の目がなくて、静かなのがいい。並んでいる本もどれもが興味を引かれるものばかりだ。

漆黒の獣人はどこに行っても俺たちについてきた。

居住区内にも第一師団の騎士が配置されているし、別におかしいことではないのだろうけれど、第八師団副師団長なのにずっと俺の傍にいていいのだろうか？


さて、首輪を外してもらった翌日、俺は熱を出した。

「……ナさま！　ルナ様！」

熱い、痛い、重い、気分は最悪だ。

目を開けるのもしんどくて、ベッドに沈んだまま動けない。ミカルレインが付きっきりで額の熱冷ましを交換し続けてくれる。

昨日、はしゃぎすぎたのだろうか？

朝から父さんたちが順番に俺の様子を見に来てくれた。一緒にギバセシスとハヴェライトも見舞いに来ようとしていた、というか連れてこられていたが、この部屋にも『断絶』の結界を張ったから、俺が拒絶している二人は入れない。

流石に父さんたちも不審に思ったようだが、俺の体調を気遣い、何も聞いてはこなかった。

「ルナ、大丈夫か？　何か食べたいものはないか？」

「ルナ……」

父さん、今は無理っぽいけど、起き上がれるようになったら果物が食べたいな。この世界にはどんなものがあるだろう。

母さん、ただの熱だから泣きそうな顔しないで。

「ルナは強い子だから大丈夫だよ」

兄さんは俺の心配だけでなく、責任を感じて落ち込んでいるミカルレインにも声をかけた。

「そうですね。私がうだうだしていても、なんにもなりません。ルナ様が一日でも早く回復できるよう努めます」

ミカルレインはほんとに俺に付きっきりで、いつ目を覚ましても隣にいてくれる。

「……みじゅ……」

そう呟くと、自分では起き上がれない俺を、背中に手を入れて起き上がらせてくれた。

小さい透明なティーポットみたいなやつに入った冷えた水を俺の口に運ぶ。

ポットの先をストローみたいに口に含むと、動けなくても水を飲めた。

寒いけど熱くて汗が出る。

ミカルレインは蒸したタオルでこまめに汗を拭いてくれもした。さらっと拭うだけでなく、しっかりごしごししてくれるから、凄くスッキリする。

王族なのにどうしてそんなに執事スキルが高いのか不思議だ。

「ありがと、みか」

「ルナ様が回復されて嬉しいです。もうすぐ陛下が用意してくださった果物が届きますからね」

今はもうだいぶ回復したのだが、未だに部屋から出してもらえない。もう少し寝ていろ、もう少し休んだほうがいい、と皆が口を揃えて言うため、ベッドから動けないでいる。もう大丈夫だし、流石に退屈になってきたのに。

お蔭で次の日は朝早くに目が覚めた。

体を起こして軽く動かしてみたけど、何処にも違和感はなく全快していると自分で分かる。

ミカルレインはどこかに行ったのか、まだ寝ているのか、珍しく隣にいない。

俺はリビングに行ってみることにした。

父さんたちがまだ起きていなかったら、父さんの寝室に行くのもいいだろう。そんなことを考えながら、よいしょとベッドを下りて扉に向かう。

今の俺にとってドアノブは手が届くギリギリの高さにあるが、ぐっと背伸びをすれば開けられる。

『断絶』の結界を張っているから鍵はかけていない。

「……っ⁉」

部屋の外に出ると、扉の横には真っ黒な軍服に身を包み、帯剣した漆黒の獣人が静かに立っていた。

まだ俺の護衛をしているのか。

少し驚いたが、俺以上に漆黒の獣人のほうが驚いた顔をしているので、逆に冷静になることができた。

彼は一瞬、視線を泳がせた後、意を決したように口を開く。

「あの時は本当にすまなかった……お前が番だと気付くことすらできず……それがなかったとしても……あの時の俺の態度は最低だ……本当に申し訳ない……」

頭の上についた小振りな黒い耳は垂れ下がり、背後に見える尾は力なく揺れている。

彼は高身長なので、俺は首が痛くなるほど見上げなくてはならなかった。下から見える顔は今にも泣き出しそうで心許ない。

本当に最強の騎士なのかと疑ってしまう。

けれど俺は真顔。自分では見えないけど、多分凄く冷たい目をしていると思う。

漆黒の獣人を、憎んだり恨んだり嫌ったりという感情はない。

でも、傷つけられた記憶が消えることはなく、できるなら関わりたくないというのが本音だ。

「……なれなれしくしないで」

「……ッ！　申し訳ありません、ルナエルフィン殿下」

俺が少し威圧を込めた魔力を漏らすと、漆黒の獣人はすぐさま俺の前に跪き、頭を垂れた。殿下って呼ばれるのは違和感しか覚えないのだが、俺は王の養子だからこれが普通の態度なのだろう。よく見ると、漆黒の獣人は僅かに震えている。

怖いのだろうか？

「おはよう、みか」

「おはようございます、ルナ様。お体はもうよろしいのですか？」

そこにミカルレイン——ミカが現れた。

ミカの漆黒の獣人を見る目はやばい。完全に蔑んでいる。

そのことには触れず、ミカと合流して一緒にリビングに向かおうとするが、漆黒の獣人は跪いたまま動かない。

彼からは、悔しいとか気に入らないなどの感情が一切感じられなかった。

ただ辛そうに悲しそうに、泣きそうなだけだ。

俺はリビングに向かう足を止める。

「ルナ様？」

……俺は漆黒の獣人にされたことを、そのまま彼に返そうとしているのではないか？

番に拒否されるというその痛みを、苦しみを、知っているのに。

そんな、俺が忌み嫌うあの人間たちのようなことはしたくない……

「……はやくごえいしなよ、きらとりひ」

自分でも驚くほど抑揚のない冷たい声。それが精一杯だった。

だが次の瞬間、漆黒の獣人——キラトリヒはバッと勢い良く顔を上げる。

少し離れたところに立つ——俺が許すのはそこまでだ。

触れることは絶対に許さない。

俺は今度こそリビングに向かう。

キラトリヒは立ち上がり、俺とミカの少し後ろをついてきた。


リビングに到着すると、既に父さんと母さんがいて、モーニングティーで寛いでいた。朝食はまだ食べていないようである。

二人は俺に気付くとガタッとソファから立ち上がり、駆け寄ってきた。

「ルナ、おはよう。もう大丈夫なのか？」

「おはようございます、ルナ。どこか苦しいところはないですか？」

「おはようごじゃいます、もうだいじょうぶ！」

俺が自然な笑顔で挨拶を返すと、二人はほっと胸を撫で下ろす。父さんが俺を抱き上げてソファに連れていってくれた。

俺を膝に乗せて座り、母さんもその隣に腰を下ろす。

「ギバセシスとハヴェライトのことなんだがな」

父さんは俺の五本の尻尾を撫でながら、申し訳なさそうに双子のことについて切り出した。

「ごめんな……、ここでは辛い思いをさせたくなかったが……」

「申し訳ありません……ルナ」

「……いいよ、もうだいじょうぶだし」

父さんと母さんは謝ってくれるものの、どうも何か含んでいるように聞こえる。多分理由があるのだろう。

まぁ、あの双子はもう俺に指一本触れられないので、これから先、気にする必要はない。それに俺を地獄から助け出してくれた父さんたちのことは、無条件で信頼している。

「……そうか」

父さんはもう何も言わなかった。

「朝食にしよう」

「ルナ、一緒に食べましょう？」

「はぁい」

また父さんに抱き上げられて、食事をとるダイニングテーブルに移動する。

「ミカルレインも一緒に食べましょう」

母さんに誘われてミカルレインも席に着いた。俺に付き従い、使用人のように振る舞っているが、彼は王族なのだ。

父さんはいつものように俺を膝に乗せる。父さんのお腹を背もたれにしている感じだ。

「ほらルナ、あーん」

「あぁん」

人化して良かったことの一つが、父さんたちと同じ食事がとれるようになったことだ。

この世界の食材は前世と変わらず充実していて、遥か遠い国にはお米も存在するらしい。

「アレン、ずるいですよ！　ルナ、はいあーん」

「あー」

父さんたちが一緒にいる時は、率先して俺に食べさせてくれるからとても楽だ。

「調子がいいなら、パステルを呼んだらどうだ？　服が出来上がったと知らせが来てたぞ」

「え、そうするっ」

「どんな服になったか楽しみですね」

自分だけの服に思いを馳せながら、家族での朝食を楽しんだ。


そして、朝食後。パステルがやってきた。

「ルナエルフィン様！　お体は大丈夫？」

「うん、だいじょぶ」

彼は相変わらずの迫力だ。だけど俺を凄く心配してくれていたらしい。

「さて、これが今回用意した服よー！」

パステルは二人の獣人の女性を連れてきていた。二人ともジャガーの獣人のようで、女性にしては体格が良く大きな胸を見せつけるようにしている。

服を持ってくるだけなのに二人を連れてきた理由も気になるが、それよりも彼女らの様子が変だ。チラチラとキラトリヒに視線を送っているのである。そわそわと落ち着きなく、頬を薄らと染めていた。

「ルナエルフィン様の服を考えるのは楽しくて、不眠不休で作りまくっちゃったわん！」

パステルは連れてきた二人の態度を気にすることなく、次々と服を出す。

一方、壁際に控えているキラトリヒは、あの二人からの視線を鬱陶しそうにしていた。

「これなんて力作よ？」

それはともかく、パステルが作ってくれた服は本当に軍服っぽい。

飾緒、サッシュやエポレットがないから、俺的には学ランに見えなくもないけど、色鮮やかだし綺麗なボタンがふんだんに使われていてお洒落だ。

「どうかしら？　紅色、深緑色、紺色を中心に作ってみたの。黒と白のもあるわ！」

「かっこいい！」

「ほんと!?　良かったー！」

俺は早速襟が紅色になっている紺色の服に着替えてみる。

カフスボタンには、襟と同じ紅色の宝石が嵌められていた。靴はピッカピカの黒革靴。

全身を映せる鏡の前に立って自分の姿を確認すると、確かに以前パステルが言っていた通り、俺の白銀の髪や耳と尻尾を凄く引き立ててくれる。首の傷痕も殆ど隠れていた。

「可愛いわ〜！　凄く似合っているわよ！　ルナエルフィン様！」

パステルのテンションは爆上がり。

「お似合いです！　ルナ様！」

ミカは涙目で褒め称えてくれる。俺もお返しに彼を褒めた。

「みかもにあってる」

「ッ、ありがとうございます！」

上下真っ黒な執事服には、ミカの髪色と同じ蒼い糸で見事な刺繍が施されている。

その刺繍に時間がかかるらしく、ミカに届けられた服は俺に届けられたものより少なかった。

後からミカに追加の服と、俺にも刺繍の入った服が届けられるらしく、とても楽しみである。

そんな風にパステルの着せ替え人形になっていると、あっという間に時間が経ち昼食の時間になった。

キラトリヒが見守る中でミカと食事をして、その後は地下図書館に移動する。

……全く傍から離れないが、キラトリヒはいつ食事をするのだろうか……

地下図書館には重要な書物が沢山あるため、入り口の前に警護のための騎士が配置されていた。

「こんにちは」

「こんにちは、殿下」

「本日も地下図書館にご用ですか？」

二人の騎士が俺に挨拶を返してくれる。何故か、ちょっとどころかだいぶ顔が蕩けていた。

「ぅうんッ」

「……ひッ……」

背後からわざとらしい咳払いが聞こえ、目の前の騎士たちが顔を強張らせて固まる。

どうしたのかと思って振り向くと、ミカがにこやかな笑顔で立っていた。咳払いは彼のものだったらしい。

「さ、ルナ様。早く中に入りましょう」

ミカのさらに後ろにいるキラトリヒはあからさまに顔を顰めている。騎士たちはこの彼の顔を見て固まったのだろうか。

キラトリヒは意外と感情が顔に出やすいようだ。

俺はミカに促されるままに地下図書館に足を踏み入れる。

図書館は地下にあるから窓がなく、太陽の光は入ってこないが、所々に設置されている魔道具によって目に優しい灯りが保たれていた。

俺は澄んだ空気の漂うこの空間がすっかり気に入る。

「みか、このくにのもじをおしえて？」

父さんたちに教えてもらってはいたものの、全てを理解するには程遠い。

「勉強を始めるには少々早い気がしますが、ルナ様が望まれるならお教えしましょうか」

「はやいの？」

「はい、獣人ですと本格的に学び始めるのは十歳くらいからかと」

「そうなんだ。……おれってなんさいかなぁ？」

「え……」

ふと湧いた素朴な疑問だったのだが、それはミカと俺たちの話を聞いていたキラトリヒにショックを与えたようだ。

ある程度は俺のことを聞いていただろうに、年齢が分からないとは思っていなかったらしい。

もしかすると名前がなかったことも知らないかもしれない。

「えと……人化ができるということは、五歳には到達しているのではないでしょうか？」

「そっかぁ」

少し動揺を見せたものの、ミカがすぐに俺の疑問に答えてくれる。

キラトリヒも澄ました顔で瞼を閉じ壁際に立つという、いつもの状態に戻っていた。

獣人は詰め込むように勉強をする必要はない。

王立学校への入学は二十歳からだし、成人は五十歳だ。

前世の感覚でそろそろ勉強を始める頃だと思ってしまい、人間の何倍も生きる獣人の感覚はまだ慣れない。

でも確かに、ギバセシスとハヴェライトは十五歳だと聞いているのに、見た目は小学六年生くらいに見えるのだ。

まぁ、自分の欲求に逆らってまで獣人の感覚に合わせる必要はない。前世の経験で、文字が読めるだけで自分の世界がぐんと広がることは既に知っている。

「やめておきますか？」

「ううん。ほんよみたいからおねがい」

「ッ、畏まりました」

コテンと首を傾げてお願いすると、ミカは悶えながら了承してくれた。

それから俺はこの世界の文字を覚えるのに精を出す。

「この世界では一部の民族的なものを除けば、一つの言語しか使われておりません」

「みんぞくてき?」

「獣人やエルフにはいませんが、人間の中には山奥に住み独自の言語を使っている者がいるのです」

「ふぅん」

「それ以外ですと大昔に使われていたという古代言語ですね」

そう言うとミカは本棚の間を縫って奥へ進んでいき、古い本を見つけて持ってきた。

「こちらが古代言語と呼ばれるものです。世界に点在する遺跡などにもこの文字が彫られていることがあるんですよ」

俺はミカに渡された古い本のタイトルを見てギョッとする。

何故なら、古代言語だと教えてもらった文字は日本語だったのである。

「……みかはよめないの?」

「えぇ、古代言語は滅びた言語。今は読める者が存在しません」

「ほろびた?」

「大昔、それも父上が生まれるずっと前のことです。世界に存在する魔物の数が爆発的に増え、魔物以外の生命は滅びかけたそうなのです。そんな状況ですと子供に文字を教える余裕がなかったようで……。そんな時代が長く続いたせいで、文字を読み書きできる者がいなくなったのだと言われています。今使われているのはその後新しく産み出された言語なのです。発音は同じなのですけれど、文字は違うものが使われていますね」

「かいどくしないの？」

「研究している者もいるようですが、必要性をあまり感じないですね。今ある言語と文字で充分ですし」

　ミカはそう言うが、俺にとっては他にも転生者、もしくは転移者がいたという証拠だから嬉しい情報だ。

　レティシアス様は白狐（しろぎつね）の魔法が特別なものだと言っていたし、前の白狐（しろぎつね）も転生者だったのかもしれない。

　俺はキラトリヒに声をかけられるまで、時間を忘れて夢中で文字の読み書きを教わった。

　窓がない地下図書館では時間の経過がまるで分からなかったのだ。

　夕食の時間になると、報告を受けた父さんたちに地下図書館に籠（こも）りすぎるなと注意された。

「勉強は楽しいか？」

「うん！」

「体も動かすんですよ？」

「そうだ。魔法の練習でもしてみたらどうだ？」

「そうする！」

そんなやりとりをした。


今日は魔力の使い方を研究すべく、ミカと二人で庭に来ている。

いや、少し離れた場所にキラトリヒがいつものように控えているから三人か。

「ルナ様には魔法式や魔法陣は必要ないのですよね？　一度好きなように使ってみては？」

そう提案され、俺は前世の魔法のイメージのまま色々試してみることにした。

『かえん』

とりあえず魔法といえば火だと思い、指先にマッチくらいの小さな火を出してみる。

『消失』と『断絶』を使った時は何も考えていなかったが、今回は自分の中の魔力の動きに意識を向けながら使ってみた。

『すいげん』

自分の魔力が多少出ていく感じはするが、微々たるもので尽きる気は全くしない。

火を燃え続けさせても、水を出し続けてもそれは変わらなかった。

『ひょうけつ』

魔法で出した水は魔法で氷にできるし、俺の魔法はレティシアス様が言っていたようにイメージのままに自由自在だ。

『ふゆう』

もちろん飛べた。

『てんい』

あんまり高くまで行くとミカが慌てるし、心なしかキラトリヒも心配そうなのでミカの隣まで転移する。

キラトリヒに近づく気にはなれないのに、彼が悲しそうにするのはなんとなく嫌だ。

「私がルナ様に魔法や魔力について教えることはなさそうですね」

「そんなことない。おしえてほしい」

「……よろしいのですか？」

「うん！　おねがい」

「畏(かしこ)まりました！」

その後、俺はミカの魔法を見せてもらった。

俺は具体的な想像をすれば魔法を使えるが、自分の知識には限界がある。

前世で魔法は空想の産物だったし、実際に生活に取り入れているエルフのミカが使える魔法の幅は凄(すご)く広いのだ。

蔓(つる)を使って相手を拘束したり、光の屈折を利用して姿を消したりするなんて、俺だけでは到底思いつかなかっただろう。

魔法を凄(すご)く便利だなって思う反面、怖いとも感じる。

多分俺が『燃やせ』とか『燃えろ』って思いながら魔力を込めれば、弾とか矢を飛ばすまでもなく対象物を燃やせると思う。

……相手が人でも。

だからこそ、これからもミカに魔法を見せてもらいたいし、それとは別に普通の魔法も勉強したい。制御力を養うのだ。

だが、魔法では全く運動にならなかったので、他のことにも挑戦することにする。

「みか、けんじゅつつかえるって」

「はい。独学ですので、騎士の剣術とはまた違うと思うのですが」

「いまみれる？」

「もちろんです！　只今愛剣を持って参りますので、少々お待ちください！　『転移』」

ミカは瞬間移動で自分の部屋に戻り、自前の剣を持って戻ってきた。

彼が手にしていたのは、一般的なロングソードよりはかなり細い剣だ。

キラトリヒが腰に携(たずさ)えている剣も特徴的で、太さはロングソードと同じくらいなのに剣先が地面につきそうなほど長い。

皆自分に合う武器を使っているのだろう。今度騎士団が訓練しているところを見に行きたいものだ。

ミカが剣を振るう様子を俺は観察する。

空を斬るように振るう様(さま)は迫力満点なのだが、剣身が細いので簡単に折れそうである。

「まけん？」

そのギャップには何か理由があるのだろうと思い聞いてみると、魔力を纏った魔剣なのだという。

「そうです。私は重い剣を使いたくないのでこれを作ったのですが、刻んだ魔法陣の効果でちょっとやそっとじゃ折れたりしないのですよ」

詳しく聞くと、硬く丈夫な剣を作るだけなら、そういう素材を集めればいいらしい。よく使われるのは魔物の鱗。他にオリハルコンやミスリルという鉱石もあるが本当に珍しいものなのだそうだ。

ちなみに、キラトリヒの剣も特注の魔剣。

俺もいつか自分の剣を作りたい。

この世界にあるかは分からないが、当然、日本刀だ。


それから俺は図書館での勉強と、剣術を習うための体造りの毎日を送った。

「ルナ様は痩せすぎです！　沢山食べて肉をつけ、体を動かして筋肉にしましょう。剣術を教えるのはそれからです！」

そうミカに言われ、モリモリご飯を食べて、毎日庭をジョギングする。

しかしミカは絶対に俺に無理をさせなかった。

風呂上がりには柔軟体操をして、その後ミカが全身くまなくマッサージしてくれるから筋肉痛も怖くない。

そして夜は、たまにクレセシアン兄さんが遊びに来るようになった。

俺を膝（ひざ）に乗せて撫（な）でるのが好きなようで、俺の話をうんうんと聞いてくれるのだが、それと同じくらいミカとも話をしている。

三百五十歳くらいの年齢の差はあるものの、外見は同年代に見えるし話も合うみたいだ。

俺が寝た後は一緒に晩酌をしているらしく、仲良しになったみたいで嬉しい。

そんなある日。図書館で勉強しようとミカとキラトリヒと移動していると、見知らぬ大人の獣人がこちらに歩いてきた。

初めて見るが、頭から生えた角からして山羊（やぎ）の獣人だろうか？

相手も俺に気付き、道を空けるように廊下の端に寄ってくれた。

そして、すれ違う瞬間に話しかけてくる。

「ルナエルフィン殿下、ご機嫌いかがでしょう？」

俺は足を止め、頭を下げている山羊（やぎ）の獣人を見た。

「私はギバセシス殿下の教育係をしておる、ロドスと申します。以後お見知りおきくださいませ」

頭を上げた彼の顔には、うさんくさい笑みが張り付いている。

「うさんくさ」

俺が漏らした一言が聞こえたのか、次の瞬間、笑みは消え、見下すような視線が残った。

「奴隷風情（ふぜい）が、王の養子になったからと調子に乗るなよ？　王になるのはギバセシス殿下だ。その五つの尾も本物か怪しいものよ」

「なッ!?」

『ていし』

山羊の獣人が俺を貶すと同時に、ミカとキラトリヒから殺気が漏れた。ミカは魔法を発動しようと魔力を動かし、キラトリヒは剣に手をかけている。

それを俺が瞬時に魔法で封じた。

山羊の獣人はそれに気付かぬまま、何も言い返せないのだろう？　と意気揚々と去る。

鈍感すぎないだろうか？

おそらく殺気を感じるような状況で過ごしたことがないに違いない。

「どうして止めたのです!?」

ミカルレインが訴え、キラトリヒからも同じような視線が注がれる。

「いちいちかまわなくていーの」

それにしても、あの山羊の獣人はとてつもない勘違いをしている。

王位は双子はおろかクレセシアン兄さんも継げない可能性が高い。

何故なら、父さんは王様になるべくして生まれたような威厳と風格を持った人で、国民のことを第一に考えこの国に尽くしている。

絶対に体が動くギリギリまで国王であり続け、隠居など簡単にしないだろう。

仮に千歳まで王位にいたとして、その時にはクレセシアン兄さんは九百五十歳近いし、双子は八百歳すぎだ。

父さんは実父から王位を継いだようだが、それは前国王が高齢の時に生まれたからで、生まれてすぐに番（つがい）に出会い、三百歳を前に三人も子供がいるのは珍しいとミカが言っていた。

つまり次に国王を継ぐのは、クレセシアン兄さんや双子の子供か孫ということだ。

もしそれを分かった上であれを言っているとすれば、何か企（たくら）んでいるのかも……

でも、俺には関係ないので気にせずトコトコと地下図書館へ向かう。すると、また向こうから獣人が歩いてきた。

今度は鳥類の獣人みたいだけど、ハヴェライトの教育係かなんかだろうか。

その男は俺たちを見つけると、パタパタと駆け足で近寄ってくる。

「ルナエルフィン殿下、ご機嫌いかがですか？　私、ハヴェライト殿下の教育係をしておりますネイクと申します」

背中に白い翼のあるこの男は一見にこやかで優しそうに見えるが、さっきのこともあってミカとキラトリヒは警戒を強めた。

「ハヴェライト殿下は内向的ですが、とても優秀な方なのです」

だがその警戒は必要なかったようだ。こちらからは何も聞いていないのに勝手に話し出すくらいには、ハヴェライトを可愛がっているようである。

「……しかし残念です。王族でありながら肉体的に劣る蛇（へび）の獣人などにお生まれになって……」

そう言いながら鳥類の獣人はいくら白狐（しろぎつね）でも王位は継げないだろうと、俺にも憐（あわ）れみの目を向けた。

その気もないのに、勝手に可哀想と思われるのはかなりイラつく。

その後も鳥類の獣人は話すだけ話してさっさとどっかに行ってしまう。

どちらも教育係には向いていない気がする……こんな奴らが教育係なんてギバセシスはまだしも、ハヴェライトは大丈夫なのだろうか？

あいつもはなから王位なんて狙っていないだろうに、いつもあんな感じで勝手に憐(あわ)れまれているのだとしたら、少し同情する。

あれだけあからさまだと、父さんたちはわざと不適当な人間を双子につけている気がしてくれる。母さんなんて暗部の人間と親類なのだから、情報が入ってくるだろう。

双子の教育係のことは放っておくことにし、俺は地下図書館に向かった。

もう文字はほとんど読めるようになったので、黙々と興味のある本を読み進める。分からないことがあれば隣に座っているミカに尋ねた。

獣人の国であるヴィナシス王国は、この世界最大の国土を誇っているらしい。

人間のほうが数は遥(はる)かに多いが、人間の国は複数に分かれているので、どこもヴィナシス王国より小さいそうだ。

ヴィナシス王国はまだ発展途上らしく、大きな街は三ヶ所だけ。王都と、海に面している港街、鉱脈に沿った鉱山の麓(ふもと)の街だ。

この三つの街は同じようにぐるりと外壁に囲まれ、しっかりと魔物から護られている。

ほとんどの国民がこの三つの街で暮らしているが、獣人の中でも高齢の者は街よりも各種族の集落のほうが馴染(なじ)むらしく、そちらで暮らしている者も少なくないそうだ。

高齢者でなくても街の外で暮らす獣人はおり、草原でのびのび暮らしている者、森の中でひっそりと暮らしている者など様々だという。

そんな街の外で暮らす獣人は強い。

何故なら外壁の外には魔物が蔓延っており、その魔物を狩って生活しているからだ。

そんなことを教えてもらってから、俺は外に興味津々なのだけれど、王城から出る許可すら貰えないのに、王都の外に出るなんて夢の夢だった。

「まち、いってみたいな」

「王都でしょうか?」

「ううん、みなとまちも、こうみゃくも」

「それはまだ難しいでしょうね……。せめて王立学校に通う二十歳になるまでは」

やはり今の年齢では早いらしい。

「ふふっ、パステルのようにどこかの店の人間に来てもらいましょう。それで出かけられるようになるまでに、お気に入りを見つけるのです。そうすれば少しは気が紛れるのではないですか?」

「じゃあそうする。みかのおすすめのおみせとかある? しょうにんとか」

それからは読書そっちのけでミカのお気に入りの店や商会を教えてもらった。

王都のあの武器屋がいいとか、あそこの宝石屋は細工が素晴らしいとか、前世でも今世でも馴染みのないものばかりが例に挙がるので、俺は期待に胸を躍らせながらミカの話に耳を傾けるのだった。

俺は今日も黙々と地下図書館で本を読み続けていた。

小説のような創作ではなく、歴史書や図鑑などこの世界のことが分かる本がたまらなく面白い。

ミカはその間ずっと俺の傍(そば)に控え、紅茶を準備してくれたり俺の質問に答えたりしてくれる。

ここにはたまに、王城で働いている獣人が現れることがあった。

多分、何かしらの資料を探しに来ているのだろう。

俺を見つけるとギョッとするが、直接話しかけてくる者はいない。

本当にこの場所は居心地が良かった。

――バァンッ‼

そんな俺のお気に入り空間の扉が、突然、壊れそうな勢いで開け放たれる。

俺は配慮の欠片(かけら)もないその行動に苛立(いらだ)ち、扉のほうへ視線を向けた。

「いたー！　こんなところにいやがった！」

大声を出しながらギバセシスがハヴェライトを引き連れて近付いてくる。

「ずっと捜してたんだぞ⁉」

自分が俺にした仕打ちを忘れているのか、当たり前のように近づいてくる彼に吐き気がした。

『だんぜつ』

俺が嫌がっていることに気付いたミカとキラトリヒが双子に対処しようとしたので、それを手で制し魔法で結界を張る。半透明にしたので、頭の足りないギバセシスでも拒絶されたことが分かるだろう。

「な⁉　何するんだよ‼」

ギバセシスは『断絶』の壁を見ると、バンッと握った手を半透明な壁に叩きつけた。

「これ解けよッ‼　俺、お前に話があって捜してたんだぞッ⁉」

叫び声を上げる彼を無視して、俺は読書を続ける。

「仲直りしたいんだ！　ルナエルフィンっていうんだよな？　ルナって呼んでいいか？　俺のことはお兄様って呼んでいいぜ！」

「は？」

『断絶』の結界内に俺の殺気と魔力が充満し、ミカとキラトリヒの顔色が悪くなった。

「なぁって！」

『しゃおん』

俺は堪らず音を遮断する。

「ありえない」

「……身勝手な上に図々しい王子ですね」

落ち着くために息を吐き出したが、ギバセシスには呆れしか感じなかった。

なおも結界をバシバシ叩いている彼の姿が半透明の壁から見えて鬱陶しい。

『てんい』

煩いギバセシスと、ついでにオロオロしているハヴェライトを地下図書館の外に瞬間移動させる。

『だんぜつ』

それから俺たちの周辺に張っていた結界を地下図書館の扉に移した。

外の音は入りにくいので、遮音にしなくても大丈夫そうだ。

「流石（さすが）ですね、ルナ様」

こういうことをしたら怒られるのではと心配だったけど、ミカにその気はないらしい。

それにしても『転移』は便利だ。敵が目の前に現れたら、あり得ないくらい遠くに飛ばせばいいかもしれない。

「それができるのはルナ様だけですよ。私は自分だけで精一杯です」

ミカに言ってみると、苦笑交じりにそう言われた。

それほど瞬間移動は難しいらしい。

空間を正しく認識し、操り、支配しなければならないし、物ならまだしも、生物を一瞬で移動させる魔法など誰でも使えるわけではないという。そもそも魔法陣を作るのも大変だし、魔力の消費量も多いので、使える魔力が多くないといけないそうだ。

できると確信していたとはいえ、気を付けなければいけないと自戒する。

その日の夕食時。ギバセシスは騒ぎすぎて疲れ、眠っているとのことで姿を見せなかった。

「今日はギバセシスが騒いでいたようだが、何かあったのか？」

「凄（すご）い大声でしたよ？」

「ちかとしょかんでさわぐから、おいだした」

「そうか……」

父さんは頭痛がするようで、こめかみを押さえる。

「静かにしなければいけませんが、仲良くするんですよ？」

「はぁい」

まぁ目障りにならなければ、別にいてもいなくてもどちらでもいい。結界は張ると思うけど。

「今日はルナ様もお疲れでしょう？　お風呂上がりにブラッシングいたしましょうか」

「するぅ！」

ミカに言われた俺は一気にテンションが上がり、素早く夕食を食べ終え、部屋に戻った。

ミカが夕食の前に準備していてくれたおかげで、風呂はいつでも入れるようになっている。服を脱ぐのを手伝ってもらって早速風呂に向かうと、ミカもシャツだけになって入ってきた。

猫足のバスタブはまだ俺には少し大きく、ミカに抱っこしてもらわないと入れない。

お湯はバスタブの半分くらいまでしか張られていないのだ。

ミカが髪と体を洗ってくれるので、俺はおもちゃで遊ぶ。この世界にも黄色いアヒルが存在し、子供が風呂で遊ぶおもちゃは意外と充実していた。

シャンプーハットを被り、丁度良い温度のお湯に肩まで浸かっていると、腕まくりをしたミカが早速髪を洗ってくれる。ミカは俺の白銀色の髪を凄く気に入っていて、さらさらつやつやに保つために手入れを怠らない。

おかげで俺の髪はいつでも天使の輪ができているのだ。

「んっ、んぅ……くすぐったい……」

「少し我慢してくださいね」

体もただ洗うだけでなく、オイルやクリームを塗られ、俺は常にいい香りに包まれている。

風呂を上がると、ミカが柔らかいタオルで丁寧に拭いてくれた。

いくら体を拭いたり着替えたりくらいは自分でやると訴えても、ミカは俺の世話をすると言って譲らない。

もう慣れたし、やりたいならやらせてやろうと割り切っている。

ミカにブラッシングしてもらう日は、お風呂上がりにパジャマに着替える前に獣化する。

その後ゆっくりと湿り気の残った毛を乾かしてもらい、部屋に戻ってソファに座ったミカの膝に乗るのだ。

毛を乾かすのは魔法なら一瞬じゃんと思わなくもないのだが、ミカがあまりにも楽しそうなので好きにさせている。

彼は俺の毛並みを整えるために、ブラシをいくつか購入したようだ。

色んな種類が用意されていて、それらを使い分けることによってなんかいい感じになるらしい。

俺はよく分からないけれど、毛並みがよくなっているのは感じているし、ミカの丁寧なブラッシングはとてつもなく気持ちいいのである。

「痒いところはないですか？」

「きゅう」

「おや？」

俺がミカの上達したブラッシングテクニックを堪能していると、部屋の扉がノックされた。

多分クレセシアン兄さんだろう。

「ルナ、いるか？　クレセシアンだ」

やはり俺の予想は当たっていた。

「お入れしてもよろしいですか？」

「きゅっ！」

俺がいいよと頷いてみせると、ミカがどうぞと返事をしてクレセシアン兄さんを招き入れる。

「お？　今日はブラッシングか？」

兄さんはいつも通りにミカの隣に座ると、俺の五つの尻尾の一つに手を伸ばした。

ゆっくり毛並みを整えるように撫でながら、ミカと楽しそうに話をする。

「いつか俺のブラッシングもしてもらいたいな」

「貴方は体が大きいので大変そうですね」

ミカは俺の前だとまるで犬みたいに感情豊かだが、他の者に対してはそうでもない。

父さんたちには王族同士ということもあって愛想良くしているが、食事の時間以外は滅多に会わないし、俺以外に仲が良くて比較的感情を見せているのはクレセシアン兄さんなのだ。

よく俺の部屋に来る兄さんが、俺だけに会いに来ているわけではないことは知っている。

俺のこともちろん可愛がってくれるけど、ミカを見つめる目は俺に向けるものとは別のものだと、すぐに気付いた。

獣人の番が獣人とは限らない。

兄さんは辛そうではないし、俺はそっと見守るだけだ。

大好きな二人が幸せになれますように。

4

俺がヴィナシス王家の養子になってから五年が経った。今は十歳ということになっている。

父さん、母さん、兄さんは相変わらずだが、双子は二十歳になり、その誕生パーティーで社交界デビューを果たして王立学校に入学した。

あれから主にギバセシスに付きまとわれてうんざりしているが、声を遮断する結界を張ったり、『転移』して逃げたりして無視を決め込んでいる。

彼らに構わず、俺はこの五年間で図書館での読書による勉強に加え、王族としてのマナーや礼儀作法を重点的に教わった。

養子とはいえ王族。

王族の居住区から出れば、王城で働く者の目に入るようになる。王族としての振る舞いを身につけないといけないのは当然だ。

まぁ獣人の王族は俺の想像よりも堅苦しい感じはなく、それには救われている。

ヴィナシス王家の一員として、誰にも舐められない高貴な品格というか、身分の高い者の雰囲気を醸し出せるよう頑張っていた。

「――ルナ様、そろそろ本格的に剣術を始めましょうか」

俺は三食きちんとした食事を取り、毎日の運動や筋力トレーニングを欠かさず行ったお蔭で、体つきが良くなっている。まだまだ小学生低学年程度の身長ではあるが、それなりに筋肉がついたし、体力もあると思っている。

大きな耳や五つの尻尾(しっぽ)のおかげで幼さが残るものの、スラリとしなやかな体だ。

この五年で拙(つたな)い喋(しゃべ)り方からも脱出できたし、上々の成長具合だろう。

そして俺の傍(そば)には変わらずミカルレインがいる。

「うん。でも剣術を習う前に行きたい場所があるんだよな」

「行きたい場所、ですか？」

「あぁ、騎士団の訓練を見てみたい」

「ほぅ。それはいい考えですね！」

騎士団といえばキラトリヒだ。

彼は五年間一日も休まずに俺の傍(かたわ)らにあり、護衛を務めていた。

俺とミカは『治癒』の魔法が使えるから、疲労によって体調を崩すことはないのだけれど、キラトリヒはそうはいかない。

にもかかわらず、不休で務めている根性というか健気(けなげ)さは素直に尊敬できた。

「早速父上に頼んでみるか」

そろそろ夕食の時間なので、俺たちはリビングに移動する。

暖炉の前のソファに座って少し待っていると、父さんたちより先にギバセシスとハヴェライトが帰ってきた。

「あー……今日もつっかれた」

『遮音』

俺はさっさと音を遮断し、ギバセシスを無視する。そして、手元の本に視線を落とした。

だが横目でハヴェライトの様子を窺う。

元からだったが、王立学校に通うようになってからの彼は、さらに陰気さが増した気がする。

ずっと俯いて暗い顔をしているし、自分の意思がないのか常にギバセシスについて回って正直言って見ていてウザい。

双子が入ってきたすぐ後に父さんと母さん、兄さんが揃って入ってきた。言葉には出さないが今日も疲れているようだ。多分夕食をとった後も仕事があるのだろう。

俺は『遮音』を解除し、ソファの隣に座っていたギバセシスには目もくれずに、自分の席へ向かった。

運ばれてきた美味しい夕食を食べ進め、落ち着いた頃に父さんに話を切り出す。

「父上、お願いがあるのですが……」

「……なんだ？」

不機嫌そうだ。

父さんは俺に父上って呼ばれるのが気に入らないらしい。距離を置かれているようで嫌なのだと。

だがこれは俺も譲れない。

他の兄弟が父上って呼んでいるのに、俺だけ父さん呼びでは駄目だ。

「ミカルレインから本格的に剣術を学ぶ前に、騎士団の訓練を見学したいんです。許可を頂けませんか？」

そしてこの丁寧な話し方も嫌なんだとか。

それは母さんも兄さんも同じらしく、顔を顰めてムムムッと唸ってる。

俺は態度を少し砕けたものに変えた。

「お願い、父さん？」

「いいだろう」

「わぁい」

……チョロすぎるよ、父さん。

まぁ、城内で騎士団の訓練の様子を見学するだけなのだから、許可しない理由はないのだろうけど。

「ずりぃー！　俺も騎士団の訓練見てみたい!!」

ギバセシスが食事中に大声を出して母さんに窘められている。

そんな中、俺は双子が騎士団の訓練を見たことがないことに内心驚いていた。

「――王立騎士団第二師団副師団長が、王族の居住区までわざわざ足を運んで教えていたようですよ」

「へぇー、そうなんだ？」

「えぇ、それが当たり前だったので、自ら見学に行こうなどと思わなかったのでしょう」

部屋に戻ってからミカにそう教えてもらったが、ずっと双子を遠ざけていて知らなかった。

とにかく父さんからは許可を貰えたので、近いうちに知らせが来るだろう。


数日後。王立騎士団の訓練見学の詳細を持ってきたのはキラトリヒだった。

俺が地下図書館にいる間、少し席を外したかと思ったら、そのことで呼び出されていたらしい。

「ルナエルフィン殿下。我が第八師団の団長であるアレキサイトが、見学は明後日でいかがかと申しておりました」

キラトリヒは俺が座っている椅子の隣に跪く(ひざまずく)と、頭(こうべ)を垂れる。

国王陛下にでもそこまでしないのにと思いつつも、見上げるのは大変なので何も言わない。

「第一師団と第二師団も一緒？」

「はい。師団長と副師団長、団員の半分ほどは護衛や警護で不在ですが、残りは訓練に参加する予定です」

王立騎士団の第一師団は王族や王宮を護り、第二師団はその補佐をしているのだから当然だ。

「第八師団の討伐任務はないのか？」

「はい。先日王都周辺の定期巡回も無事終了し、次の討伐任務までは少し期間があります」

滅多(めった)に王城にいない第八師団だが、丁度(ちょうど)帰ってきているらしい。

第三から第七師団は王都を東西南北に分けた、それぞれの区画に配置されているため、騎士団の駐在所もそこにある。それぞれに兵舎、訓練場などがあるそうだ。

一方、第一と第二、第八師団の駐在所は王宮の敷地内にある。

第一と第二師団は王城が仕事場であるから当然で、第八師団は王城からの指示を迅速に受けられるようにだ。まぁ、第八師団は年のほとんどは王城どころか王都にすらいないので、実際は魔道具で連絡するのだが。

国内の魔物の討伐に精を出している第八師団は、国土が広く魔物の数が多いため、定期的に巡回するので手一杯なのだとか。

騎士団の中では第一と第二、そして第八師団を志望する者が多い。

王族の護衛や王城の警護に携わりたいとか、魔物の討伐をしたいという理由だ。重要な仕事が多く、それに見合う実力が求められるのは言うまでもない。

俺は跪いているキラトリヒを見下ろす。

こんな姿勢を取るからといって、キラトリヒが俺に対して畏れを抱いているとか、媚びているわけではないことは五年も一緒にいれば分かる。

いまだに触ることは許していないし、『消失』も健在なのだが、キラトリヒが至って自然に振る舞うので、いつしか俺も、ある程度自然体で彼に接することができるようになっていた。

今はこの距離がいい。

「じゃあ、明後日見学に伺うと師団長に伝えておいてくれ」

「畏まりました」

立ち上がったキラトリヒと一瞬だけ目が合う。

相変わらず琥珀のような美しい瞳だ。

その瞬間、キラトリヒの耳が嬉しそうにピルルと震え、踵を返して扉に向かう後ろ姿も尾がいつもより激しめに揺れている。

本人は護衛騎士に徹し、堅苦しい態度でそれ以上距離を詰めることはないが、そんな堅物さも正直な耳と尾で台無しだ。

俺はそんな番の姿に、多少心がくすぐられてしまうのだった。


王立騎士団の訓練見学当日。

比較的大勢の前に出るので、ミカは俺の衣装に力を入れていた。

上下カーキ色の軍服風の服を準備される。

これは自衛隊っぽくて結構好き。

綺麗な光沢がある高級な黒革のベルトをつけて靴を履き、耳にはボタンと同じ金色のピアス。

このピアスは王家の紋章が入った、父さんからプレゼントされたものだ。

ミカは相変わらずの執事服だが、手には白い手袋をし腰には自前の剣を携えていて、凄くかっこいい。

キラトリヒはいつもと変わらない漆黒の軍服を纏っていた。

そんなミカとキラトリヒを連れた俺は、騎士たちがいる訓練場に足を進める。

今まで一度も行ったことはないけれど、場所は分かっていた。

城の外だが王宮の敷地内にあるその場所は、三つの師団が使う場所なので結構な大きさがあるのだ。

訓練場に着くと、第一、第二師団の半分ほどと、第八師団の騎士たちが既に訓練を始めていた。

前もって、普段の訓練の様子を見学したいからいつものように始めていてくれと連絡していたせいだろう。

しかし俺が来ることは知らされていたらしく、騎士たちは訓練の手を止めて視線を送ってきた。

「……白い……」

「本当に尾が五本あるぞ……」

「……なんて神秘的なんだ」

大勢の獣人の目が俺を見ている。

初めは俺の白い体毛や五本の尾に目を奪われていたようだが、それはすぐに敵意……とまではいかないが、俺を良く思っていないのが丸分かりの視線に変化した。

「お前らぁッ！　手ぇ止めてんじゃねぇぞッ‼」

第八師団の団長と思われる獣人がそれに気付き、大声で一喝する。

多少の威圧の乗ったそれは騎士たちを震え上がらせた。

第八師団団長は訓練を続けろと告げると、俺のもとへ歩いてくる。

騎士たちはその指示に渋々従いつつ、チラチラと俺に視線を飛ばした。

「お騒がせして申し訳ありません」

「構いませんよ」

「寛大なお心に感謝いたします。改めましてお初にお目にかかります。王立騎士団第八師団団長のアレキサイトと申します。以後お見知りおきください」

第八師団長は多分虎の獣人だろう。オレンジに近い金髪に、耳と尻尾には黒い模様が入っている。体は大きく、細マッチョなキラトリヒ二人分はある完璧なゴリマッチョだ。

しかし、先ほどの喝や外見とは裏腹に、俺に挨拶する姿はとても丁寧で洗練されている。右手を胸に当て、左手を後ろに回し、片足を引いて礼をする姿は、王族への対応に慣れているようだ。

流石は団長と言ったところか。

「ルナエルフィン・ヴィナシスです。本日は俺の我儘を聞き入れてもらい感謝しています」

俺が愛想良くニコッと笑うと、第八師団長も笑顔を返してくれる。

その笑顔は王族に対するものでも奴隷に対するものでもなく、可哀想な子供に向ける気遣いの見えるものだった。

師団長は、俺がヴィナシス王家の養子になった経緯を聞かされているのかもしれない。

「何故、騎士団の訓練を見学しようなどと思ったのですか？」

そう聞かれる。ギバセシスやハヴェライトは来たことがないので疑問に思ったのだろう。

ちなみに父さんとクレセシアン兄さんも、少なくとも二十歳になるまで騎士団の訓練場に足を運んだことはなかったらしい。王族が騎士団の訓練に交ざるのも、二十歳で王立学校に通うようになってからなのだそうだ。

「剣術の稽古が本格的に始まるので、その前に騎士団の訓練の仕方や動き、使用している武器なんかも見てみたいと思ったのです」

「そうでしたか」

「えぇ、好きに見学させてもらうので、俺のことは気にしないでください」

「畏まりました。あちらに椅子を用意させていただいたので、よろしければ使ってください」

そのまま第八師団長は俺の後ろに控えているキラトリヒに視線を向け、澄ました顔の彼に苦笑を零す。

「キラトリヒ、お前も訓練に参加したらどうだ？」

「いえ、私にはルナエルフィン殿下の護衛がありますので」

普通なら勝手なことをするなとか、指示に従えとか怒りそうなものなのに、第八師団長は困ったように笑うだけで、キラトリヒを咎めることはなかった。

五年間、定期巡回の魔物討伐任務にも参加していないのだから、今さらなのかもしれない。

仕方なく俺は声をかける。

「俺はここにいるから、お前は訓練に参加しろ」

「……了解しました」

「わははは。ではキラトリヒをお借りしますね」

キラトリヒは今でも一応第八師団所属なのに、アレキサイトは彼が俺のもののような言い方をした。

キラトリヒは俺の指示に素直に従い、第八師団長の後についていく。

俺とミカは準備された椅子に大人しく座り、騎士たちの訓練の様子をじっくりと観察した。

皆、師団長であるアレキサイトの指示に従い、生き生きと体を動かしている。

第一、第二師団はやはり狼や犬の獣人が多かった。その他には鷹や鷲といった鳥類の獣人も目立つ。

第八師団は種族の偏りはなく、強いて言うならば虎、豹、ジャガーなどの大型の猫科が多い気がする。

武器は様々で、大剣を使っている者もいれば、両手に短剣を持っている者もいた。鳥類の獣人の中には弓を使う者もいて、飛びながら的を狙う訓練をしている。

しかし魔法の訓練をしている獣人は見当たらない。

騎士団には腕っ節に自信がある者ばかりで、魔法式や魔法陣の構築などに頭を使い、魔力の素質や繊細な操作が必要な魔法には向かない者がほとんどなのだろう。

魔法を学ぶには剣術を学んでいる暇などないし、それの逆も然りである。

爬虫類の獣人が多い暗部には、闇に紛れるための魔法だけ習得する獣人もいるらしいが、俺のように魔法と剣術を組み合わせようとしている獣人は稀らしい。

それにしても、見ていて意外だったのはキラトリヒだ。

面倒見がよく、騎士たちにとても慕われていた。

騎士たちは訓練の合間にキラトリヒへ積極的に話しかけ、談笑したり、アドバイスを貰ったりしている。キラトリヒも俺に対する時の堅苦しさはどこにもなく、楽しそうな笑みを見せ、仲間をとても大切にしていることが伝わってきた。

しかし一度模擬戦を始めると、慈悲など一切なく相手を瞬殺する。

それが騎士たちの成長に繋がり、第八師団はさらに強くなっていくのだろう。

第一、第二師団の騎士たちも、キラトリヒに模擬戦を申し込んでいる。第八師団の騎士を優先してはいるものの、彼はそれら全てに応じていた。

寡黙で融通の利かない堅苦しい男という俺の中のキラトリヒのイメージは、綺麗に崩れる。

俺は、キラトリヒという番と初めて出会った時の、あの感動を忘れない。

そして次の瞬間にかけられた言葉、与えられた冷たい視線、一瞬にして堕とされた絶望も忘れることができない。

……それでも五年間俺を護衛し続け、その中で様々な顔を見せてくれたのは事実だ。

この関係が続けば、何かが変わりそうにも思える。

その変化が、俺にとって嬉しいことなのか、悲しむべきことなのか、今はまだ分からなかった。

さて、俺は至って大人しく観察に勤しんでいるだけなのだが、座っているだけでも視線を集めた。

『盗聴』

俺はそんな騎士たちがどんなことを話しているのか気になり、聞き耳を立てることにする。

「――俺らと同じ平民の癖に」

「しかもあいつ奴隷だったんだろー？」

「マジかよぉ、我が物顔で副師団長を連れ回しやがって」

「図に乗って我儘言うなっての！」

「狐の癖に」

俺が王の養子になったことに納得できない、平民出身の騎士の僻み、妬みがかなり多い。

奴隷うんぬんはギバセシス辺りが騒いでいたのを聞いたのだろうか。俺に直接それを言ったのは、あいつとあいつの教育係だけだ。

そして、一番多いのはキラトリヒを護衛騎士にしていることに関しての不満だった。

やはり王立騎士団最強の騎士を常に張りつかせていて、勿体ないと思われているらしい。俺の我儘でキラトリヒを侍らせていると勘違いされている。

「はぁ……」

「大丈夫でございますか？　ルナ様」

ミカも『盗聴』を使用して聞いていたようだ。俺が色々言われるのを聞いても、飛び出さなくなっただけ成長している。

昔は、俺が全く気にしていないのに、ミカもキラトリヒもすぐに殺気を出すからいちいち止めるのが面倒臭かったが、今では立派にスルースキルを会得してくれた。

何年か前に「俺の手を煩（わずら）わせるな」とため息交じりに呟（つぶや）いたのが効いたのだろう。

「大丈夫。呆（あき）れてるだけだ」

「ルナ様のことをよく知らない愚か者の言うことですので、お気になさらず」

そう言っているミカの額（ひたい）には青筋が浮かんでピクピク動いている。

何もしないでいてくれるけれど、俺が悪く言われることが嫌なのは変わらないようだ。

俺は椅子から立ち上がり、アレキサイトのところへ歩いていく。

ミカは俺の後ろをついてきてくれた。

俺が動き出したことで、また一斉に騎士たちの視線を集めることになるが、今からすることはむしろ多くの獣人に見てもらったほうがいい。

「如何（いかが）なさいましたか？」

「武器をもう少しよく見せてもらいたいのですけれど……」

「あぁ！　もちろんいいですよ！」

俺が頼むと、アレキサイトは嬉しそうに持っている大剣を見せてくれた。その様子だけで彼がどれだけ愛剣を自慢に思っているのか伝わる。

「私が使っているのはアダマンタイトでできた両手剣です。五十年ほど大切に使っております」

アダマンタイトはオリハルコンやミスリルと同じ魔鉱石。魔力を通しやすい魔鉱石の中でもオリハルコン以上の硬さを誇り、希少価値も高いことで有名だ。

そんなアダマンタイトをふんだんに使用し、尚且（なおか）つミカやキラトリヒのものと同じように魔法陣が刻まれた魔剣となれば、間違いなく伝説級の代物（しろもの）だった。

「持たせてもらってもいいですか？」

「え？　あ、あぁ、構いませんが……」

これだけ貴重な剣を簡単に渡すはずがないから断られるだろうと予想していたのに、意外とすんなり貸してもらえる。

これで魔法陣のもたらす効果や、魔剣を持った感じを知ることができるだろう。

「えー、渡すのかよー。俺だって触ったことないのにー！」

「俺持たせてもらったことある～。重くて持ち上がらなかったけど～」

「……自慢げに言うことかよ……。まぁだったら、あのガキには持てねぇな」

俺に不満を持つ騎士たちの声が『盗聴』を使うまでもなく聞こえてくる。

それをキラトリヒが視線だけで黙らせるが、アレキサイトは俺が心配でそれどころではないようだ。

「……充分お気を付けください」

大剣の先を大地につけ、間違っても俺に怪我させないようにと細心の注意を払って渡してくれる。

俺は目の前の柄（つか）を両手で掴んで、力を入れて大剣の重みに備（そな）えた。

柄（つか）が目の前にあるということは、この大剣はほとんど俺の身長と同じ大きさだということだ。

この時、俺はこの場にいる全ての騎士の視線を集めていた。

俺が大剣に押しつぶされる未来でも見えているのか、大半の騎士の顔は青ざめている。

アレキサイトが後悔していることが、その表情や雰囲気から伝わってきた。

だがミカとキラトリヒだけは、いつものように俺のすることを平然と見守ってくれている。

アレキサイトがゆっくりと手を離すと、ずっしりとした重みが腕を通して全身に伝わってきた。

なんとか大地についた大剣を支えたが、足を踏ん張って持ち上げようと試みても、少しも持ち上がらない。

「プッ、だっせー」

「無理だっつったろ？」

「さっさと諦めて帰れっつーの」

やはりどれだけ凄い大剣だとしても、自分に合っていなければ宝の持ち腐れだ。

『軽減』

俺は簡単に物の重さを操れるが、大抵の騎士には無理なのだから。

「「「は……!?」」」

アレキサイトと周囲の騎士たちは、口をポカンと開いた間抜け顔で俺を見ている。

俺が大剣を持ち上げたことに、驚いているようだ。

俺は大剣を胸元まで持ってきて、アダマンタイトの黒い剣身に刻まれた魔法陣を見る。魔法式を読み、どんな効果が組み込まれているのか解いていった。

ミカから勉強を教わるようになった五年間で、だいぶ魔法のことを理解できるようになっている。

「炎……」

どうやらアレキサイトは炎を纏う大剣を扱っているようだ。

俺は大剣を天高く掲げ、自身の膨大な魔力を過剰に注がないよう、少しずつ流し始めた。

黒い剣身から真っ赤な炎が噴き上げる様はなかなか美しい。

俺が魔力を注げば注ぐほど炎は燃え上がり、大剣はチリチリと火の粉を撒きながらゴォォと勢いよく燃えたのだった。

「ルナ様」

「ん？」

「これ以上炎を大きくするのは止めたほうがいいかと」

気付けば大剣から発せられる炎は巨大になり、周囲の騎士たちがその熱量に気圧され動けなくなっている。アレキサイトもここまで大きな炎を出したことはなかったようで、茫然としていた。

『耐熱』

俺は大剣に注ぐ魔力量をさらに抑え、周囲に熱がいかないように結界を張る。

「これは良い魔剣ですね」

一緒に結界の中に入ったミカは、俺の隣で魔剣をまじまじと眺めた。

「これだけの熱なら相対したものを焼き斬れる、いや溶かすと言ったほうがいいか？」

「ええ、大抵のものはバターのように斬れるでしょうね」

燃え盛る大剣を手に呑気に話をする俺とミカ。

正気を取り戻した周囲はざわつき始め、そんな騎士たちをアレキサイトとキラトリヒが窘める。

「ありがとうございます、とても参考になりました」

魔剣を充分に観察した俺は、流していた魔力を止めて結界を解き、アレキサイトに大剣を渡してから『軽減』を解除した。

アダマンタイトもいいけれど、いつか日本刀を作るなら銀色の刀身がいいと改めて思う。

輝くミスリルの日本刀なら俺の外見ともマッチするだろうし、いくらか細身になってもできるだけ軽いほうがいい。

アレキサイトの大剣を軽くしたように魔法陣に『軽減』を組み込めばいいとも思ったが、それだと魔力を流し続けなければならなかった。

それはともかく、これで俺を見下したり、舐めた噂を流したりする獣人が少しでも減るだろう。

もう充分情報を貰ったし、そろそろお暇するとしよう。

「……感服いたしました」

アレキサイトが大剣を仕舞いながら俺を称賛する。

「平民の癖に、なんで……」

俺たちを遠巻きに見ていた騎士がボソリと呟いた。

周りは俺とアレキサイトの会話に耳を澄ましていたので、嫌に響く。

俺は自分のためにも、父さんたちのためにも反論した。

「はぁ？」

「え？」

「ただの平民が王族の養子になれるわけねぇだろ。馬鹿？　少しは自分の頭で考えたらどうよ？」

「ルナ様」

「だいたい俺のこの外見が見えねぇのかよ。白の色をもつ獣人は珍しいから、漏れなく王家の保護対象なんだよ。そんなことも知らねぇのか？　もうこの国の獣人やめろよ」

「ルナ様！　激しく同感なのですが、心の声がだいぶ漏れてますよ」

俺は一連の流れを見ていたはずの騎士からまだそんな反応が出ることに堪えきれず、思っていたことをそのまま言葉にしてしまう。

ミカとキラトリヒ以外は、俺の言葉遣いや態度の変化に驚いている。

別に上品なキャラを演じているつもりもない。俺はアレキサイトに向き直った。

「今日は色々と見せてもらってありがとうございました。また見学に来てもいいですか？」

「え？　あ、えぇ、いつでもいらしてください」

「では」

そう言って身を翻（ひるがえ）し、ミカと一緒に城内に戻ろうとする。当然のようにキラトリヒもついてきた。

最後まで訓練に参加すればいいと思う一方で、立ち止まってキラトリヒが追いつくのを待ってしまう。

キラトリヒは俺が待っているのに気付くと、申し訳なさそうに駆け寄ってくるが、その尻尾（しっぽ）は嬉しそうに揺れていた。

「ッ、お待ちくださいッ！」

キラトリヒが追いついたので今度こそ訓練場を出ようとした時、一人の騎士が声をかけてくる。

「無礼をお許しください。しかし、どうしてもお聞きしたいことがあるのです」

他の騎士と比べると少し細いがしなやかな体つきで、耳や尾の色と柄からして豹の獣人だろう。

俺よりも目線が下に来るように跪く様子や、丁寧な言葉遣いから貴族の出だということが窺える。

「なんだ？」

しかし敵意の籠ったギラついた目を隠せてはおらず、俺に不満があることは見れば分かった。

そんな相手に敬語を使う必要はないし、面倒臭いという態度を隠さずに返事をする。

「……どうして副師団長だけを護衛になさるのですか？　交代制にしたほうがよろしいのではないかと思うのですが」

この騎士は遠回しにキラトリヒを第八師団に返せと言っているのだろう。

周りを見渡すと、この豹の獣人と同じ意見の騎士は少なからずいるようで、彼みたいに敵意を向ける者こそ少ないが、期待の眼差しで俺を見ていた。

騎士団内でのキラトリヒ人気は圧倒的らしい。

それは最強だという戦闘力に魅せられたのか、面倒見のいい人柄に惹かれたのか。

とにかく、ここにはキラトリヒが黒の色を持っているからという理由だけで関わろうとしている獣人は一人もいないようである。

俺が白であるように、キラトリヒも珍しい黒だった。そして、黒い獣人は優秀であると信じられているのだ。

俺はそうでもないのだが、キラトリヒは自分に向けられる視線に敏感だ。

地下図書館ではそれなりの頻度で王城に勤める獣人に遭遇するのだが、彼らは俺に驚いた後は必ずキラトリヒに視線を送る。

子供の俺に向けるのとはまた違う、狙うような誘うような視線を。

キラトリヒはそれがとても嫌いらしく、そういう視線を向けられた後はすこぶる機嫌が悪くなる。

俺の護衛で体を動かす機会がない分、ストレスを発散させることができずにそのうち禿げるのではないかと、こちらが心配になるほどだ。

だから、護衛を交代制にするのは俺も賛成である。

キラトリヒが応じればの話だが……

「キラトリヒ」

「はい」

キラトリヒは慣れた動作で俺の横に跪く。

「この騎士は俺の我儘でお前を連れ回していると思っているようだが、どうなんだ？」

「……誠に申し訳ありません」

「え……、何故副師団長が謝るのですか？」

いまだに俺の前に跪いている豹の獣人の騎士は、キラトリヒが俺に頭を下げたことに驚いた。

それは周囲の騎士たちも同じである。

意外だったのは、数人事情を知っているっぽい騎士もいることだ。

「俺がお前たちにきちんと説明してなかったからだ。俺は誰かの命で殿下の護衛をしているわけじゃない。自分の意思で殿下の傍に在るんだ。……夜間の護衛中に俺のもとに来た奴らには説明してたんだがな」

キラトリヒは俺の傍を離れない範囲で説明していたらしい。

まぁ、一回俺から離れて騎士たちにきちんと説明してもよかったと思うが、第八師団はそもそも王都にいることが少ないので、なかなか機会がなかったのだろう。

「いい機会だし、俺の護衛は他の騎士との交代制にしたらどうだ？」

「殿下の護衛を他の騎士に任せるつもりはありません」

「はぁ……」

予想はしていたが、やはり素直に応じる気はないらしい。

「なら交代制じゃなくていいから、別の獣人も一人か二人つけろ。お前が選んだ騎士でいいから」

「しかし……」

「お前が休憩したり、寝たりする時のためだ。それに、たまにはお前も体を動かす時間があったほうがいいだろう？　命令だ、分かったな？」

「……了解しました」

キラトリヒは渋々ながら了承してくれた。

「……そんな……」

豹の獣人騎士が、魂の抜けたような顔でブツブツと呟いている。

「……キラトリヒ様と訓練や討伐をするために……、第八師団に入団したのに……」

周囲で俺たちのやり取りを聞いていた騎士たちも残念がっているようだ。

俺はこれからもちょくちょく騎士団の訓練を見学に訪れたり、参加したりしようと思っていたので、その時にキラトリヒも参加させられれば良いかと考えていたのだが……キラトリヒと共に訓練する日々や討伐任務での共闘を夢見ていた騎士があまりにも可哀想だ。

「第八師団長殿」

「はい、アレキサイトとお呼びください」

「じゃあアレキサイト。次の討伐任務はいつ、何処(どこ)でありますか？」

「次は二週間後に宵(よい)の街の定期巡回です」

宵(よい)の街とはヴィナシス王国にある王都以外の二つの街のうちの一つだ。

もう一つの、貿易の要(かなめ)である海に面した港街が「明けの街」。王都の真東に位置し、水平線から太陽が昇る様子を見られる。この街の獣人は太陽が昇ると同時に活動し始めるのだそうだ。

そして鉱山の麓(ふもと)にある街が「宵(よい)の街」。土に塗(まみ)れた獣人たちが眠ることなく働き続ける。

夜にライトアップされた鉱山は、鉱石に光が反射し美しく輝くという。

しかしそんな表面にある鉱石より、地中にある鉱石のほうが質がいいらしい。

宵(よい)の街なら目当てのものがあるから丁度(ちょうど)いい。

「その任務、俺も参加してもいいでしょうか？」

「は？　……えぇ!?」

「父上にはきちんと許可を取りますので」

突拍子もない俺の提案にアレキサイトは困惑している。だが、今までの会話の流れから、キラトリヒを騎士団の任務に参加させるためだと察してくれた。

「ルナ様がわざわざ赴かなくても……」

ミカは騎士たちのために俺が動くのが嬉しくないらしい。

そんなミカだけに、俺のもう一つの目的をこっそりと教えてやる。

「……宵の街でミスリルを拾ってくるんだよ」

「なるほど！　それでルナ様の剣を作るのですね？」

十歳の俺が持てる程度の小さな刀を作る分のミスリルくらい、『探索』を使えばすぐに見つけられるだろう。

俺が自分の足で行って、自分の力で採掘するのだから誰にも文句は言わせない。

「期間はどのくらいですか？　任務の内容は？」

「宵の街までは馬で駆ければ半日かからないので、早朝都を出て、移動中に遭遇する魔物の討伐をしながら昼到着を目指します。宵の街に到着後、第十師団との打ち合わせを行い、翌日から第八師団と第十師団の数名の騎士で巡回を始めます。鉱山は広いので全てを巡るには一週間ほど、長くても二週間かからないくらいかと」

生の魔物や街に駐在している特殊な師団も見てみたかったので、本当に良い機会だ。

俺は早速父さんに頼みに行った。

「――父上、第八師団の次の討伐任務に俺もついて行きたいです」

「何⁉」

「はぁぁ⁉　ずりーぞッ‼　俺も行ったことねぇのにッ‼」

騎士団の訓練すら見に行ったことのないギバセシスが、討伐任務に同行したことがあるはずない。

父さんと母さんの説得に三日かかってしまったが、ミカから離れない、第一師団から五人の護衛をつける、魔法で常に結界を張る、最前線に行くなどもっての外、などの条件付きで無事許可を貰うことに成功した。

宵(よい)の街への定期巡回を明日に控えた俺たちは、いつものように地下図書館から自室に戻るために廊下を歩いていた。

すると廊下の角を曲がった少し奥をハヴェライトが歩いているのが視界に入る。

多分王立学校から帰ってきたのだろうが、ギバセシスと一緒にいないのは珍しい。護衛の騎士も傍(そば)にいないようである。

「ふっ……ぐす……っ……」

近付くと、彼が声を殺して泣いているのが聞こえた。

護衛の騎士が傍(そば)にいないのは一人になりたかったからなのかもしれない。

俺はそんな泣き方をするハヴェライトを、昔の自分を思い出すようでどうにも放っておけなくなった。

「ハヴェライト」

「わぁッ！」

彼はいきなり声をかけられたことに余程驚いたのか、飛び上がって声を上げる。ゆっくりと振り返り、声をかけたのが俺だと分かるともっと驚いた。

「ど、どうしたの？」

お蔭で、涙は引っ込んだらしい。

久しぶりにハヴェライトの正面に立ったが、父さんやクレセシアン兄さんと同じ綺麗な金髪が伸びていて、母さんに似た中性的な顔立ちが隠れてしまっている。

猫背だしビクビクしているし、態度というか雰囲気がどう見ても王族のそれではなかった。

「どうしたのじゃねぇよ。何泣いてんだ？」

「え……？　あっ、えっと、うぅ……」

「泣くなよ」

涙の理由を俺の質問で思い出したのか、また涙を溢れさせる。

「はぁ……ついてこい、ほら」

このまま廊下のど真ん中でやり取りをしていたら、使用人に見られる可能性があるし、傍(はた)から見れば俺が泣かせているようである。

ハヴェライトがなかなか歩き出そうとしないので、俺はシャツの胸ぐらを掴んで自分の部屋に引っ張っていった。

「うぇぇん！　そんなところ引っ張らないでよぉ……」

ハヴェライトをソファに座らせ、俺はその向かいに座る。

すかさずミカが紅茶を準備して俺の後ろに控え、キラトリヒも扉の側に控えた。

紅茶を啜りながらハヴェライトに視線を向けると、スンスンと鼻を鳴らしている。

「それで？　なんで泣いてんだ？」

「……っ」

「言わないと頭の中覗くぞ？」

「え……？　えぇ!?　ダメダメダメーッ！」

ハヴェライトはローテーブルに手を叩きつけ立ち上がり、過剰に拒否した。

「……そんなに大声出すなよ」

「うぅ、でも頭の中なんて見られたくないでしょ……？」

「じゃあ言えば？」

（それはそう）

「うー……」

ハヴェライトは唸りながら考え、観念したように話し始めた。

「……僕、母上と同じ蛇の獣人で良かった」

俯いたハヴェライトの小さな声に、俺とミカ、キラトリヒは耳を澄ます。

「でも、周りの大人が言うんだ。王族なのに蛇の獣人に生まれて可哀想って……国王になれなくて可哀想って……」

父さんの父親である前国王が番と出会ったのが高齢の時だったため、父さんは一人っ子だ。

このヴィナシス王国という獣人の大国に獅子の獣人は王家の者だけ、つまり父さんとクレセシアン兄さん、ギバセシスだけなのである。

「僕は可哀想なんかじゃないし、母様と一緒で嬉しい。それに国王なんてなりたくないし、僕は父上と歳が近いからなれないと思う」

確かにハヴェライトは自ら進んで国王を目指すような性格ではないだろう。

それに父さんに何かない限り代がわりなんてないことを分かっている。

何かあったとしても、継ぐのは父さんの補佐を務めているクレセシアン兄さんだろうし。

「……でも同じ種族の兄様やギバセシスを……羨ましいって思っちゃう自分もいて……。そう思っちゃう自分が嫌で、嫌いで……。だから母様とも、なんか気まずくて……」

ハヴェライトはまたぽろぽろと涙を落とし始めた。

蛇の獣人で良かったと自分に言い聞かせつつも、クレセシアン兄さんやギバセシスが羨ましくて仕方がない――

きっとこいつは、引け目とか負い目とか、周りの声や矛盾した気持ちなどでぐちゃぐちゃになって、身動きが取れなくなってしまったのだろう。

「二十歳の社交界デビューの誕生日パーティー。沢山の獣人が祝ってくれたけれど、皆が僕に哀れみの目を向けているようで耐えられなかった……」

確かハヴェライトはパーティーをすぐに退席してしまったと噂で聞いた。

ハヴェライトの控えめな態度は父さんたちと比べるとだいぶ頼りなく見えるし、貴族にマイナスなイメージを持たれた可能性がある。

「王立学校に入学したら何か変わるんじゃないかって思った。けど駄目だ……ヒソヒソ噂されたり、ギバセシスと僕とであからさまに態度を変えられたりすると、僕……」

なるほど。とりあえずハヴェライトの置かれている状況は分かった。

「お前、何か変わるんじゃないかって、そんな他人任せじゃ一生変わんないと思うよ」

「え……？」

ハヴェライトは慰めを期待していたようで、思ってもみなかった否定的な言葉に虚を衝かれたようだ。

さらに泣くかと思ったのに、驚きすぎてまたしても涙が引っ込んだみたいである。

「お前、明らかにうじうじしてるし、お前自身が変わんないと周りの態度が変わるわけないだろ？」

「………うっ」

「それとも？　自分が何もしなくても勝手に周りが変わってくれると思ったのか？　違う環境に行けば何か変わるってのは確かにあるかもしれないけど、王宮か学校かじゃ所詮同じヴィナシス王国内じゃん。違う？」

「……ち、がわない、かも」

ハヴェライトは真剣に俺の話を聞いている。

俺は彼に思ったことをそのまま伝えた。

「俺はお前が羨ましいけどな。父さんたちと同じ金髪はキラキラで凄い綺麗だと思うし、金色の蛇なんて他にいないだろ？　金色の鱗もかっこいいと思う」

「ほ、ほんとッ!?」

そりゃあケモ耳ケモ尻尾より、体に鱗があるほうが断然格好いいだろう。

ハヴェライトは今までに聞いたことのない明るい声を出し、俯いていた顔をパッと勢い良く上げて俺を見た。

「嘘なんてつかねぇよ。お前は何かやりたいことはないのか？　好きなこととか」

「魔法が好き！　魔法式とか魔法陣とか凄く面白いと思う。……剣術も好き、なんだけど……」

「だけど？」

「剣術はしないほうがいいって言われたの」

「誰に？　なんで？」

「僕の教育係だった人。騎士の人が教えに来てくれたのに、全然参加させてくれなかった。……魔法が得意ならそっちに集中したほうがいいって」

蛇などの爬虫類の獣人は戦闘力が高い上に、魔法を理解し操作できるという、武術と魔法を両立できる種族なので実に勿体ない。

「学校では魔法と武術のどちらを学ぶか、選択しなくちゃいけないんだ。僕、まだ決められなくて……。皆に決断力がないってヒソヒソされるのに」

「ふーん、じゃあ学校では魔法を選べばいいじゃん。んで、剣術は俺と一緒にミカに教えてもらおうぜ」

俺の他にも魔法剣士になりたい獣人がいるのなら大歓迎だ。

「いいのッ!?」

「だけど、うじうじしてる奴は交ぜない。お前はお前のいいところがあるんだから、意味ないことで悩んでないで胸張れよな?」

クレセシアン兄さんもギバセシスも魔法は苦手だろう。

ハヴェライトはどちらもできて、意欲もある貴重な存在なのである。

それに自分が蛇（へび）の獣人だとか、国王になることができないだとか、そんな決まりきっていて変えようのないことで悩んでもしょうがない。

「分かった!! ありがとう……えっと、なんて呼んだらいい？」

「好きに呼べば？」

「ありがとう、ルナくん！」

その後、ハヴェライトは自分も討伐任務に一緒に行くと駄々（だだ）を捏（こ）ねていたが、無理なものは無理なのである。

泣かずに学校に行けと強めに言っておいた。

討伐任務は無事終了し、俺は自分が集めたミスリルで日本刀を作った。

また、第八師団の騎士たちと共に魔物を討伐するキラトリヒを目にし、護衛の姿しか見たことのなかった彼に対する認識が変わりつつある。

そんなある日。ミカが数週間不在になることになった。

「ルナ様……」

「国の用事なら王子のミカが参加しないのはおかしいだろ。俺は大丈夫だから」

「……しかし……」

レティシアス様が治めるエルフの国、マキュリア王国の百年に一度の建国祭があるのだ。俺は帰りたくないとごねるミカをなんとか宥め、帰国させた。

まだ社交界にデビューしていない俺は参加することができないが、国賓としてクレセシアン兄さんが参加することになっており、ミカと一緒にマキュリア王国に赴くそうだ。

つまり今日から数週間はキラトリヒと二人きりということである。俺にとってはそちらのほうが問題であった。

沈黙が苦しい。気まずい。

ミカともそれほどずっと話すわけではなく、読書をしている時などは無言になるのに、キラトリヒと二人だと集中することができない。

いつも以上に見られている気がして、どうしても意識が彼に向いてしまう。

そこで俺は何を血迷ったのか、キラトリヒと二人で魔物討伐に向かうことにしたのだった。

俺は、第八師団の討伐任務に同行した際、自分の魔法で魔物を倒している。そうやって実力を示していたためこそ父さんから許可が下りた。

「――今日は頼むな」

「……了解しました」

俺とキラトリヒはヴィナシス王国に点在する森の中で一番大きく、もっとも魔物が多い大森林に向かう。

魔物との戦闘経験を増やし、野営の仕方、討伐した魔物の解体の仕方の勉強など色々……というのが表向きの目的だ。

とにかく、勉強の名目でキラトリヒと二人きりの時間を王城の外で過ごすのだ。

ミカ以外から剣術を学びたかったし、いい機会になるだろう。


「……殿下、ここは――」

大森林の鬱蒼(うっそう)とした木々の中、わずかに水が湧き出る水源を見つけた俺は、道中で討伐した魔物を解体しながらその方法を説明するキラトリヒの声に耳を傾けていた。

昨日は剣で魔物と戦うコツや魔道具のテントの張り方を教わったし、今まで気になっていたのに得られなかった知識を実地で学んでいる。

とても楽しい。

周囲の探査をしていないので緊張感があり、作ったばかりの日本刀も試している。何より、キラトリヒと普通に会話することができ、充実していた。

「明日はもっと奥に行こう」

「……そうですね、殿下の実力であれば問題ないでしょう。そのカタナという剣もとてもいいですね。高ランクの魔物でも私と殿下なら討伐できるでしょう」

炎を絶やさない魔道具の前で俺たちは肩を寄せ合い、明日の予定を立てる。

討伐した魔物で作った夕食を終え、また距離を縮めた。

いまだに沈黙が訪れると気まずいものの、騎士団や任務についての話ならば気軽に話せるし、かなりの進展である。

何より、番の香りとは関係なく、キラトリヒが傍にいると安心する。二人きりだと意識すると落ち着かないのに、不思議だ。

だから俺は比較的いい気分で眠りについた。

魔物の巣窟にいるというのに、翌朝の目覚めもスッキリ爽やかだ。

深い森の中や渓谷の底には魔力が溜まりやすく、凶悪な魔物が生まれやすい。

それでもこの大森林に第八師団が定期的に魔物を間引きしているので、危険すぎる魔物はいない……はずだった——

「――報告はなかったよな？」

今、俺たちの目の前には毒々しいほどに赤い鱗で覆われた巨大な体を持つ魔物が一体いた。体の倍はある羽を広げ、口から炎をまき散らして殺気を放っている。

「どうして炎竜が……」

キラトリヒも唖然と、こんなことは初めてだと言う。

ヴィナシス国内の至る所に遠征に言っている第八師団から、この大森林に炎竜がいるという報告はなかった。そもそもこんな王都の近くに最高ランクである竜種の魔物がいるのは問題である。

「……いったいどこから……。どうなさいますか、殿下」

この緊急事態にキラトリヒは一応俺に指示を仰いだが、彼のギラついた目を見ると、戦いたくて仕方ないのは一目瞭然だった。

「んなの……やりに行くに決まってんだろ？」

本来なら騎士三十人でも足りないくらいの相手だ。たった二人で挑む魔物ではないのに、キラトリヒとなら必ず討伐できると確信する。

戦闘の許可を貰ったキラトリヒはニヤリと悪い笑みを浮かべ、俺もこれから始まる戦闘に心を躍らせた。

キラトリヒが自身の魔剣を手に飛び出す。

雷魔法の魔法陣が刻まれている魔剣は、キラトリヒの瞳と同じ色の電気を纏い、一振りごとに炎竜の巨体にダメージを与えた。

俺は魔法の使用を炎のブレスを防ぐに抑え、切れ味抜群の日本刀で致命傷を狙う。

数日大森林で過ごしただけだが、俺とキラトリヒは言葉を交わさなくても息ぴったりだ。

戦闘経験の豊富なキラトリヒが俺に合わせてくれているのだろう。

二人で炎竜を圧倒し、多少の時間はかかったが討伐に成功した。

「……ありがとうございます」

「いや、お疲れさま。『治癒』」

俺たちもそれなりに傷を負ったが、魔法ですぐに治せる。俺はキラトリヒの怪我に手をかざして治癒した。


——これが初めての触れ合いだ。

緊張したが、それを表に出さないように魔法に徹する。

治癒が終わった後は炎竜を『収納』し、すぐさま『転移』で王城に帰ることにした。


「ルナ、キラ……これはなんだ……」

「炎竜です」

「炎竜ですね」

予定よりも早く帰ってきた俺たちを出迎えてくれた父さんに、早速討伐した炎竜の亡骸を披露した。

かなり驚かせてしまったが、最後は凄いと褒めてくれる。

そんな風にキラトリヒと二人だけで過ごす数日は、本当に充実していて楽しかった。

王城に戻ってからは沈黙に気を取られることはなく、ミカが帰ってくるまで自然体で過ごす。

「殿下」

俺を呼ぶキラトリヒの声が、心なしか甘い。

それはキラトリヒも同じようで、俺は遠征に行くと判断したあの時の自分を心の底から褒め称えたのだった。

5

それからさらに十年の年月が経ち、俺はもう少しで二十歳になる。

たった十年でヴィナシス王国は随分と変わった。

なんと冒険者ギルドができたのである。

国内の三つの街の整備があらかた終わったようで、満を持して少しずつ外壁の外の開拓を始めたところ、迷宮や遺跡がかなりの数見つかったのだ。そこにいるのが思いのほか高ランクの魔物だったため、探索や討伐に各国の冒険者の力を借りることにしたのである。

ヴィナシス王国王立騎士団第八師団だけでは流石に手が回らない。

王都に本部、明けの街と宵の街に支部が作られ、早速依頼が張り出されているとのことだ。尽きることなく依頼があるおかげで、獣人の国であるヴィナシス王国へ入国する人間が多くなっている。

もっとも、身分を証明できるものを所持していることはもちろん、ギルドと密に連携をとって信用できる者しか入国させていない。いまだ獣人を人身売買の対象とみている人間もいるため、充分に警戒が必要なのである。

入国するようになったのは冒険者だけではない。

冒険者が出入りするようになれば、素材を買い取る店や、それらを流通させる商人が必要になる。

まずは人間の国で評判のいい大きな商会を国へ招き、信用できる商人を入国させているのだ。

　これがかなり王都の発展に繋がった。

　そして、獣人の中にも騎士ではなく冒険者になる者が出始めている。

「――んもぅ、ルナエルフィン様、何か考え事？　ちゃんとこっちを見てくれないとやぁよ！」

　さて、俺はというと、今はもう馴染みになったパステルを呼んで、社交界デビューとなる二十歳の誕生パーティーの衣装合わせ中だ。

「はぁ、憂鬱だ、面倒臭い」

「まぁ！　そんなこと言わないのよ!!」

　俺はこの十年間、頻繁に第八師団の定期巡回に同行した。

　そのため他の師団とも交流する機会が増えて、顔見知りの騎士もだいぶ多くなり、俺が奴隷だったという悪い噂は貴族社会では消え去っている。

　王立騎士団から流れてくる話を聞いた貴族たちは俺に興味津々で、社交界に出てくる時を首を長くして待っているというわけだ。

　標的にされると分かっていて楽しみに思えるはずがない。

「はぁ」

「ルナ様、本当にお嫌なら席から離れなければいいのですよ。挨拶に訪れる貴族の相手を順番にするだけで。そうすれば、囲まれることはないですからね」

「そうだな、そうするか……」

ミカは変わらず俺の傍にいる。

身長や髪が伸びたり、尻尾が七本に増えたりと変化があった俺とは違い、びっくりするほど姿形が変わらない。さすがは長寿なエルフといったところか。

「……不満を持つ貴族が現れるのでは？」

当然、キラトリヒも俺の傍から離れない。

変わったのは俺たちの会話に交ざってくるようになったことだ。

底抜けに俺を甘やかそうとするミカを窘めるとまではいかないが、控えめに意見することが度々ある。

俺のためを思い、心配しているが故だ。

「気になる奴がいれば席を離れ話すことにする。とりあえず愛想笑いを絶やさないようにするさ」

「ルナ様の興味を惹く貴族がいるでしょうか？」

「それは当日の楽しみかな。同い歳の子供がいる貴族に目星は付けとくが」

「……王立学校への入学ですか」

「あぁ、そんな顔してもお前は連れていかないからな」

王立学校は身分関係なく、学問を修める場だ。

ある程度のことは家で雇った教育係に教わっている貴族の子弟は、人脈作りのために通うのである。

そして、社交を学ぶ場でもあるので、平民でも俺に話しかけていい。

代わりに、王立学校の警備はとても厳しいと聞いている。専属の騎士を連れてはいけない。
キラトリヒは不満そうだ。毎日の送り迎えは頑なに譲らないそうなので、それで我慢してもらおう。

「あぁん、ルナエルフィン様が美しすぎて、どの衣装にするか決まらないわぁ！」

俺たちが話をしている間も、パステルが次々と俺の衣装合わせをしてくれている。相当迷っているようだ。

「ルナエルフィン様の美しく伸びた白銀髪！　雪のように白い肌！　アイスブルーの瞳！　寒色系の青紫や紺とかの濃い色に銀色の刺繍を施そうかしら？　それともワインレッドに金の刺繍ぅ？　あー！　迷うわぁ！」

パステルがぶつぶつ言い出したので、そろそろ俺も真面目に衣装を見ていく。

今まではパステルが作って持ってくるものをそのまま着ているだけだったが、今回ばかりはそうはいかない。

部屋中に並べられているマネキンが着ている服に目を通し始める。

ワインレッドならまだしも真っ赤は嫌だし、オレンジなどの暖色よりも寒色がいい。

そうしてさらさらっと見ているうちに、一つの衣装が目に留まった。

吸い込まれるような漆黒の生地に、黄金の刺繍が施された衣装だ。

見事な刺繍のおかげで、黒でも暗すぎないそれは誰かを彷彿とさせる。

「……パステル、コレにする」

俺はキラトリヒをちらりと見ると、いまだに頭を悩ませているパステルを呼んだ。

「えぇ？　これがいいの？　もっと華やかなものじゃなくてよろしいのかしら？」

「ボタンに琥珀（こはく）のような飴色（あめいろ）のものを使え」

「え……、それって……」

パステルも気付いたようで何か言いたそうにしたが、黙って俺の要望を呑み込んだ。

「ルナ様、よろしいのですか？」

ミカも俺の意図に気付いたようだし、キラトリヒは目を見開いている。

「別に隠しているわけじゃないし、区切りの年だからな」

社交界デビューするからといって、変な誘いが来たら煩（わずら）わしい。

それなら初めから番（つがい）の存在を一目瞭然（いちもくりょうぜん）にして登場するのもいいだろう。

俺がこの衣装を着ているのを見れば、すぐにこの国で最強と謳（うた）われる有名な騎士を思い浮かべるだろうからな。


さて、さらに俺の周りで変わったことといえば、双子だ。

二人は三十歳になるが、今はどちらも王都にいない。

ギバセシスは王立学校を首席を死守し、卒業した。

あいつにも学生生活ならではの楽しみや悩みが色々あっただろうが、充実した生活を送ったようだ。

いくら『断絶』で阻(はば)み、無視し続けても、俺に自分のことをべらべら喋(しゃべ)るのを今でも止(や)めていない。

けれど、典型的な自分中心の我儘(わがまま)王族だった性格は変わった。いつの間にか、自らあの教育係を退(しりぞ)けてもいる。どうやら、父さんの狙いはそこら辺にあったらしい。

もちろん見た目も成長し今では明るく活発な好青年って感じだし、頭も良くて剣術にも長(た)けている。ほど良く礼儀正しいし、学校ではかなり人気があったそうだ。

だが、いまだに俺に蹴りをいれた件についての謝罪を貰っていない。

まぁ忘れているのだろうけれど、いつか思い出して謝ってきた暁(あかつき)には、口をきいてやってもいいと思っている。

そんなギバセシスが今何をしているのかというと、冒険者だ。

王立学校卒業後、騎士団入団試験に合格し、騎士見習いとして鍛錬(たんれん)に励(はげ)んでいたのだが、冒険者ギルドができたのをきっかけに、どこまでも自由な冒険者というものに魅了されたのだと聞いている。

初めはヴィナシス王国で活動していたものの、他国に行きたいと言い出し、王位継承権を返還して、さっさと旅に出てしまった。

ギバセシスがそこまでして外に出たかったのは、ハヴェライトのことも絡んでいるのだろう。

ハヴェライトは今、明けの街にいる。

王立学校に通い魔法を学びながら、俺と一緒にミカから剣術を学んでいた彼は、王立学校が長期休暇に入った時に一緒に第八師団の定期巡回に行った。

それが、海に面した港街だったのだ。

明けの街にはミニドラゴンがいる。彼らは海にいる魔物を好んで捕食し、長距離飛行を得意としているため、街の守護に加え、輸送船の護衛も担っていた。

そんな明けの街に到着し、第九師団団長の執務室に挨拶に行った時だ。

第九師団団長と思われる鷲の獣人とハヴェライトが見つめ合ったまま固まった。

その瞬間、その場にいた全員が一瞬で理解する。

二人は番同士なのだと。

それまでは出逢う機会のなかった二人が、ようやく出逢ったのだと。

第九師団団長、アクアセレンはハヴェライトに駆け寄るが、ハヴェライトは後ずさる。

若干トラウマになっている教育係が鳥類の獣人であったため、ハヴェライトは鳥類の獣人に苦手意識を持っていたのだ。

アクアセレンは強引に抱きつこうとはせず、ハヴェライトに手を差し伸べて、彼から手を重ねてくれるのを待った。

その後二人は手を取り合う。

ハヴェライトは王立学校卒業後、すぐに明けの街に移り住み、今はアクアセレンと一緒に暮らしていた。

番同士だし、ハヴェライトが五十歳の成人を迎えたら結婚するのではないだろうか。

全ての獣人が番に出逢えるわけではない。

番に出逢えていない獣人は可能な限り相手を捜すが、既に他界している場合や、まだ生まれてきていない場合もあるのだ。

そして相手が獣人ではない場合も稀にある。

そんな中、俺やハヴェライト、クレセシアン兄さんが番に出逢えたのは、喜ばしいことだ。ギバセシスが自分も番に出逢いたいと強く願うのは当然だろう。

だから冒険者になって国内を捜し回り、今は他国に……

あいつなら見つけられそうな気がする。

母さんも父さんに出逢ったのは七十四歳の時なのだから、焦る必要はない。

そして──

「──ミカ、昨日も兄さんと飲んだのか？」

「えぇ、とても美味しいお酒が手に入ったとかで。それがどうかしましたか？」

ミカと兄さんの関係は進展なしで、気の置けない友人止まりだ。

毎晩のように一緒に酒を飲んだり話をしたりしているのだから、もしかしたらミカは兄さんの好意に気付いているのかもしれないが、獣人には番がいるのだとはなから割り切っているのだろうか。

兄さんがいつ行動を起こすのか分からないけど、お互いに寿命が長いのだしゆっくりでも構わないと思う。

「……別に、仲良いなと思って」

「成人すればルナ様も一緒にお酒を飲めますよ。それよりパーティーは目前です。その後すぐに王立学校への入学と忙しくなりますので、気を引き締めてくださいね！」

「はいはい」

そんな話をした。

◆

パーティー当日。

城内は、絶えずバタバタバタバタバタと人が駆ける音が聞こえるほど騒がしかった。

「おはようございます。父上、母上、兄上」

「おはようルナ、誕生日おめでとうな」

「大きくなりましたね……これはアレンと私からのプレゼントです」

「こっちは俺からだよ」

家族は一番に、祝いの言葉とプレゼントをくれた。本来の誕生日が分からない俺だが、父さんに助け出された日を五歳の誕生日ということにしている。

「ありがとう！」

俺は心からの感謝を告げ、顔を綻(ほころ)ばせた。きっと締まりのない顔をしているだろう。

だが皆も嬉しそうに微笑(ほほえ)んでいるから、俺はそれも嬉しくて仕方なかった。

「あ、ルナくん起きてるー！」

ガチャリと扉が開き、リビングに入ってきたのは明けの街にいるはずのハヴェライト。

「ハヴェライト、来てたのか」

「誕生日おめでとう、ルナくん！　当たり前でしょ？　はい、これプレゼント！」

「あぁ、ありがと。いつ着いたんだ？」

「昨日の夜中！　もーへとへとだったよー」

ハヴェライトは俺の誕生パーティーに参加するために、王都まで帰ってきてくれたらしい。

「ギバセシスもパーティーに間に合うように帰ってくるって言ってたよ」

「来なくていい」

「まぁまぁ、そう言わず！」

きっと延々と旅の話を聞かされるに違いない。

「ルナ様、私もプレゼントをご用意させていただきました。お誕生日、誠におめでとうございます！」

「……僭越(せんえつ)ながら俺からも。おめでとうございます、生まれてきてくれてありがとう」

俺の後ろに控えていたミカとキラトリヒからもプレゼントが渡される。

毎年おめでとうの言葉は家族を優先してくれていて、二人は父さんたちの後に言ってくれるのだ。

そして俺は、毎年キラトリヒが言ってくれる「生まれてきてくれてありがとう」という言葉を、密かに楽しみにしていた。

「二人もありがとう」

その後、俺たちはパーティーの準備の慌ただしさの中に交ざる。

朝食後に家族で今回の誕生日パーティーの段取りや、登場の仕方、椅子の場所の最終確認を行い、昼食を食べた後、俺は風呂に入って念入りに体や髪の毛を洗う。

いい匂いがするオイルをたっぷりと塗り、ミカに手伝ってもらってパステルに作ってもらった衣装に着替えた。

キラトリヒを連想させる衣装に暗いワインレッドのマントを羽織(はお)り、白銀色の長髪を後ろの高い位置で一つに結べば完成だ。

「お美しいです、ルナ様ぁ」

「もう、泣くなよミカ」

この十年で身長もだいぶ伸びたし、我ながらなかなか様(さま)になっているのではないだろうか。

ミカは俺の従者としてではなくマキュリア王国の代表として参加するので、久しぶりに布の多いエルフ特有の衣装を纏(まと)っていた。

キラトリヒはいつもと同じ漆黒(しっこく)の軍服を着ているように見えるが、それは式典用のものらしく、銀色の糸で綺麗な刺繍(ししゅう)が施(ほどこ)されている。

所々アイスブルーの宝石が使われているので、俺の服と漆黒(しっこく)同士でお揃(そろ)いのようだ。

そして、王城内にある大きな大きなホール。

そこでは既(すで)に貴族が、王族である俺たちの登場を今か今かと待ちわびている。

大勢の獣人の前に出なくてはならないことに若干の憂鬱(ゆううつ)さを覚えつつ、俺は指定の位置に立ち、入場の瞬間に備(そな)えた。

大きな扉の前で、心臓がバクバクするのを感じながら、一人で立つ。

扉の両脇にはそれぞれ一人ずつ騎士が立っているが、この二人の騎士は扉を開く役目で、完全に気配を消している。

「はぁ、何もこんな恥ずかしい登場の仕方にしなくていいのに……」

扉を開いて入る先は、会場の二階部分。

つまり俺は登場の後(のち)に、パーティーを訪れている獣人全ての視線を一身に受けて階段を下りなくてはならないのだ。

もの凄(すご)く嫌だ。

「それでは、本日二十歳の誕生日を迎えた俺の息子、ルナエルフィンに登場してもらおう」

ついにその瞬間が訪れる。

会場の中から父さんの声が聞こえ、二人の騎士がシンクロした動きでゆっくりと扉を開いた。

父さんたちは一足先に入場している。今の俺と同じようにこの場所から、家族全員で。

ギバセシスもギリギリ間に合っていた。

国王陛下である父さんより後に入るのもプレッシャーの要因になっている。

国を大きく発展させ、より一層の人気を得た父さんの言葉に、会場は盛り上がったものの、俺の姿が顕(あらわ)になると、まるで凪(な)いだ海みたいに静まり返った。

全ての瞳が俺を凝視している。

それを気にしないふりをして、階段を下り始めた。

ここでへらへらと笑って愛想を振り撒いて舐められては、元も子もない。顔を引き締めて無になる。

カツン、カツンと俺が階段を下りる靴音が響く。父さんやミカルレインを始めとした身内は、皆誇らしそうに俺を見守ってくれた。

キラトリヒは俺が大勢の獣人の目に曝されるのが本当は嫌なようで、若干不機嫌そうに場内に睨みを利かせている。だが、俺と目が合うと嬉しそうに顔を綻ばせた。

俺が隣に辿り着くと、それだけで父さんはよくやったと褒めるように頭を撫でてくれる。そして挨拶を促した。

俺はそれに従い、俺たちがいる場所よりも一段下にいる貴族たちに向き直る。

「ルナエルフィン・ヴィナシスです。本日は私のためにお集まりいただき、誠にありがとうございます。皆、楽しんでいってくださいね」

最後に少しだけにこりと微笑むのが好印象を与えるポイント。自分の容姿は自分が一番分かっている。

「……美しい……」

会場内の誰かが思わずといった感じで呟いた。

「……なんてお美しいんだ！」

「ルナエルフィン殿下、おめでとうございますッ！」

「お誕生日、誠におめでとうございますッ」

それを皮切りに、会場中の貴族たちから次々と声が上がる。

「私、白の毛を持つ方に初めてお会いしましたわ。なんて神秘的なんでしょう……」

「私もさ、我々とは何か違う雰囲気というか、オーラを纏っているようだね。それに噂通りの五尾とは……格が違うのが分かる」

本当は七尾なのだが『隠蔽』している。五尾までは噂が流れてしまっているが、増えたことは隠しておきたい。

「それにしても漆黒に琥珀の衣装なんて……まるでキラトリヒ様のようではありませんか？」

「本当だ、キラトリヒ様の軍服も刺繍が白銀色に変わってるぞ」

「それじゃあ、あのお二人は……」

会場は俺についての話で持ちきりだ。

その間に父さんは中央の一番高い位置にある椅子に座り、俺はその隣に立つ。

母さんやクレセシアン兄さん、双子たちはそれぞれ貴族の中に紛れた。知り合いの貴族や友人と喋りに行ったのだろう。

ミカルレインとキラトリヒは言わずもがな、俺の傍に控えてくれる。

すぐに貴族たちが父さんと俺へ挨拶に来た。

ヴィナシス王国で爵位を持った獣人は多くないのだが、その家族や従兄弟などの親族を合わせると、結構な数になる。

それら貴族たちが、子爵から身分が低い順に来るのだ。大変である。

特に、父さんが気に入っている、父さんと仲のいい貴族の挨拶は長い。

そうでもない貴族の挨拶も、つらつらと媚びを売るために長い。

とにかく長いのだった。

俺は父さんの隣で貴族を観察しながら簡単に挨拶した。

引き締めた顔で笑みを安売りせず、でも丁寧な言葉遣い。そんな俺の対応に、貴族たちは驚いたようだ。

今日の主役は俺なのだし、笑顔で対応するのが当たり前なのだろう。

俺の態度を冷たいとか冷めていると感じる一方で、高圧的ではない口調に混乱しているらしい。

態度や表情をコントロールするプロであるはずの貴族の困惑が手に取るように分かり、意外と面白かった。

そんな俺の対応にも例外はある。

「本日は誠におめでとうございます。お初にお目にかかります。ロックバレル公爵家当主、ユーグランス・ロックバレルです。以後お見知りおきを」

今、俺の目の前にいるのは二人の豹の獣人だ。

一人は男性。

焦げ茶色の髪に金色の瞳で、琥珀に似た飴色ではなくオリハルコンのように輝いている。

マッチョってほどではないけれど男らしい体つきは、しなやかさを感じさせるところがキラトリヒとそっくりだ。無表情で少し怖い感じもするものの、俺を見つめる瞳は優しい気がする。

もう一人は女性。

茶色に近い黄色の髪に、綺麗な紫の瞳をしている。

彼女は淑女の鑑のような奥ゆかしい態度で、ロックバレル公爵の隣に控えていた。

「こちらが私の妻でガリファロです」

「ガリファロでございます。ルナエルフィン殿下、本日は誠におめでとうございます」

公爵に紹介され、ロックバレル公爵夫人は可憐な挨拶をしてくれる。

「ありがとうございます。お二人の話は父上からよく聞いています」

ロックバレルということは、この二人はキラトリヒの父親と母親で、夫人は幼い父さんを育てた乳母なのだ。

そんな特別な二人に、俺はにこりと笑いかけ感謝の気持ちを伝えた。

その後、公爵と父さんは二人で話し込み、俺は夫人から父さんやキラトリヒが小さい時の話を聞かせてもらう。

父さんもキラトリヒも、俺と同じくらいの年齢の時はかなりやんちゃしていたみたいだ。

今回は他にも挨拶に来る貴族がいるので少ししか聞けなかったけど、父さんやキラトリヒの話は面白くてもっと詳しく聞きたいと思った。

「でしたら、機会があれば私たちのお屋敷に遊びにいらしてくださいな。ルナエルフィン殿下でしたらいつでも大歓迎ですわ」

「では今度お邪魔させてもらうことにします」

公爵は第八師団の前師団長で、その座をアレキサイトに譲ってから随分経つし、夫人は父さんを育てたくらいなので俺が出会った獣人の中でもだいぶ人生経験が豊富だ。そんな人たちから聞ける話ほど、ためになるものはない。

「——お初にお目にかかります。マキアスレータ公爵家当主、ライセレス・マキアスレータと申します。殿下、本日は誠におめでとうございます」

最後は母さんの実家であるマキアスレータ家。

母さんのお兄さんであり、この国の暗部をまとめる蛇の獣人は、真緑の髪に母さんと同じ焦げ茶色の瞳をした男性だった。

母さんは本当に薄い緑の鱗なのでそこまで目立たないのだが、マキアスレータ公爵の真緑の鱗は白い肌によく映えている。

「ありがとうございます」

「……って、堅い挨拶はこれくらいにするか！」

公爵は澄ました顔をやめると、ニカッと明るく人懐っこそうな笑顔を向けてきた。

「レイモンドの息子なら俺の甥だろ？　親戚なんだから堅苦しいのはなしにしようぜ！」

そんな感じで無邪気に話しかけてくるこの獣人が、情報収集から暗殺まで手がけているとはとても思えない。けれど、近づいた時に覗き込んだ縦の瞳孔には底知れぬ狂気が見えた。

流石、宰相となった弟を手助けする、蛇の獣人の長。

「ライ伯父上でも、伯父様でも好きに呼びな、ルナ」

「はい、ライ伯父上」

この人とも色々話をしてみたい。

きっと騎士たちとは全く違った、これからの人生で俺が経験することのない話を聞けるに違いない。

そこでやっと挨拶が終わり、俺は自分に用意された椅子に座ることができた。

王族の椅子がある場所は、会場の床より高い位置にあるため、座っていても貴族に見下ろされることがない。

ミカとキラトリヒも傍にはいるが低い場所に立っているため、目線は同じくらいかやや下だ。

「はぁ、疲れた……」

「少し休憩なさったら会場に下りられますか？」

俺の小さな呟きがミカとキラトリヒには聞こえたようで、心配そうな眼差しを向けられる。

成人したばかりの者などは挨拶に来なかったので、まだ会場には言葉を交わしていない者がいるのだ。

「どうしようかな」

歳が近い子とは早めに交流しておきたいと思っていたが、もうだいぶ面倒臭くなっている。

「必要な挨拶は終わったのですし、もう休んでもよろしいのでは？」

ミカは俺を甘やかそうとするが、珍しくキラトリヒから反対の声がない。

貴族たちから俺に向けられている視線が気に入らないのかもしれなかった。

「とりあえず小腹が空(す)いたから何か軽いものを持ってきてくれない？」

「畏(かしこ)まりました、ただいま持ってこさせますね」

ミカが近くにいた使用人へ指示を出し、会場に並べられている料理を持ってこさせる。

俺はそれを少しずつ摘(つま)み、ミカやキラトリヒと話しながら会場の中に視線を滑らせて、貴族たちを観察した。

双子は普段王都を離れているため、繋がりのある貴族たちとの話に華を咲かせている。

父さんや母さん、クレセシアン兄さんは常に人に囲まれていた。

……ふと、珍しいものが俺の視界の端を掠(かす)めた。

珍しいと俺が言うのもなんだが、彼はすれ違う貴族から二度見されている。だが、皆次の瞬間には何事もなかったかのように会話に戻っていた。

彼がそういう魔法を使っているのだ。

そんな彼の話は、噂(うわさ)程度に聞いたことがある。

二股の尾を持つ三毛猫(みけねこ)獣人の男。

この世界でも雄の三毛猫(みけねこ)は珍しいのだろうか？

彼は俺があまりにも見つめるものだからその視線に気付いたようで、うろちょろしていた足を止めてじっと俺を見る。

少し話をしてみたい気もするけど、あんな魔法を使っているくらいだ。注目されるのが好きではないのだろう。

この会場で最も注目度の高い俺に直接話しかけられたら、凄く嫌がりそうだ。

俺はその綺麗な黄と青のオッドアイと見つめ合った後、何事もなかったようにすっと視線を逸らした。

彼は、俺が声をかけるだろうと覚悟していたようで、この対応に驚いている。

そして感謝するみたいに丁寧な礼をすると、貴族の中に紛れた。


「――お疲れ様です、ルナ様」

他の人たちの様子を眺めているだけで飽きなかったし、貴族たちから向けられるギラついた視線が嫌だったため、結局、俺は会場に下りなかった。

「ふぅ」

パーティーは無事終わり、俺は自分の部屋のソファにどっかりと座る。ミカが淹れてくれたミルクの入った紅茶をゆっくりと喉へ流し込んだ。

「誰か気になる貴族はいましたか？」

「アタメント・ディストードだな」

「あぁ、あの会場を彷徨いていた二尾の猫の獣人ですか。確かに複数尾を持つ者の中ではルナ様と歳が近いですからね」

アタメントは王立学校に通う学生だったはずだ。

ディストード男爵家の一人息子なので、俺が入る特進科に在籍しているだろう。

王立学校では貴族と平民で受ける授業が違うのだが、隔たりを少しでもなくすために、特進科と普通科という呼び方で分けられている。

「俺の従兄はいないみたいだったな」

「あぁ、シリウス・マキアスレータですか。彼は蛇の獣人なので鱗の範囲が多いんでしたね」

今日挨拶をしたマキアスレータ公爵家の長男、つまりライ伯父上の長男も魔力が多い獣人なのだ。

蛇の獣人は尾がない代わりに鱗に魔力の多さが表れる。

「そもそも暗部に所属する者はできるだけ表舞台に顔を出さないほうがいいですからね」

「だな、ライ伯父上は指示を出す側だからいいんだろうけど」

俺の従兄に当たるシリウスは俺よりも少し年上だったはずだが、王立学校には通わず、既に暗部の仕事を学び始めているのだそうだ。

なかなか会う機会はないだろうが、アタメントと同じで比較的歳の近い多量の魔力保持者なので、顔見知りになっておきたかった。

いつかライ伯父上に会わせてもらうことにしよう。

「少し楽しみだな、学校」

「何よりでございます」

俺は入学までの間、いつものように読書をしたり剣術の鍛錬をしたり、たまに第八師団の定期巡回に同行したりしながら過ごす。

　ちなみに、十八歳の頃から俺は騎士団の魔物討伐にも参加させてもらっている。

　初めは喜んで許可し、声援を送りながら見守ってくれたアレキサイトや騎士の皆は、討伐が進むにつれて顔色が悪くなり、最後には完全に青ざめていた。

　俺があまりにも魔物を無双するものだから、ドン引いているとのことだ。

「殿下、お願いいたしますから、もうその辺でッ。私たちが討伐する魔物がいなくなってしまいます！　これでは訓練になりませんッ！」

　毎回、アレキサイトにそう言われてしまう。

　なので俺は、途中からは第八師団の騎士たちに『治癒』を施(ほどこ)して回っている。

　俺が『治癒』を施(ほどこ)すのは第八師団の騎士たちだけだ。

　正確に言うと、俺が同行した定期巡回の魔物の討伐中に傷を負った騎士だけである。

　治癒が可能な範囲の過去に負った傷やその時の後遺症、定期巡回中に起こったこととは関係のない病気などの治療を願われても応じることはない。

　もちろん父さんたちは別だけど。

　何故(なぜ)ならキリがないから。それだけだ。

　俺を聖人か何かだと勘違いして近づいてくるような馬鹿は、バッサリと一刀両断している。無慈悲王子なんて陰で言われているけど、気にしない。

「殿下って魔物に容赦ないし、そういう意味でも無慈悲っスもんね」

そんな風に軽口を叩(たた)いたジンはキラトリヒが選んだ交代要員の護衛騎士だ。

今は、王立騎士団の中で留まっている俺の治癒能力だが、王立学校に通うようになれば、それを聞きつけた下級貴族や平民から求められるようになるかもしれない。

学校内では身分が意味を成さないから、俺についてよく知らない者に無遠慮に踏み込まれそうで、それだけが今から憂鬱(ゆううつ)だった。

王立学校へ入学する日の朝。

楽しみすぎて眠れなかったなんてことはなく、いつものように眠って、いつものように室内に朝日が差し込む時間に目が覚めた。

「失礼いたします」

僅(わず)かに残る眠気の中で微睡(まどろ)んでいると、コンコンと優しく俺の部屋の扉がノックされる。

ミカには勝手に部屋に入っていいと伝えているので、返事をしなくても彼が中に入ってきてシャアッと勢い良くカーテンを開いた。

「ん〜、まぶしぃ……」

「おはようございます、ルナ様」

体の三倍はある大きなサイズのベッドの上で体を起こし、俺はコシコシと軽く目を擦(こす)る。

「おはよ、ミカ」

次にミカは部屋の中に、モーニングティーの用意された台車をカラカラと運んできた。

いい香りの紅茶には、ミルクをたっぷりと砂糖を少しだけ入れるのが俺の好みで、ミカはそれを熟知している。

「どうぞ、ルナ様」

「うん、ありがと」

俺が紅茶を味わっている間に、王立学校の制服を準備してくれた。

濃い紺色のブレザーに灰色のスラックス、紅色のネクタイは新入生だということを表している。

このデザインは王立学校ができてから変わっていないようで、父さんたちやキラトリヒもこの制服を身につけて学校生活を送っていたのだという。

「凄（すご）くお似合いです！」

「はいはい、ありがとね」

ミカに制服を着せてもらい、長く伸びた髪を一つにまとめてもらえば準備は完了。

ミカは新しい服を着るたびに感激するので放っておき、俺は仕上げとして首にシンプルなチョーカーをつけた。

伝統ある制服は、俺が普段着ているような詰襟（つめえり）タイプではないので、従属の首輪の傷痕が丸見えになってしまうのだ。

「おはようございます、ルナエルフィン殿下」

「おはよう、キラトリヒ」

当たり前のように部屋の前に立っているキラトリヒに挨拶をし、二人を引き連れてリビングに向かう。

使用人や警護の騎士たちと挨拶を交わしながら廊下を進み、リビングの扉を開けてもらって入ると、父さんと母さんと兄さんがダイニングテーブルに着いていた。

「おはようございますッ」

「おぅ、おはよう、ルナ」

「おはようございます」

「おはよう、ミカとキラトリヒも」

父さんたちとも挨拶を交わし、俺とミカは招かれるままに同じテーブルに着く。キラトリヒだけが壁際に控えるように立った。

クレセシアン兄さんはいつの間にかミカとの距離を縮め、俺と同じようにミカと呼び、朝食中も積極的に話しかけている。

ミカもクレセシアン兄さんと話すのは楽しそうだし、父さんたちもその様子を何も言わずに優しく見守っていた。

いつもと変わらない穏やかな朝食を済ませ、皆に見送られて馬車に乗り込み、王立学校へ出発する。

王家は大小合わせていくつもの馬車を所有していて、王城から外出するようになるこの日に合わせて、俺専用の馬車が父さんから贈られていた。

真っ白な車体はいかにもという感じだが、ふかふかの椅子にサイドテーブルまでついていて乗り心地は最高だ。

王家が所有する馬車という印として所々に金色と深緑色があしらわれており、俺が許可する者しか乗ることは許されない。

今のところは家族とミカだけだ。

「緊張しておられますか？」

「そこまでもないかな。誕生日のパーティーのおかげで耐性がついたのかも」

「左様ですか」

馬車の外には当然キラトリヒが護衛についている。ジンと第一師団の狼の獣人三人を引き連れ、騎乗して馬車の周囲を囲んでいた。

ミカとキラトリヒは毎日王立学校までの送り迎えを、ジンを含めた五人の騎士たちは交代で俺の護衛に当たってくれるらしい。


王立学校の校舎は思っていたよりシンプルな造りだった。

半分は王侯貴族のための特進科だとしても、もう半分は平民の普通科のためのもの。あまりにも華美で高級な装飾をしていては、普通科の者が気後れするという配慮だ。

王立学校の大きな正門は開け放たれており、車道を特進科の馬車が、歩道を普通科の学生が歩いて、入っていく。

皆同じ制服を纏っているものの、緊張と不安で押し潰されそうな学生や期待に胸を膨らませる学生など、それぞれの心境が面白いほど表情に表れていた。

普通科の学生は隣を馬車が通る度に珍しそうに目を向ける。その中でも俺の馬車は一番の視線を集めているに違いない。

馬車が校舎の正面玄関の前で停止し、キラトリヒにより扉が開かれる。

黒を身に纏ったこの男も、視線を集める要因なのだろう。

ミカが先に降り、馬車に乗り込む時と同じように手を差し出したので、俺はその手を取って馬車から降りた。

その瞬間、その場にいる獣人全ての視線が集まる。

家族に配慮するよう教えられていない無遠慮な平民からのあからさまな視線は、心地のいいものではない。

王族に対する接し方をきちんと学んだ貴族とは違うようだ。

「いってらっしゃいませ、ルナ様」

「いってらっしゃいませ、殿下」

しかし、それを咎めることはできない。

これから五年間、この状況の中で過ごさなくてはならないのだ。数ヶ月くらいで皆が俺に慣れてくれるのを待つしかなかった。

れる。

「行ってくるな」

心配そうに、名残惜しそうにするミカとキラトリヒに背を向け、王立学校の校舎に足を踏み入れる。

「おはようございます、講堂はあちらです」

「席は特に決まっておりませんので、お好きなところに着席してください」

中では上級生と思われる学生が、戸惑いを隠せない新入生たちを講堂に案内していた。

「こちらが一年生のバッジです」

俺も案内を受け、講堂の前で「I」とかたどられた金属のバッジを手渡される。

案内をしている学生の胸元には「V」のバッジが輝いていた。最高学年である五年生なのだろう。

俺に対する振る舞いや言葉遣いから、特進科の生徒であることも窺える。

いきなりタメ口は使ってこない。

中に入ると、ステージの正面に段々畑のように椅子が並べられていた。初見の印象は映画館みたいだな、である。

講堂には既に多くの学生が集まっており、好きな席に座って談笑している。

新入生は初対面の者が多いため比較的静かなのかと思っていたのに、顔見知りであったり親族であったりする者もいるようで、遠慮なく会話を楽しんでいた。

「……おい、あれって……」

「殿下じゃないか？」

俺が講堂に姿を現すと、また大勢の学生から不躾な視線が浴びせられ、ヒソヒソと話をされる。

そのほとんどが普通科と思われる学生からのもので、特進科の生徒は俺に失礼があってはならないと、緊張しシャンと背筋を伸ばして椅子に座り直した。

そんな居心地の悪い空間を、俺は一人で最後列を目指して歩く。

できるだけ他人の視界から外れたかったのと、皆が気を遣わなくてもいいようにだ。

そして、誕生パーティーの時に目をつけた二尾の三毛猫の獣人であるアタメント・ディストードの姿を見つけた。

相手も俺に気付いたようでパーティーの時のように視線が交差する。それはすぐに逸れ、彼が真っ直ぐに俺のところまで歩いてきた。

「おはよぉ」

そう挨拶したアタメントは、迷わずに俺の隣に腰を下ろす。

周囲の学生は、視線こそ寄越さないものの、驚愕していた。

俺も何が起こったのか分からなくて固まる。

「……おはようございます」

「ははッ、なんで敬語？」

「貴方が年上だから、ですかね」

「いいよ、俺には使わなくって」

意外と身長が高いなとか、青と黄色のオッドアイが綺麗だなとか思うのと同時に、嬉しさが込み上げる。

周囲の学生の困惑や先ほどまでの居心地の悪さなんてすっかり忘れて、俺はアタメントとの他愛ない会話を楽しんだ。

「これより――」

そのうち準備が整ったらしく、ステージの上に教師と思われる獣人が立つ。声を拡張する魔道具を使用して司会進行を始めた。

アタメントとの会話は終えざるを得なかったが、これから話す機会がいくらでもある。俺は学生生活に期待した。

そして、式が終わるとすぐに特進科の一年生の教室に案内される。

正面の壁一面には黒板が張られ、それに向かってゆるく弧を描く半円の長机が設置されている。

「好きな席に座れ～」

講堂と同じで席は決まっていないらしく、俺たちの担任と思われる覇気のない梟の獣人に促され、各々好きな席を選び始めた。

俺が決めないと皆なかなか決めることができないので、さっさと最後列の窓際の席に陣取る。

「俺はバジリス、種族は見ての通り梟だ～。趣味は研究で魔法構築学を教えている、よろしくな～」

担任の目の下にできた濃い隈はどうやら研究のしすぎらしい。

見るからに顔色が悪いし、それで教師が務まるのかと思ったが、自身が研究している魔法構築を教えることができるのも嬉しいそうだ。

「次はお前らが自己紹介してくれ～。最初はルナエルフィン、お前からだ～」

どう見てもやる気がなさそうなのに、物事はよく見えているようで、担任は自己紹介を俺から始めるようにと指名した。

これで誰でもいいからなどと生徒に丸投げしていたら、また俺を優先するべきかと気まずい雰囲気が産み出されるところであった。

「ルナエルフィン・ヴィナシス、種族は狐。趣味は読書で好きなのは静かな空間。これから五年間よろしくな」

さり気なく静かな場所が好きなことをアピールしつつ微笑むと、俺を見ていた同じクラスの学生は、ぽーっと頬を染めて固まった。

俺が席に着いてすぐ正気を取り戻し、今度は自分を売り込むようにこちらに向かって自己紹介を始める。

自分から進んでやっているのか親に何か言われたのかは知らないが、多少は俺に対する壁が取り払われ、必死に話しかけてくるのは微笑ましい。

興味津々に好奇の視線を浴びせてくる奴らに比べれば、多少の目論見はあっても丁寧に接してくれるこのクラスの獣人のほうが楽だった。


王立学校に入学して数日。

俺は相変わらずミカとキラトリヒに送迎され、父さんたちに学校での様子を質問攻めにされる生活を送っていた。

クラスの学生とも距離を縮めすぎない程度に仲良くしているし、かなり順調に学生生活をスタートできた。ところが、根本的に解決不可能な問題に直面してしまう。

授業の内容が簡単すぎて暇。

特進科の学生は貴族なので十歳頃から王立学校に入学する二十歳までに、ある程度のことを教育係から学んでいる。

しかし俺の学習方法はかなり特殊だった。

五歳の頃から貴重な書籍がこれでもかと保管されている王城の地下図書館に籠り、五百年生きているエルフの王子に付きっ切りで質問に答えてもらっていたのだ。

それはもうある程度などでは収まらず、かなり専門的な知識を身につけるまでに至っていた。

そのせいで授業中が本当に暇なのである。

今は王立学校の図書館で借りた伝記や物語を読むことで時間を潰しているが、それなら授業中の教室ではなく静かなところで集中して読みたいと思う。

それに授業に全く関係のない本を堂々と読む俺のことをよく思っていない教師もいる。今のところはいきなり指名されてもきちんと解答することで対処しているが、人脈を作りたいと思う貴族はいないし、これではなんのために王立学校に通っているのか……

それに授業と授業の合間の休憩時間には、引っ切りなしに普通科の無遠慮な学生が俺を訪ねてくる。

俺が『治癒』を使えることが広まっているのだ。「怪我を治してほしい」だとか「病気を治してほしい」と懇願してくる。

俺がいくら断っても訪れる学生の数が減ることはなく、同じクラスの学生に気まずい思いをさせているくらいだ。

同じクラスの学生は直接『治癒』の力を使ってほしいと頼んでくることはないし、中には俺が依頼を断る意味をきちんと理解してくれている者もいて、無遠慮な学生を追い返してくれもする。

「殿下に何か用か？」

「はい、お願いしたいことがあって……」

今訪れている兎の獣人の少女のことも、追い返そうとしてくれているようだ。

だが、なかなかの曲者らしく、全く帰らないどころか直接話したいから俺を呼んでこいと騒ぐ。

最終的には付き添いであろう三人の兎の獣人の少年を連れて、教室の中に入ってきた。

いくら身分の関係がない王立学校内の出来事だとしても、これはマナー違反だ。クラスの学生は嫌な気分になっただろう。

「ふわぁ！　本当に真っ白！」

その上、俺を見てこの発言である。

教室には一瞬で緊張が走り、俺が怒るのではないかと青くなる者と、あまりにも失礼な態度に王家に仕える貴族としての怒りで赤くなる者に分かれた。

「あの、突然すみません……私、どうしても殿下にお願いしたいことがあって……殿下？」

俺の正面に立った兎の獣人の少女は、話しかけても一向に本から視線を外さない俺に戸惑ったような声を出す。

「はぁ……」

ただでさえうんざりしていた俺は、溜め息をついて本から視線を上げた。

そもそも俺が失礼な相手を見上げなくてはならないことが不快なのだが、相手をしてやらないと帰りそうもないので仕方がない。

目を向けた先には髪と目が薄桃色の垂れ耳の兎の少女と、その後ろにピンと天に向かって伸びた茶色い耳を持つ三人の少年が立っていた。

「誰？」

「あ、私ローズって言います。趣味は――」

「で、何？」

冷たく突き放したつもりだったのに勝手にべらべらと話し始めたので、遮ってさっさと先を促す。

「え？　あぁ、私の兄なんですけど、病気でずっと寝たきりなんです。殿下なら治すことができると噂に聞いて、私いてもたってもいられなくて……」

「ふぅん」

あからさまに悲しげな顔を作る兎の少女。

涙さえ浮かべてみせるその演技力は流石だが、それに本気で同情しているらしい兎の少年たちの様子も相まって俺の気持ちを冷めさせる。

「どうか殿下の力で兄を助けてくださいッ」

両手を胸の前で組み、涙目の兎の少女が声を張り上げた。

そうすればなんでも思い通りになってきたのかもしれないが、そんなに瞳をウルウルさせても俺の答えは決まっているので意味はない。

「断る」

「……え」

やはり断られるとは夢にも思っていなかったようで、兎の少女は固まる。

それは後ろに立っている兎の少年たちも同様で、今までどれだけ甘い世界で生きていたのかが窺えた。

「どうしてですか……ッ」

「俺の噂を聞いてんなら、全て断ってるってことも知ってたんじゃないのか？　それなのにどうして自分は断られないと思ったんだよ」

他の学生は俺が断ることを分かった上で、一筋の希望に縋るように俺のもとを訪れる。

そういう学生に対しては俺も申し訳ないという気持ちで断ったが、この兎の少女は本気でなんでも自分の思うままになると思っているらしいから質が悪い。

「な、なら私自身を殿下に差し上げますッ。私のことは好きにしていいので、兄の病気を治してください！」

「何を言い出すんだ、ローズッ」

「そうだよ、自分を大切にしてって、いつも言ってるだろッ」

「……いいの、それで兄さんが助かるなら……」

「ローズ……」

俺は目の前で繰り広げられる茶番に呆気に取られて言葉が出ない。

どうしてそういうことになり、何故既に俺が兎の少女の申し出を了承したことになっているのか。

その疑問は周囲の特進科の学生も同じであるようで、兎の少年少女と俺たちとで全く温度の違う、おかしな空気が流れた。

「要らないから。勝手に押し付けて盛り上がらないでくれない？」

俺の言葉に、兎の少女は信じられないものを見るような目をする。

その反応に俺のほうが驚いてしまう。なのに彼女は、私の誘いを断るなんてと、ありきたりなことを言い出しそうな顔だ。

「じゃあ、どうしたら兄を助けてくれるんですかッ」

兎の少女は最終手段が使えないと分かると、焦ったように声を荒らげた。

全く興味すら湧かないものを押し付けられそうになったこちらの身にもなってほしい。

それはともかく、少女の兄が病気なのは本当の話みたいだ。

「断るって最初に言っただろ」

「どうしてなのッ！　貴方には病気や怪我を簡単に治してしまえる力があるじゃないッ」

「おい、失礼だぞ」

傍にいたクラスの学生が注意するが、兎の少女はそれどころではないようだ。

「貴方たちはなんとも思わないのッ？」

見ているだけで加勢してくれない周囲の学生に矛先を向けた。

彼らに被害が及ぶのは俺の本意ではないので、兎の少女へ説明しようとしたのだが、それよりも先に先ほどの学生が答える。

「思わないな」

「え……」

彼の返答に彼女は困惑して周囲を見回す。ほとんどの学生が彼に賛同していることに気付いて、さらに混乱したようだ。

「君はどうして殿下が君の要望に応じないのか、考えてみてはどうだ」

「…………。理解できないわ、力を持っているのにそれを使わないなんて」

一応考えてはみるものの、気が付かないらしい。動揺しているのか、そもそもこちらの都合など考える気はないのか……

「だろうな、君たちは想像したことすらないのだろう」

「は？　……一体なんの話をしているの？」

全く話の見えていない兎の少女は苛立ちを見せ始めた。

いつまでもここに居座られては邪魔なので、俺はさっさと彼女たちに理由を教えることにする。

「お前の兄の治療をすると、俺はいずれ他国から命を狙われるってことだ」

「は？　どうしてそこまで話が飛躍するの？」

「はぁ……俺がお前の兄を治療すれば、この国の全ての患者の治療をしなくてはならなくなる。一人治してしまえば、他からの願いを断れなくなるからだ。贔屓(ひいき)をしたら他の獣人の不満が募(つの)って不要な問題を生むし、なんならお前を人質に取れば俺が願いを叶えるなんて考える奴も出てくるかもしれない」

「ッ………」

俺が丁寧に説明してやると、自分の身に危険が及ぶかもしれないことに気付き、兎(うさぎ)の少女たちは青くなる。

「たとえこの国の全ての怪我人や病人の治療をすると決めても、膨大な人数になるし、怪我や病気は尽きることがない。そしてそれを始めてしまえば、俺の動向に目を光らせている他国が、自分の国でも治療してほしいと、間違いなく言ってくる。お前が俺に言ったように、力があるなら人を助けるために使うべきだってな」

兎(うさぎ)の少女たちには想像すらできない話だろう。

「他の国々の治療まで始めたらそれこそ果てがない。絶対に俺の手なんて回らない。しかし断れば、他国は俺の誘拐や拉致(らち)を考え始める。それができなければ、脅威になりうる俺の暗殺を企(くわだ)てるってわけだ」

「……脅威、って？」

「戦争になっても、俺は傷ついた騎士を治療し続けることができる。つまり王立騎士団の騎士たちは永遠に戦い続けることができるだろ」

今話したのはあくまで最悪の場合だが、近い未来に起こる可能性のあることだ。

既に俺の力について学校中に広まっているわけだし、そのうち国中、そして他国にも広まるだろう。その時点で俺が『治癒』を使うことに積極的なのと消極的なのでは、相手の出方やその対応がだいぶ変わる。

もっとも、『断絶』を常に張り続けている限り、俺に危害を加えようとしても触れないので大丈夫だ。

ならば何故助けてやらないのか。

その答えは結局、単純なことだ。

「……分かりました、そういうことなら諦めます。でもそういう事情がなかったら、私の願いを聞いてくれましたか？」

期待するような目で見つめる彼女は、俺に何を言ってほしいのだろうか。

期待通りの言葉を与えてやればこの場は丸く収まるに違いないが、この厚かましい兎の少女の求めている言葉を差し出すのは癪に障る。

「いや、普通に断っていたな」

「……は？」

「だってお前の兄が助かろうが死のうがどうでもいい」

そう、答えは単純明快、どうでもいいから。

俺は俺自身が傷を負えば『治癒』を使う。それは俺の力なのだから当たり前だ。

家族にも使うし、ミカやキラトリヒ、魔物の討伐で傷ついた第八師団の騎士にも使う。そしてこの国のためになることで、父さんたちに頼まれることであれば、なんの迷いもなく力を貸す。

彼らは、俺にとって大切な存在だからだ。

相手も俺を理解し、俺を思ってくれている。

現に、騎士たちの中に家族の病気も見てほしいなんて言ってくる獣人はいなかった。

そういうこと、そういうところなのである。

「貴方、最低ね」

俺はこの世界が素晴らしいものだということを知っている。

俺を愛してくれる大切な者たちが存在して、前世ではあり得ないような体験も沢山(たくさん)している。

王族という恵まれた地位を得て、様々な能力も手にしている。

俺はこの世界が残酷だということを知っている。

地獄のような日々を経験し、生きることを放棄したこともある。

唯一に罵(のの)しられ、絶望を感じたこともある。

「私が貴方だったら……」

この世界は理不尽で、ままならないことばかりだ。

だからこそ、手に入れた可能な限りの自由を享受して、好きなように生きたい。

「お前がもし俺だったらお前の好きなように力を使えばいい。俺も俺が持っている力を好きなように使うだけだ」

次の瞬間、兎の少女の顔が思い切り歪み、鬼のような形相になる。

「辛くて苦しい思いなんてしたことないんでしょッ！　ただ色が珍しいだけの元平民のくせにッ！」

そして言い放つ。

やはりそれが彼女の本心なのだ。

「ッ⁉」

辺り一帯の温度が急激に下がった。そう錯覚するような殺気を俺は放つ。

この場にいる者はカタカタと体を震わせ、カクンと膝を折る者までいる。

誰も身動きができず、誰も言葉を発することができない。

「ここが王立学校であることと、自分が女であることに、心の底から感謝するんだな」

兎の少女の顔は血の気が引いて真っ白になり、彼女は俺から視線を逸らさずにボロボロと涙を零す。

「おい」

「……は、はい」

俺は殺気を霧散させると、一番近くの学生に声をかける。

「バジリスに俺は帰ったと伝えておけ。当分学校には来ないともな」

「はッ、承りました」

『転移』

――瞬間移動した先は、自分の部屋の大きなベッドの上だ。

「はぁ～ダルすぎ」

「ルナ様！　どうなさったのですか⁉」

すぐにミカが俺の傍に『転移』してくる。

「んー」

「王立学校で何かあったのですか？」

「んー」

ミカの質問攻めに全て曖昧に返答していると、扉の外からダダダという足音が近づいてきた。それが扉の前で止まったと思ったらコンコンとノック音がする。

「キラトリヒです」

「はぁい、どうぞー」

「失礼いたします、殿下、何かあったのですか？」

「んー」

猛ダッシュでキラトリヒが部屋に来て、少し後にジンも顔を出した。

「いきなり走り出してどうしたっスかッ……って殿下⁉　いつの間に帰ってきたんスか⁉」

「キラトリヒ、第八師団の次の定期巡回はいつだ」

「華麗なる無視ッ」

「……五日後です」

「丁度(ちょうど)いいな、俺も参加するから」

「……畏(かしこ)まりました」

キラトリヒは事情を聞きたそうだが、俺から話さない限りは踏み込んでこない。

その間にミカが紅茶を淹(い)れて持ってくる。

「ほんとに何があったのですか」

「ちょっと魔物を滅多(めった)刺しにして殺しまくりたい気分なんだ」

「左様ですか……私も同行いたしますので、存分にストレスを発散しましょう」

「ジン、アレキサイトに伝えてこい」

「扱いが雑っス～」

そう言いながらも、ジンはすぐにアレキサイトに話を通すために部屋を出ていく。

王城に帰ってきて幾分か気が静まったが、今度は疲れがドッと体に伸(の)し掛(か)かってくる。

「キラトリヒ、獣化してベッドに上がれ」

俺からのいきなりの指示にキラトリヒは一瞬戸惑(とまど)いを見せたものの、すぐに大きな黒豹(くろひょう)に姿を変えて俺のベッドに上がった。

俺も白狐(しろぎつね)の姿になり、ベッドに横たわったキラトリヒの腹の部分に埋まるように寝転ぶ。

俺は今でも『断絶』を張っている。それに弾かれないということはつまり俺に拒絶されていないということで、それに気付いたキラトリヒは控えめに喉をクルクルと鳴らし始めた。

あたたかい……

獣に変わった姿は人化している時より体温が高い。密着したキラトリヒの体温が全て伝わってくるようだ。

キラトリヒの空気を吸って吐く動きや、少し奥から聞こえる心臓の脈打が、俺の殺気だった気持ちを落ち着かせてくれた。

ミカはベッドに腰を掛けて優しく撫でてくれる。

俺はその心地良さに身を任せ、疲れて擦り減った神経を回復するように眠りに落ちた。

あれから俺はしばらく登校拒否したが、思う存分魔物を討伐してスッキリしたので、今はきちんと登校していた。

しかしあまり授業には参加していない。

今の授業の内容では参加する意義を感じないのと、いまだに教室を訪れる学生が煩わしいせいだ。

王立学校の図書館で借りた本を持って日当たりのいい庭に行き、ベンチや木の根元に腰を下ろして読むのが最近のマイブームである。

授業に参加しなくても試験では首位を守れるし、兎の少女の件は学校中に広がっているので、担任教師もクラスの学生も理解してくれた。

代わりにといってはなんだが、たまに担任の研究に助言をしている。

今日も本を数冊抱えて、俺は王立学校の庭に来ていた。

「アタメント」

目当てのベンチでは、三毛猫の獣人、アタメントが丸くなって昼寝をしている。

「ふわぁ、ルナ……その小説まだ読んでたん？」

「これはもう七巻」

「げ、長ぁ～」

アタメントは「Ⅲ」のバッジをしているので俺より二学年上の先輩だったが、気ままで自分の好きな時に授業をサボる問題児らしく、毎日のように日当たりのいい場所で気持ち良さそうに寝ている。

彼があの口調で俺に話しかけてくるような奴なので、その後も普通に俺に話しかけてくれた。

アタメントに、王族に敬語を使われるのは嫌だと言うので、俺も砕けた態度で接し名前も呼び捨てにしている。

「んぅ～」

アタメントはぐいんとベンチの上で伸びをすると、当たり前のように少しずれて隣に俺が座れるスペースを空けてくれた。俺はそこに座って本を開く。

「最近また貴族たちが煩くなってきたねぇ」

「お前も貴族だろ」

「そうだけど、俺なんも関わってないしぃ」

「そうかよ。……遂に国内の貴族から父上に手紙が届くようになったからな」

「他国からも探りが入ってるみたいだしねぇ」

彼の言う通り、俺の周囲が俺の能力を求めて煩くなってきているのだが、アタメントと過ごしているとそういうのを忘れられる。彼が貴族だということも忘れてしまうし、自分が王族だということも忘れそうだ。

学校の庭で彼と二人で過ごしていると、普通の学生になった気分になれる。

俺が本を読み始めると、アタメントも勝手に寝始めた。

流石猫というか、自由気ままという言葉を体現している奴だ。俺が本を読み終わるまで寝ていることもあったし、集中している間にいなくなっていることもあった。

暖かい日差しが木々に遮られ、読んでいる小説に影を落とす。

涼しい風がサァッと吹き抜ける音とアタメントの規則正しい寝息しか聞こえない、静かでのどかな空間。

ここにミカの淹れてくれた紅茶があれば完璧だ。

しばらくして小説の内容に一区切りついたところで顔を上げると、太陽がだいぶ傾いていた。

もう下校の時間だ。

横を見るとそこにはいまだに寝息を立てているアタメントがいた。

「アタメント、起きろ」

そろそろ寒くなってくる時間である。このまま放置して帰ったら、いくら猫の獣人でも風邪をひいてしまう。

「んぅ」

アタメントはもぞもぞ動いて俺の膝に頭を乗せる。

耳がぴこぴこと動いているのが可愛くて、俺は少しカールがかかったふわふわの猫っ毛を梳くように頭を撫でた。

「今度城下街に行かないか？」

「ルナと？　絶対目立つじゃぁん」

「ちゃんと変装の魔道具を使うから」

「指輪の？　俺にも貸してくれんのぉ？」

「もちろん」

「じゃあいいよぉ。ルナって城下によく行くの？」

「いや、通り過ぎる程度だな。前から冒険者ギルドに行ってみたいと思ってて、せっかく行くなら王都の観光もしてこようかと」

「楽しそうじゃん、行く行くぅ」

「じゃ決まりな」

「はぁい」

そう約束して別れた。

王城に帰り、アタメントと共に城下に出かけることを父さんたちに話すと驚かれる。彼らは俺に気の合う友人ができたことをとても喜んでくれた。

城下街に行くことを反対されるかと思ったが、意外にすんなりと外出の許可が出る。

死ぬほど心配はしているようだが、きちんと王立学校に通っているのが良かったのだろう。

まぁ通えているからといって、『治癒』のことや授業に参加していないことなど、問題がないわけではないのだが……

念のために、父さんに確認される。

「当日の護衛はどうする？」

「平民風の猫の獣人に姿を変えて行くので、仰々(ぎょうぎょう)しい護衛は嫌です。結界も張って行きますし、いらないのですけど……」

「駄目だ」

「ですよね……あ、では暗部に陰から護衛してもらうというのはどうですか？」

「暗部に護衛だと？」

暗部の仕事は情報収集や暗殺で、護衛といえば騎士の仕事である。そのため、俺以外の人には、身を隠した暗部に護衛をさせるという発想はなかったようだ。

「それはいいですね」

母さんが賛成してくれる。

「だな、王都中に配置するとしよう」

父さんと母さんとの打ち合わせはスムーズに進み、暗部に護衛をしてもらうことで、実質アタメントと二人での城下街観光ができることになった。

「私もご一緒してはいけないでしょうか……」

部屋に戻ってから、ミカがそう尋ねてくる。キラトリヒもミカと同じ気持ちらしく、訴えるような眼差しを向けてきた。

二人の表情が不安げなのは、俺に駄目だと言われることが分かっているからなのだろう。

「今回ミカたちは留守番だ」

「しかし……」

「護衛は暗部たちがやってくれるんだし、俺の実力はお前が一番よく分かってるだろ？」

「……ですが」

俺を誰よりも理解している二人だが、傍を離れるのはどうしても不安らしい。

「学校に行ってる間は我慢できてるだろ？　お土産買ってきてやるから」

今回は一般的な国民として、友人と王都の観光を楽しみたいのだ。

黒豹の獣人最強の騎士も、エルフの王族も人々の目を惹きすぎる。

「では私は魔法で姿を隠しますッ」

「……魔道具で姿を変えます」

「もう……好きにしろ」

絶対に引く気のない二人の様子に、俺は説得を諦めた。

どうせこの場で引いたとしても、当日になったら勝手についてくる。

それなら、どのようについてくるのか把握しておいたほうがいいと思った。


アタメントと城下街の観光へ出かける当日。

「殿下、アタメント様が到着なさいました。応接室にてお待ちいただいております」

「ん」

リビングで出かける準備万全で待っていた俺に、使用人がアタメントの到着を知らせてくれた。

ミカとキラトリヒを伴って向かう。

「おはよう、アタメント」

「ルナ、おはよぉ」

「足を運ばせて悪いな」

アタメントは王立学校で会うのと変わらない様子だ。

王城内でも気ままな態度とは流石(さすが)である。

アタメントの制服ではない姿は、あの誕生日パーティー以来だったので新鮮で、まるで別人に見えた。

「お初にお目にかかります。ディストード男爵家長男、アタメント・ディストードと申します。以後お見知りおきください」

彼は他国の王子であるミカと公爵家のキラトリヒよりも身分が低いので、先に挨拶(あいさつ)をしなければならない。

王立学校の学生同士ではそういった縛りはないのだが、ここは王城なのでそういう不文律があるのだ。

洗練され堂々とした姿に、やはりアタメントもヴィナシス王国の貴族だということを再認識した。

だからといって、王立学校の学生同士である俺たちの関係は何も変わらない。

「王立騎士団第八師団副師団長、キラトリヒ・ロックバレル」

「マキュリア王国第二王子、ミカルレイン・マキュリアだ」

対する二人は愛想の欠片もない。

ミカは俺と俺の家族以外には無愛想だし、キラトリヒはそもそも表情が動くことが少ないので、いつもこうなってしまう。

「失礼いたします」

挨拶が済み、俺とアタメントがソファに腰を下ろしたタイミングで、使用人が変装の魔道具を持って入ってきた。

台座に魔石が嵌め込まれた指輪が二つ。深紅の魔石が光を反射するように輝いていて、とても美しい。

「うわぁ、これかなり高価な魔道具じゃない？」

「全身変装ができるものだからな」

後ろに控えたミカとキラトリヒは、俺に対するアタメントの態度が気に入らないようだが、王立学校の友人であることを心得ているので何か言ってくることはない。

ただピリピリした雰囲気がダダ漏れである。

「へぇ、早速使ってみようよ」

当のアタメントは全く気にしていない様子だ。エルフの王族と黒豹の次期公爵を前にして、いつものように気ままに振る舞っているのが凄い。

だがそういう図太い精神があるから、アタメントは俺に話しかけてきたのだろうし、そのおかげで親しくなることができたのだ。

お互いに対等に話せるのは楽しいし、俺の学生生活を潤してくれるアタメントには本当に感謝している。

俺たちは魔道具である指輪を嵌めてみることにした。

魔力を通すと変装が始まり、髪や瞳の色から服装まで見る見るうちに変化していく。

しばらくして、俺は薄茶の髪に焦げ茶色の瞳、アタメントは金茶髪に茶緑の瞳になり、服装も城下街の平民のものに変わった。

「顔は変わんないんだねぇ。ルナ、服が似合ってないし全然平民に見えないよ」

種族も猫に変わったので、今までとは違う耳や尻尾の感触を楽しんでいると、アタメントが俺を舐めるように眺めながら言う。

「それはお前もだろ、平民には見えない」

「まぁ、流石に王族と貴族だとは思わないでしょ」

「だな、よくて大きな商会の跡取りって感じか？」

お互いにお互いの顔をまじまじと眺めた後は、金貨の入った鞄を持って準備は完了だ。

街中で『収納』の魔法を使うと目立つので仕方がない。

「じゃあ、行ってくる」

「「行ってらっしゃいませ」」

ミカとキラトリヒに挨拶をした俺は、アタメントと一緒に城下街に『転移』した。


――一瞬で、周囲の景色が豪奢な応接室から薄暗い裏路地に変化する。

「『転移』って便利だよねぇ」

「アタメントも使えるようになる」

アタメントは俺の二つ年上なのだが、真面目に頑張れば校内では俺の次くらいに優秀なのだ。

尾が二又に分かれるくらい保持している魔力量が多いし、剣術も実践で使える腕前なのである。

いつも気だるげにしているサボり魔だが、知識が豊富で魔法も基礎は完璧だ。

本人に応用するつもりがないだけで……

さて、城下街に住む平民はとっくに活動を始めていて、王城から伸びている大通りには沢山の獣人が行き交い、客を呼び込む活気ある声が飛び交っていた。

「明けの街からいい魚が届いたよ～！」

「宵の街で取れた鉱石で作った武器、見ていってー！」

「朝採れたばかりの新鮮な野菜だよ〜」

いつもは第八師団の定期巡回に赴(おもむ)く際に馬の上から眺めるだけだった大通りは、アタメントと並んで歩くだけで随分違う。

明けの街や宵(よい)の街などの特産品を売り込む声がそこかしこから聞こえてきた。

「獣人に大人気の生地で作った服はいかが〜？」

「ヴィナシスにはない商品を沢山(たくさん)置いてるよー。見ていってー」

人間の商人の店もいくつかあるらしく、他国の商品が並び、獣人たちを引き付けているようだ。人間たちが獣人に需要のあるものを考えて上手(うま)く商売していた。

「マキュリア王国から新しい魔道具が届いたよ！」

エルフが魔法の研究の片手間に作った魔道具は、ヴィナシスでも他国でも安定の需要がある。

「迷宮品に興味はないかねー！」

冒険者が迷宮から持ち帰った不思議な道具を売っている店にも魅力を感じた。

俺とアタメントは通りに面している店を適当に冷やかしながら目的の場所を目指す。

「なんでだ……？」

ところが、ただ歩いているだけなのに、俺とアタメントは周囲の獣人や人間の視線を集めてしまった。

「ルナの顔がいいからじゃない？　色とか種族が変わっても、顔はそのままじゃん」

「それはアタメントもだろ」

そんな会話を交わしながらてくてく歩いていくと、目的にしている建物が見えてくる。

盾の前で二本の剣が交差している看板を掲げたレンガ造りのそれは、周囲の建造物よりも明らかに大きくて、ひときわ存在感があった。

「ここだな」

「ここだね」

冒険者ギルド。

この国でも、まだ冒険者のほとんどが人間である。

ガタイのいい筋肉ムキムキな人間の男たちが大勢いるのかと思うと、この国に来るまでの嫌な記憶が軽く蘇りそうになるが、今ではここにいる誰にも負けない自信があるので足を進めることができた。

木材でできた扉を開いて中に入ると、視線が一斉にこちらに集まる。

今の時間は混んでいないようで、ギルド内にいる冒険者の数はそこまで多くない。

様々な装備や武器を身につけた冒険者にも興味はあるものの、後回しにしてギルドの中に視線を巡らせた。

正面にはカウンターがあって、その中でギルドの職員と思われる人間が数人、忙しそうに作業をしている。左の壁には、依頼の内容が書かれているらしい紙が所狭しと貼られていた。

右側には広めのスペースがあり、そこに机と椅子がいくつか置いてある。どうやら待ち合わせや話し合いなど自由に使える場所らしい。

カウンター前の天井は半分吹き抜けになっていて、横には二階に繋がる階段がある。

二階には食事ができる空間があるようで、冒険者が騒いでいる声が聞こえた。

「どんな依頼があるのか見てみるか」

「いいねぇ」

依頼の紙が乱雑に貼られている壁に近づいて見てみると、どこが境目か分からないが一応ランクによって分けられているようだ。

「おい、お前ら、ギルドになんか用か？」

俺とアタメントが貼り紙を眺めているところに、スキンヘッドのギルド職員がカウンターの中から声をかけてきた。

俺たちがギルド内に入った時からこちらを気にしていたし、いつまで経ってもカウンターに来ないのに痺れを切らしたのだろう。

「依頼したいことがあるなら受付に……」

そのギルド職員は俺たちを依頼人だと判断したようだ。

元の見た目では言わずもがな、今の見た目でも到底冒険者には見えないだろうから仕方がない。

「いえ、依頼をしに来たのではありません」

「あ？　じゃあお前らみたいのが冒険者ギルドになんの用だ？」

スキンヘッドのギルド職員は強面な顔をさらに顰めて首を傾げた。

冒険者には見えない俺たちがここに来た理由など、見当もつかない様子だ。

「面白い話でも聞けないかなと思いまして」

「あとは興味本位の見学かなぁ」

「……は？　…………あははははっはははッ‼」

ギルド職員は俺たちが答えた冒険者ギルドを訪れた理由を呑み込めずに一瞬固まる。だが、すぐにギルド中に響き渡るほど大声で笑い出した。

おかげで冒険者と職員の視線を一層集めてしまう。

「あー笑った！　色んな場所でギルドの職員をしてきたが、お前らみたいなガキは初めてだッ！」

どうやら冒険者ギルドに話を聞きに来たり、見学しに来たりする者はいないようだ。

「気に入った！　今日仕入れた飛び切りの話を聞かせてやる！」

俺たちはスキンヘッドのギルド職員のお眼鏡に適ったようで、上機嫌になった彼に机と椅子があるスペースに案内される。

「サボっていいんですか？」

「今は暇だからいいんだよ。忙しいのは早朝と夕方だからな」

「それで話ってぇ？」

長年ギルド職員をしているらしいこのスキンヘッドの男が飛び切りと言うくらいなのだから、余程衝撃的な情報に違いない。

彼は机に身を乗り出して、俺たちにも顔を近づけるように指示した。

まだあまり知られていない話でもあるようである。

「この国にも関係があることなんだがな」

「はい」

「どうやらジュピタル国が異世界人の召喚に成功したらしいんだ」

齎（もたら）されたその情報に、俺は水分を口に含んでいたらぶふぉっと噴き出していたくらいの衝撃を受ける。

だがなんとか顔に出すのは我慢し、無様な姿を見せることはなかった。

「……もしかして黒髪黒目だったりするか？」

「よく分かったな！　三人召喚できたらしいんだが、その三人とも黒髪黒目なんだそうだ」

アジア、いや絶対に日本人だ。

「ジュピタルの王族の話だとそいつらが勇者らしいんだと」

そして王道の流れである。

「それで、そいつらが何を吹き込まれたか知らねぇが、魔王の討伐を成（な）し遂（と）げるために旅をするらしい」

「魔王ってもしかしてマージアの国王のことぉ？」

アタメントは俺が考えていたのと同じことをスキンヘッドのギルド職員に質問する。

マージア王国というのはジュピタルという人間の国に隣接する魔人の国だ。

魔人とは褐色（かっしょく）の肌をした、角、羽、尾、牙が生えていたりいなかったりしている亜人で、悪魔と人間が交わって生まれたと言われている。

ちなみに天使と交わって生まれたと言われているのはエルフだ。

魔人は物凄く好戦的で戦闘能力が高く、マージア王国内で、魔人同士の戦争ごっこをして暮らしている、正真正銘戦闘狂の種族である。

何故彼らが他国に攻め入らないのかというと、弱すぎて相手にならない上に、戦争に慣れていない相手と戦っても楽しくないからだそうだ。

「残念ながら……頭がおかしいとしか思えない」

「確かにマージアの魔人たちに手を出すのは正気の沙汰ではないですね」

「絶対面倒臭いことになるよぉ。でも、それがどうしてヴィナシスに関係あるの？」

「それが、その勇者一行がまず目指しているのが、この国らしい」

「……なんのためにですか？」

ジュピタルがマージアに喧嘩を売るのは勝手だが、ヴィナシスを巻き込まないでほしい。

「なんでも王立学校にこの国の第四王子が通っているらしいんだが、それがめちゃくちゃ優秀な魔法使いなんだそうだ。その方を魔王討伐の仲間に加えたいんだと」

アタメントが一瞬だけこちらに目線をくれるが、すぐにスキンヘッドのギルド職員へ戻す。

「ま、来たとしても十中八九断られると思うがな。この国にはなんのメリットもねぇんだし」

そう結論付けてスキンヘッドのギルド職員の話は終わった。

その後、依頼を終えたり切り上げたりした冒険者が戻ってきてギルド内の騒がしさが増す。

彼らもギルド職員と話をしている俺たちに興味を示し、色々な話を聞かせてくれた。

「今日は付き合ってくれてありがとな」

「ううん、俺も楽しかったし、また行こぉ」

満足した俺たちは、人気のない裏路地から王城の中の応接室へ『転移』して帰る。

変装の魔道具の指輪を外し、応接室でアタメントと少しゆっくりしてから解散した。

今日はほとんど王族貴族の扱いをされなかったし、冒険者ギルドが様々な情報の集まる有意義な場所だと知ることができた、いい日だ。

ちなみに俺たちを護衛していた暗部は二十人。ミカとキラトリヒも何回か見かけた。

過保護すぎなのは困るが、機会があればまたアタメントと外出したいと思う。


城下街に出かけた翌日から、アタメントの様子が少し変わった。

授業をサボって俺と一緒に庭で過ごすことに変わりはないのだが、昼寝して過ごすことが減って俺と一緒に読書に励むようになったのである。

それも俺が読んでいるような小説ではなく、魔法についての本を。

魔法に興味を持ち積極的に学び出したのは喜ばしいことだが、彼が変わったのはそれだけではない。

「ルナが使ってるカタナ、俺も使ってみたいなぁ」

そう言って日本刀に興味を示し、真剣に剣術の鍛錬をするようになったのである。

実は俺は、自分で素材を集めて作った魔刀を、常に携帯していた。

何がアタメントをそうさせたのかは分からないが、城下街へ出かけたことが刺激になったのだろう。

それらはいい方向への変化だったが、違和感を覚えることもあった。

俺が他の獣人と話をするのを嫌がるようになったのだ。

友人としての一種の独占欲だろうかと思っているが、俺に話しかけてきた学生たちをとても怖い顔で睨みつけるから、ちょっと心配になっている。

あからさまに不機嫌になり、子供みたいに不貞腐れるので、嬉しい反面、面倒だと感じ始めてもいた。

まぁ俺に話しかけてくる者は多くないのが救いだ。

そんなアタメントを、俺は彼のお気に入りの言葉でなだめる。

どうやら俺が、友人と二人で出かけるのは初めてだ、と言ったのをお気に召したようなのだ。彼は俺の初めてにこだわっていた。

「あッ、また二人して本読んでるー！」

そして、城下町に出かけて以来、俺の周囲で大きく変わったもう一つのこと。それが、この男の存在だ。

「シリウス」

母さんの実家、マキアスレータ公爵家の当主であり母さんの兄であるライ伯父上の息子、シリウス・マキアスレータ。

スラリとした長身で、毛先をぱっつりと切り揃えた長い髪は尻辺りまで伸びている。

俺以上に長い抹茶色の長髪は、後頭部の低い位置で結ばれていて、いつも風になびいているような印象だ。

母さんやライ伯父上よりも薄い茶色の瞳には、いつも笑みが浮かんでいるけれど、俺とアタメントはそれが偽物だということをとっくに知っている。

シリウスもそれを分かった上でそのままでいた。

彼は、暗部に護衛をさせる手を知った父さんたちが送り込んできたのだ。

「今日は何を読んでるんですか？」

「昨日の続き」

「そっちはー？」

「………………っ」

「うっわ、嫌そうな顔ー！」

自分以外の学生が俺に話しかけるのを露骨に嫌がるようになったアタメントだが、それはシリウスも例外ではない。シリウスがどうして俺の傍にいるのかを理解しているため、渋々我慢しているだけだ。

アタメントにそんな反応をされてもシリウスは笑っている。

結構本気で楽しんでいるようなので、彼はいじめっ子気質なのかもしれない。

「その小説はどこまで進んだんですか？」

ここ最近はこの三人で過ごすことがほとんどだ。

アタメントとの静かな時間も良かったが、シリウスが加わった適度な騒がしさも俺は嫌いじゃなかった。

◇

◆

数ヶ月の月日は意外と速く過ぎ、俺が王立学校に入学して二年が経とうとしていた。

つまり俺が三年生に進級する時期になったということである。

「……留年して同じ学年になる」

ある日、アタメントが何やら思いつめた顔をしていると思ったら、そんな阿呆なことを言い出した。

「ぎゃはははッ」

「笑いすぎだぞ、シリウス。アタメントは、いきなりどうしたんだ」

「…………っ」

「だいたい俺たちは二つ学年が違うんだから、留年しても一つ上で同じ学年にはなれないだろ？」

「……二回留年する」

「……ッ……ッ！」

アタメントはブスッと不貞腐れているし、シリウスは声が出せないくらい笑い転げている。

アタメントの俺に対する執着は日を追うごとに強くなり、今では暇さえあれば纏わりついてくるようになった。

いくら暑い離れろと言ってもやめる気配が全くないし、腕や服の裾を常に掴まれていることに慣れてしまった。

ちなみに、シリウスは俺より一つ年上なのだが、編入なので俺と同じ学年である。

「……ルナと一緒にいたいぃ」

「留年なんてしなくても一緒にいれるだろ？　この間も二人で出かけたし」

俺たちはこの数ヶ月、何度も王都で遊び回っていた。シリウスも一緒に三人で城下街に行くこともあれば、アタメントと二人だけで冒険者ギルドに出かけることもある。

まぁ、二人の時はシリウスは陰で護衛してくれているのだが。

「こうやって一緒に過ごしてるんだから、留年なんて必要ないだろ？」

アタメントは不満そうだが、俺は大切な友人に留年なんてさせたくない。

王立学校で留年した特進科の学生なんて聞いたことないし、ただでさえ二尾で注目されているのに、悪い目立ち方はさせたくないのだ。

蛇の獣人であるシリウスはいくら鱗の量が多くても服の下に隠れて見えないが、俺やアタメントの複数の尾は変装の魔道具を使ったり魔法で隠したりしないと、どうしても人目に触れるので、目立つ。

「……ところで、シリウス、例の勇者はどうなってる」

「んっと、寄り道は多いけど着々とヴィナシスに近づいてます」

シリウスは既に自分の部下を数人抱えていて、俺はライ伯父上からシリウスだけでなく彼らも好きにしていいと許可を貰っていた。

俺はそれに甘えて、ジュピタル王国が召喚したという勇者について探らせているのだ。

自分で行ってもいいのだが、使えるものは使ったほうがいい。

「寄り道？」

「街に寄ったり迷宮に潜ったりです。多分この国に着くのはもう少しかかりそうですね」

「……そうか。国に入ったらすぐに知らせてくれ」

「了解です」

勇者一行について得ている情報は、三人とも若い男で名前はユウキ、アヤト、コウヤだということだ。

騒がしいが仲は良さげで、それぞれ剣、槍、弓を得意としているようだ。

人間だからか魔法は使えないようだが、身体能力が向上し武術のチートを得ることはできたらしい。

迷宮で得られる最高級の武器を使用しているそうで、ジュピタルの王族にいいように扱われていること以外は順風満帆な異世界生活を送っているみたいである。

若い男ということは学生だろうか。

騒がしいと報告が来るくらいだから、落ち着きのないクソガキかもしれない。

頭が回る者がメンバー内にいないのか、浮かれているだけなのか……

会う気は毛頭ないが、そいつらが変な騒ぎを起こし俺が出向かなくてはいけない事態にならないことを願っていた。

ところが――

「――殿下、勇者一行がヴィナシスの領土に足を踏み入れましたよ」

王立学校の屋上で気持ちのいい風に吹かれながらランチを楽しんでいる時、シリウスの所持している魔道具に連絡が入る。彼が愉快そうにニヤニヤしていたので、聞く前に内容が予想できた。

「ついに来たか……」

「嫌そうですね」

「……お前は愉しそうだな」

「そんなことないですよ」

いや、本物の笑みを浮かべているので、完全に楽しんでいる。

「ルナ、どうするの？」

シリウスと違ってアタメントはまるで自分のことのように嫌がって、心配もしてくれた。

「別にどうもしない」

「えー、つまんない」

「だから、シリウスは楽しもうとするな！」

勇者が王都に来たからといって、こちらから何かしてやる必要なんてどこにもないのだ。

ジュピタルから正式な文書が届いたわけでもないのに、どうしてわざわざ自ら面倒事に首を突っ込まなくてはならないのか。

「ま、ただの人間がそう簡単に王族には会えないですからね」

「貴族にもな」

そもそも貴族のほとんどが超多忙であり、アポが取れたとしても部下や使用人にしか会えない。

そこから本人に報告が行き、直接会って話をするに足る相手か判断するのだ。

つまり、父さんに頼まれたならともかく、今のところは俺から動くことはない。


そんなある日。

「し、失礼いたしますッ」

「どうした、騒々しい」

城内の王族居住区に父さんの部下である文官が訪ねてきた。

どうやら物凄く急ぎの案件か、緊急事態が発生したようだ。

何故ならこれは、父さんが一番嫌っている行為だからである。

家族が集まる時間にまで仕事を持ち込まれたくないのだそうだ。

さて、何が起こったのか。

「城の正門前に勇者一行が現れましたッ」

「……チッ、遂に来やがったか」

どうやら勇者たちが、間の悪い時に現れたらしい。

当然父さんは勇者たちの情報を掴んでいて、驚きはしなかったが忌々しそうに顔を顰めた。

「さっさと追い返せ」

「……よろしいのですか？　ジュピタル王家に関係することだと……」

「だとしても正式な約束もなしに俺に会えるわけがねぇだろ」

「……確かにその通りですね、畏まりました」

その文官は神妙な面持ちでリビングを後にする。

その後、俺たちは普通に仕事や学校に行った。そして、俺が帰ってきて目にした父さんの荒れ具合は凄まじかった。

「ジュピタルの王族はマジで馬鹿だぜッ！　俺やルナと繋がりを作りたければ他にいくらでも方法があっただろ……ったくッ、俺を怒らせたいとしか思えない、自殺志願者は無視だ無視ッ‼」

これで俺も堂々と無関心を貫けるようになった。

数週間経ったが、あれ以降も勇者たちの父さんとの謁見は叶っていない。

そもそも何故自分たちが一国の王に謁見できると思っているのかが謎だが、毎日のように王城を訪れては正門の前で喚き散らしているらしい。

「俺たちは異世界から召喚された勇者なんだぞ！」

「世界平和への協力を拒むのか！」
「何故王様に会わせてくれないんだ！」

俺はそれを直接見たことはないのだが、毎日、シリウスが楽しそうに報告してくれる。それをアタメントと一緒になんとも言えない気持ちで聞いていた。

最近は父さんではなく直接俺を狙っているようで、登下校のタイミングに王城や王立学校の前で待ち伏せされている。

その対応に人手を割かれ、遂に城内の仕事が滞り始めた。苛立ちやストレスが城内の人間に広がりつつある。

……そろそろ黙らせたほうがいいのだろうか。

「あまりに煩いままなら直接ジュピタルに苦情を言ってやる」

俺はミカの前でそう呟く。

「ルナ様のお手を煩わせるほどのことではありません」
「……しかし諦める様子はなさそうです。このままだと何か行動を起こすかもしれません」

ミカとキラトリヒがそれに応えた。彼らも勇者たちの行動には呆れているが、俺と同じで、まだ接触したわけではないので手を出そうとまではしていない。

「もうしばらくしてまだうろついているようだったら、その時は俺が対応する」

相手が何をそんなに必死になっているのか分からないので、詳しく事情を聞いてみてもいいかと思う。

それほどまでに自分が勇者であり、世界平和ということを誇示するならば、まずは自分たちだけでマージア王国に赴けばいいのに……

それで戦争に夢中な魔人たちに無視されるなり、邪魔者扱いされるなりすればいい。

その意見を伝える機会は、俺が思っていたよりも早く来た。

「今日もいるか？」

勇者が王城や学校の前に現れるようになって五日目である。

流石に目障りになっていた。

シリウスが呆れたように言う。

「今日も飽きずに学校の前に座ってますね」

「飽きたから座り始めたんじゃないのか」

「絶対そうだよぉ」

俺の言葉にアタメントも同調した。

放課後の今、校舎の外には俺専用の王家の馬車が待機しており、アタメントとシリウスはそれぞれの家の馬車に乗り込んでいく。

「おかえりなさいませ、ルナ様。お待ちしておりました」

相変わらず視線を一身に集めたミカが、馬車の前で俺を待っていた。

差し出された手を取って馬車に乗り込む前に、ミカとキラトリヒに指示を出しておく。

「勇者の前を通過するよう言っておいてくれ」

「ついに動かれるのですね」

「勇者たちが俺に何を言っても手を出さないように」

「……畏まりました」

「……了解です」

御者をしている使用人に指示を出したミカが一緒に乗り込み、騎乗したキラトリヒたちに護られながら俺は王城に向けて出発する。

王立学校と王城はそれほど距離がないので、すぐに到着するはずだ。そろそろかというところで、案の定、何かに遮られ馬車が急停止した。

「この馬車に乗っているのは第四王子かー!?」

やはりというか、思った通りというか……

勇者たちが馬車の前に飛び込み、無理やり止めたようである。

「邪魔だ、即刻そこを退け」

キラトリヒの冷たい声が、馬車の前の道を塞いでいるだろう勇者一行に降り注ぐ。

ただでさえ日本人よりも大きい獣人の騎士が、筋肉ムキムキの馬に乗って見下ろしてくるのだ。物凄い圧迫感だろう。

それに黒豹という獰猛な肉食獣に、前世の世界の人間は恐怖を感じるはずだ。

いや、この世界で魔物を相手にしているのなら、その感覚が薄れているのかもしれないが。

「お、おぉ、俺たちは第四王子に用があるんだ。少しの間でいいから時間を作ってくれないか？」

「断る。貴様らはこれまで何度も断られているはずだ。ただの人間が殿下のお手を煩わせるな」

「俺たちは勇者だ！　ただの人間じゃないッ！」

「で？　だからなんだ？」

聞いているだけで恥ずかしい。

「……殿下」

俺は馬車の窓を覆うカーテンを開ける。

「……お前が、第四王子……？」

勇者一行はやはり高校生くらいの外見だ。

学生服が似合いそうな容姿に、この世界の冒険者が身につけている装備よりも少し装飾の多い格好。

彼らは阿呆面で馬車の中の俺を見上げている。

実際に相対しても元日本人同士という親しみが湧き上がることはなく、手を貸そうなどと思うことも全くなかった。

俺は馬車の窓枠に肘をついて勇者たちに話しかける。

「勇者だから何？」

ボケッとしていた彼らは俺が声を発するとハッと我に返り、自分たちが何をしに来たのか思い出したようだ。

「俺たちはこの世界の魔王を倒すために異世界から召喚されたんだッ」

「それはもう聞き飽きてる。だからお前たちは偉いんだって言いたいのか？　他国の王族も自分たちに会わなきゃならないって？」

「そ、そこまで言ってないだろ……」

「勘違いも程々にしておけよ。お前らは確かに人間の中では強いのかもしれないが、まだ何かを成し遂げて英雄になったわけじゃない」

「……けど俺たちには圧倒的な力がある。この力で世界を救うために旅をしてきたんだ。世界の平和に協力するのは当たり前だろ？」

　さも誇らしげに胸を張っているのは、三人の真ん中にいる勇者だった。

「……何から世界を救うって？」

「魔王だ！」

「お前らここまで旅をしてきたんだよな？　道中でその魔王とやらに脅かされている場所があったのか？」

「……え」

「魔王の噂は？　何か耳にしたか？」

「してないけど……でも魔物がいっぱいいいたぞ。それは魔王のせいなんじゃないのか？」

　……本当にこの世界のことを知らないようだ。

　ジュピタルの王はマージア王国の魔人のことだけではなく、この世界の常識も彼らに教えていないらしい。

「何故そうなる……ジュピタルでこの世界のことを教わらなかったのか？」

「隣のマージア王国に野蛮な魔族がいるからそいつらを倒してほしいって」

俺と勇者の会話が聞こえる場所にいるミカやキラトリヒ、護衛騎士数人が、彼らの言葉に絶句する。

「はぁ……マージア王国にいるのは魔族じゃなくて魔人、俺たち獣人やエルフと同じ、この世界に住む種族の内の一つだ。確かに戦闘を好んでいて野蛮と言われても仕方ないかもしれないが、魔人同士で戦争ごっこをしているだけでほとんど国内から出てくることはない」

「……え、そうなのか？　てか戦争ごっこ？　なんで仲間同士でそんなことしてんだよ？」

「そりゃ、他種族じゃ敵わないからな。彼らにしてみれば、人間じゃ弱すぎて戦いを仕掛ける対象にもならない」

魔人は魔力を普通のエルフと同じくらい保有しているし、身体能力は獣人の中だとアレキサイトやキラトリヒと同等かそれ以上に高い。

「……は？」

俺の口からツラツラと出てくる魔人という存在に、勇者たちは徐々に青くなっていく。

初めは信じていなかった、というか信じたくなかったようだが、哀れな者を見るようなミカたちの視線に気付き、俺が本当のことを言っているのだと分かったらしい。

「それに魔物はこの世界の魔力溜まりから自然に発生するものだ。人間だけじゃなくて魔人も襲うし、魔人も魔物を倒す」

それからこの世界の常識を少しだけ話してやると、ここまで旅をしてきた目的が完全に揺らいでしまったのか、三人とも言葉を失い俯いた。

「俺を仲間にしようとした理由はなんだ。ジュピタルの王族から何を言われた?」

「……ヴィナシスに優秀な魔法使いがいるから、必ず仲間にしたほうがいいって。魔王に勝利した暁には、英雄の帰還の宴を開こうって。……そう、言われたんだ……」

ジュピタル王家の狙いは、マージアの国士、そして俺との繋がりで間違いないようだ。

一方、勇者一行と称された三人の表情は硬く暗い。

異世界に召喚されてここまで、周囲からもて囃されて気分が良かっただろう。魔王を討伐し、世界を救った英雄になることを本気で夢見ていたに違いない。

「ジュピタルに戻って王とよく話したほうがいい。お前たちなら身の危険はないだろ」

ジュピタルは大々的に勇者のことを広めたのだから、迂闊に手は出せないだろうし、普通の人間は勇者たちに敵わない。

「……元の世界に帰ることはできないだろうし」

可能性がないわけではないが、必ず成功する方法がないのも事実。

まだ成人すらしてないだろう少年たちは、この世界で生きていかなければならないのだ。

「……え、あ……そう、だよな……」

「……異世界召喚ってそういうもんだって話は多かった……」

「で、でもこっちに来れたんだしッ」

「大勢の人間を犠牲にしたまぐれだろ」

「うぅ……――」

多分尋常じゃない数の人間が、異世界からの人間の召喚という儀式のために魔力を奪われ命を落としたはずだ。

単純で頭が悪いと思っていた勇者たちは、意外にも自分たちが元の世界に帰れないことや、召喚方法にも、理解を示した。

今まで完全に浮かれていたが、これからはきちんと考えて行動してほしいものである。

いつまでも王城の正門の前を陣取っているわけにはいかないので、勇者たちには今日はこれで帰ってもらうことにした。


勇者たちと初めて話してから三日後。

彼らは王城を訪れ、応接室で俺の前に座っていた。

三人は充分に今後の方針について話し合ったらしく、憑き物が落ちたようなスッキリとした顔をしている。

「俺たち、冒険者になってこの世界を見て回ることに決めました」

「そうか」

そう言ってくるだろうとなんとなく予想していた。

「元の世界では世界中を旅するなんて、ほんの一部の人しかできないことだったけれど、ここは違う」

「この世界は危険だけど、俺たちはそれらを乗り越えられる持っているし、せっかく得た力をさらに育てながら自由を謳歌(おうか)しようと思います」

「ジュピタルの王たちともきちんと話をしてみます。今思えば国王陛下は強引な人だったけど、王子は俺たちによくしてくれたし」

勇者たちは楽しそうにこれからの異世界生活や旅先の国について話をしているが、生まれ育った場所を忘れることはできないだろう。

こちらで生きていくと腹を決めるのは、簡単な覚悟ではないから。

「……この世界には未開の地がまだ沢山(たくさん)ある」

そんな今の三人の姿に、俺は前世の記憶を刺激されて、彼らに少しでも希望を持たせたいと素直に思えた。

見た目は俺のほうが三人よりも年下に見えるが、前世と合わせなくても俺のほうが年上なのだ。

「見つかっていない遺跡や迷宮が数多く存在しているはずだ。その中に、もしかしたらここと異世界を繋ぐものがあるかもしれない。……あくまで可能性の話だが、召喚する儀式があるくらいだからな」

「っ!?」

「あくまで可能性の話だ。だが、ただの人間では到達できなかった場所がこの世界に残っているのも事実だ」

「はい……ありがとうございます、殿下」

薄（うっす）らと目に涙を浮かべた三人の顔から不安は一切消え去っている。

三人は涙目のまま笑顔で俺に感謝を告げると、ジュピタルに帰っていった。

元勇者一行がこの国を去って数日後。

俺は王立学校に登校し、アタメントとシリウスと対面していた。

「当分、登校できなくなるって……どういうことなのッ!?」

アタメントは俺に掴みかかり、怒鳴るように問いただす。

シリウスは多少予想していたらしく、窘（たしな）めるように俺とアタメントの間に割って入った。

「落ち着けよ。ジュピタルが勇者使って殿下との接触を試みてきたんだ。ということは、他国も本格的に動き出すだろうし、もう学校に来てる場合じゃないだろ？」

「……どうして、ルナとの時間を邪魔されなくちゃいけないの……」

「は？」

俺の代わりに諭（さと）すシリウスの話を聞いて、アタメントは力を失ったように腕をだらりと下ろす。

「お前……」

「シリウスはいいよね。この国の暗部で、いつでもルナに会えるんだから」

「……俺だって自分から会いに行くようなことはない」

「でも呼ばれたら会えるし、護衛や情報収集でルナに必要とされてる。……俺は呼ばれることすらない……」

アタメントはふらつく足取りでこの場を離れようとする。

「アタメント？」

俺は彼を追いかけようとするが、シリウスがそれを止めた。

「おい、追いかけないと」

「いいです、あいつは少し頭を冷やしたほうがいい……」

見上げるとシリウスも心配そうな顔でアタメントの背中を眺めていた。

今のは明らかにおかしかった。

いつからだろう、アタメントが昼寝をしなくなったのは。

常に周囲を警戒して、王立学校では俺の傍から片時も離れなくなったのは。

それでもアタメントとシリウスと過ごす時間は本当に穏やかで、俺にとって心地が良かった。

爽やかな風の吹く裏庭のベンチに三人で腰掛け、本を読む俺とアタメントにシリウスが話しかける——

試験の点を競い合ったり、俺が魔法と刀の扱いを教えたり、シリウスから暗部の仕事の内容を聞き出したりしたこともあった。

他の学生を頑なに遠ざけていたアタメントも、シリウスのことは渋々受け入れていたし、何度も三人で街に出かけてもいる。

だからアタメントの心が少しずつ壊れていっていたことに、俺は気付けなかったのだ。


次に俺が王立学校に登校できたのは、アタメントとの微妙な別れから数週間経った後だった。

様々な国からの接触に、父さんたちと共に対応しなければならなかったのだ。救いなのは父さんが取りつく島もなく断ってくれることだった。

ここでどこかの国に応じてしまったら、さらに面倒なことになるのは目に見えている。

そんな作業に一段落ついたその日。

「おはよう」

「おはようございます」

「アタメントの様子はどうだ？」

登校できない間、俺はシリウスに情報を持ってきてもらっていた。

元勇者たちの動きや他国の動き、それからアタメントの様子。

「相変わらず大人しいですね」

アタメントは登校したりしなかったりだったようだ。

登校した日の様子からして体調を崩しているということはないらしい。

シリウスからの情報では、表情が抜け落ち近づきがたい雰囲気を纏(まと)っているとのこと。

「今日は登校してないのか？」

「そうですね、まだ来てないみたいです」

結局その日は、アタメントが登校することはなかった。

頭から離れない。


「——ルナ様、何か考え事ですか？」

アタメントのいない王立学校は新鮮なのに、シリウスと二人でいる時もアタメントが気になって
それは王城に帰ってからも同じで、キラトリヒに見守られながら風呂上がりにミカに髪を整えて
もらっている最中も、俺はアタメントのことを考えていた。

ミカとキラトリヒに心配をかけているようである。

いや、二人が俺を心配していない日なんて、ほとんどないのだが。

俺は思い切ってミカに相談することにした。

「——それは少し気を付けなければならないかもしれませんね……」

「どういうこと？」

「話を聞いた様子だと、彼はルナ様に並々ならぬ執着を持っているようです。それはルナ様も少な
からず感じているのではありませんか？」

「確かにそうだけど……」

でもそれは友人を独占したいという……

「友人の範疇に収まらなくなってきているからこそ、拗れているのではないでしょうか？」

俺とミカの会話を聞いていたキラトリヒは、俺の考えを見透かしたように口を開いた。その表情はかなり曇っており、あからさまに不機嫌なことを隠そうともしていない。

「……急に殿下に会えなくなって、よからぬことを企んでいるのかもしれません」

「そんなこと――」

「私も同じ意見です、ルナ様」

俺は否定したいがミカとキラトリヒは警戒を促すばかりで、全く話を聞いてくれない。

初めてできた友人をそんな風に見たくなかった。俺は何かしらの確信を得るために、明日、アタメントが登校するように願うのだった。


翌日。王立学校に登校していつものように中庭を訪れると、そこにはアタメントの姿があった。

木陰になったベンチの上で、そよ風に髪を撫でられながら静かに本を読んでいる。

俺はミカとキラトリヒとの話を思い出し、声をかけるのを少し躊躇ったが、そうしてるうちにアタメントのほうが俺に気付く。

「ルナッ！　久しぶりぃ！」

「……おう」

身構えたのが恥ずかしくなるくらい普通に声をかけてきた。

彼はベンチから立ち上がってタタタッと駆け寄ると、するりと腕に抱きついて、俺をベンチに連れていく。

逆らわずについていき二人で座ると、アタメントは俺の肩に頭をのせて何事もなかったように読書を再開した。

「殿下、アタメント！」

そこにシリウスも加わり、まるで数週間前の続きが始まったかのように穏やかな日々が帰ってくる。

もしかしたらもう前のような日常は戻らないのではと考えていた俺からすると、何よりも嬉しいことだ。

ただ、俺はこれからもたまに学校を休まなければならない日がある。

それはアタメントも同様で、俺よりも休む回数が多いくらいだと言う。

どうしたのかと尋ねると、ディストード男爵家の仕事ということだ。

一人息子であるアタメントは当然、後を継がなくてはならない。そのため、卒業が迫ってきている今、忙しいようだった。

「留年したいって駄々こねてたくせに」

「……少しでもルナに近づきたいんだもん」

穏やかな日々は刻一刻と過ぎてゆき、進級の日が近づいてきていた。

「ルナ、進級前に俺の家に遊びに来ない？」

それはシリウスが席を外している時だった。

「家のほうはもういいのか？」

「うん、卒業前に準備が整って良かったぁ」

「準備？」

「良かったら泊まりに来て！」

「あー、悪いけど許可が下りないかも」

泊まりなんて誰が相手でも許されないだろう。

父さんやミカもだが、特にキラトリヒが物凄く反対しそうだ。

「そう……」

「……分かったぁ」

「遊びに行くのは大丈夫だと思うから」

アタメントがあまりにもしょんぼりするものだから、少し可哀そうになってくる。

ただでさえ一人だけ学年が違うために先に卒業してしまうのだ。これからは頻繁に会えなくなる分、できる限りの願いは聞いてあげたいと思う。

「その代わり今度は二人で会おう？」

「分かったよ」

「シリウスは連れてこないでね？」

「……護衛としては？」

「家に入れないからッ」

「はいはい」

それなら二人で城下街に出かける時と同じだし、何度も許可を貰っているのだから今回も大丈夫に違いない。

「ほんとにいいの？」

「あぁ」

「よかったぁ」

アタメントはホッと胸を撫で下ろして喜んだ。

大げさだと思うが、それほど俺と二人だけで過ごす時間を望んでいるのだろう。

「この日がいいんだけど」

「分かった、確認してみるよ」

早速夕食の時間に父さんに話すと、アタメントが指定した日は国の行事と被っていた。

「その日は王立騎士団の定例報告会があるんだがなぁ」

「そうだったんですか」

王立騎士団の師団長、副師団長が集まり、父さんや他の師団に活動の報告をしたり、今後のことを話し合ったりする会議があるのだ。

「だから俺たちは手が離せなくなる」

「いつものように暗部に護衛してもらえば大丈夫じゃないですか？」

「だが、キラトリヒが傍についてないとなると……」

相も変わらず過保護である。

父さんは俺の力量をきちんと理解してくれているはずなのに……

お世辞にも強そうには見えない、この華奢な見た目のせいなのだろうか。

体を鍛えていないわけではないのだが、『転移』で移動できるし、過労も『治癒』で好きに回復できるので、ムキムキになるほど肉体を追い詰める必要を感じないのだ。

それでもヴィナシス王立騎士団最強が傍にいてくれるのは安心感が違うし、何より俺はキラトリヒの傍がこの世界で一番気を抜くことができる。まだ、本人には言えないが……

「王城にいるんですよね？　遠くに討伐任務に行くわけじゃないですし……それに王都に王立騎士団の戦力が集まっているのであれば、一番安全な日なのでは？」

「そうだな。……そんな日に変な気は起こさないか……」

「え？」

「いや、なんでもない」

父さんはまだ気がかりなようだが、俺の護衛に暗部を総動員することで腹を決めたようだ。

「じゃあ許可してくれますか？」

「あぁ。それよりプライベートの時くらい敬語はやめてくれと言ってるだろ？」

「今は頼み事をしてたから……」

「それならもっと可愛くおねだりしてくれッ」

そんな風に無事に父さんの許可を得て、自分の寝室にミカとキラトリヒを伴って戻る。

「当日の送迎は私も行きます！」

ミカは絶対についてくる気のようで、強く宣言した。

城下街に出かける時も毎回ついてきていたし、今回も何を言っても無駄なのだろう。

「お前は報告会だろ」

キラトリヒは物凄く不服そうな顔をしている。

ついてきたいようだが、第八師団副師団長の彼は報告会に参加しなくてはならないのだ。

「報告会が終わったら迎えに来てくれ」

「……了解しました……」

そんな悲しそうな顔をして耳を垂らしても、俺にはどうすることもできない。

報告会に参加せずに俺の傍にいれば問題になるし、俺がそんなことを許さないことは彼も分かっているので渋々頷いてくれた。

ずっと俺を見守り続けてくれるキラトリヒに対する感情は、年月をかけて変化し、今では俺たちの間にわだかまりはほとんどなくなっている。

それは全てを忘れるほどの激しい愛情・恋情とはまた違っていて、俺は番としてキラトリヒの胸に飛び込むタイミングを見失っていた。

もちろん、普通に好きではある。

これは番同士だということを抜きにして育った大切な感情だ。

「ふふッ」

「殿下？」

「今日は獣化して一緒に寝よう」

「……よろしいのですか？」

精神を大幅に削られたあの夜以来、たまに獣化してキラトリヒと寝る日がある。ただ最近は充実した学校生活とアタメントの様子に気を取られていて、機会を設けられなかった。

いつも一緒にいるミカとキラトリヒ。けれど、俺の身の回りの世話を全て担っているミカと、護衛中に会話に入ってくるだけのキラトリヒに向かう感情は全く違う。

俺の傍から離れたくない気持ちを抑え、しょんぼりと尻尾を垂らしているキラトリヒを見ると、俺は抱き締めたくなるのだ。

ミカは俺たちが寝るための準備を整えて自分の寝室に戻っていった。

クレセシアン兄さんが迎えに来ていたので、これからお酒でも飲むのだろう。

キラトリヒは黒豹に姿を変えると、何も言わなくても俺が寝るスペースを空けてベッドに寝そべる。俺はその空いたスペースであるキラトリヒのお腹に埋まるようにして横たわった。

お互いに体温が伝わり、心臓が動いている音が聞こえるとよく眠れる。

瞼を閉じると、俺はすぐに夢の中に落ちた。

数日後。アタメントの家——ディストード男爵家の屋敷に遊びに行く日が来た。

アタメントは王立学校で会う度にニコニコとして嬉しそうだった。

「いーなー」

シリウスも一緒に来たそうだったが、今回は俺の護衛として隠密行動をしてもらう。

それにシリウスも、アタメントが自分だけが学年が違うことを凄く嫌がり、元気がなかったのを知っているので、今回はアタメントの希望通りにしてくれた。

俺は朝早くに起きて出かける準備を始める。

昨日はなかなか眠れなかった。俺もだいぶ浮かれているようだ。

この世界に来て以降、友人の家に遊びに行ける日が来るなんて思わなかった。

「……行ってらっしゃいませ、お気を付けて」

「行ってくる」

不安そうなキラトリヒに見送られ、俺とミカは王立学校に登校する時と同じように馬車に乗り込んだ。

ディストード男爵家の屋敷は、王城の周りを囲むように建つ無数の貴族の屋敷の中で比較的外側にある。

王城の一番近くに屋敷を構えているのは、言わずもがな、マキアスレータ公爵家とロックバレル公爵家だ。

男爵家が屋敷を構える敷地に到着し、俺の乗った馬車は中に通される。

王城や公爵家と比べると面積は狭いものの、屋敷の前まで馬車をつけることができるし、綺麗に整えられた美しい庭もある。

白い壁に映える青い屋根の屋敷の前には家令と思われる年配の猫の獣人が待機しており、恭しく挨拶をした後はアタメントが待っている部屋まで案内してくれた。

屋敷内には従者の控室が準備されていて、遠慮なくミカをそこで待たせることにする。

「ルナ！　いらっしゃいッ！」

アタメントは大きなソファから勢い良く立ち上がり、いつものように俺に駆け寄ってきた。

部屋の中にディストード男爵や男爵夫人の姿はない。

「男爵は不在か？」

「それがトラブルがあって……殿下をきちんとおもてなしするように言い残して、そっちに行っちゃった」

「そうか」

余程急を要することが起きてしまったようである。

「ごめんね……」

「いやいい、パーティーで何度か挨拶はしてるからな」

「んじゃ気を取り直して――」

俺たちがソファに腰を落ち着けると、案内してくれた家令が紅茶と軽い菓子を運んでくる。

そういえば屋敷の中ではこの家令しか目にしていないないと思ったが、元々使用人の数が少ないのかもしれないし、先ほどアタメントが言っていたトラブルとやらに駆り出されているのかもしれない。

まぁ、他人の目が少ないほうがゆっくりできるのでいいのだが。

それからアタメントの部屋でのんびりと過ごした後、昼食を振る舞ってもらう。

配膳するのはやはり家令一人。

だが、それでも充分に良くしてもらっている。

昼食を食べて一息つくと、今度は屋敷の中を案内してもらった。アタメントが俺に見せたかったものを紹介してくれる。

自慢の絵画や調度品、お気に入りの昼寝スポットまで。

俺は貴族の屋敷を訪れたのは初めてなので、この国の貴族がどういった暮らしをしているのかを知ることができて面白かった。

初めて訪れた場所は探検したくなるものだと思うし、アタメントも自慢げに紹介してくれるのでとても楽しい。

「最後はここ！」

「地下？」

地下まで見せてもらってもいいのかと思ったが、アタメントはむしろメインだと俺を伴ってトントンと螺旋(らせん)になっている石の階段を下りていく。

どうやらここには彼が一番見せたいものがあるようだ。

ギイッと重そうな金属の扉を開くと、魔道具の光でほんのりと照らされた広い地下空間が広がっていた。

「ここに何があるんだ？」

気味悪さを感じる空間に少しの不安を覚えつつ、俺はアタメントに続いて奥に進む。

「ここ、ここ」

アタメントは広い地下の丁度真ん中に立つと地下室の床を指差す。俺はつられるように目線を床に下ろした。

暗くてよく見えないが、どうやら地下室の床には大きな赤黒い魔法陣が描かれているようだ。

「アタメント、これって……」

カチャッ。

「えッ」

「ルナ、凄くよく似合うよッ」

床に描かれた魔法陣に気を取られていた俺の首に、背後から何かが嵌められた。

俺は王立学校に通うようになってからは、首に漆黒のシンプルなチョーカーを常時身につけている。

従属の首輪でできた傷痕を隠すためのものだが、それに完全に被さるように嵌められたそれは、まるで測ったかのように俺の首にぴったりとフィットしていた。

「魔力が……」

首輪以上に俺を驚かせたのは、この首輪が俺の魔力を完全に封じたことである。

『断絶』も『消失』も消え失せているし、隠していた六、七本目の尾も露わになった。

「は？　……え……？」

「はぁ……ルナ、可愛ぃ」

いきなりの行動に何がなんだか分からなくて混乱している俺に、アタメントは遠慮なく近づいてくる。

薄暗い地下室に浮かんだ笑みが不気味で後ずさるが、彼は気にすることもなく抱き締めるように腕を回してきた。

「あぁ、やっとだよ……俺からのサプライズ、驚いてくれた？」

「サプライズ……？」

「うん、特別なチョーカーも、この魔法陣も、ルナのためだけに用意したんだぁ。これを用意するのに凄く時間がかかっちゃって……」

「……放せ……」

「ん？　苦しかった？」

俺はなんとかアタメントの腕から抜け出し、地下室の床に描かれた魔法陣に改めて視線を落とす。

「これは……」

赤黒い何かで描かれた魔法陣は『転移』の魔法のようである。

「やっぱりルナは凄いねぇ、すぐに分かっちゃうなんて」

ニヤリと嬉しそうに笑ったアタメントの目は、共に王立学校で一緒に過ごしていた時とは違う気がする。

俺のことを見ていても、焦点が合っていないような……

「どういうつもりだよ、これを外せ！」

とにかく今が良くない状況なのは理解できた。

アタメントがなんのために魔法を封じるチョーカーを用意したのかは分からないが、いくら彼にでも許せることではない。

「はぁ？」

「……ッ」

俺の言葉を聞いたアタメントが一瞬で表情をなくしたかと思うと、地を這うような低い声を出した。初めて見るその姿に驚いていているうちに、彼が力一杯俺の肩を掴む。

「なんでそういうこと言うのッ、せっかくルナのために用意したのにッ」

「……ッ、痛い……」

「……まぁいいよ、さっさと俺たちの新しい家に行こうかぁ」

俺の肩から手を離したアタメントが足元の魔法陣に魔力を流し始める。俺は急いで魔法陣から降りようとするが、再び腕を掴まれてしまった。

「どこ行くのルナ」

「放せッ」

もがいているうちに光に包まれ、俺とアタメントは転移した。

「だぁめ、あまり我儘言わないの」

身長も筋力も負けているアタメントに力では敵わず、どんなに暴れても振りほどけない。必死に

「……ん……」

意識が徐々に覚醒し重い瞼を持ち上げると、全く知らない天井が目に入った。起き上がって辺りを見回しても、そこは覚えのない部屋だ。

チャリ……

両手首には手枷が嵌められ、それほど不自由のない絶妙な長さの鎖で繋がれている。

アタメントは何処かに行っているようでこの部屋にはいなかった。ベッドから下りて確かめてみると、扉にも窓にも鍵はかかっていない。

俺が部屋から逃げるとは思っていない様子なのに、魔法を封じるチョーカーや鎖の付いた枷を嵌めるあたり矛盾している。

アタメントがおかしくなっているのは明らかだ。

サプライズだ、俺のためだ、という言動の端々に、俺を喜ばせようという気持ちが表れていたし、ここは彼にとっての「俺たちの新しい家」なのだろう。

しかし俺の話を一切聞く気はなく、やっていることはまごうことなき拉致監禁である。

もちろんこのまま大人しくしてやる義理はない。

俺は部屋から抜け出すと、出口を目指して建物の中を彷徨(さまよ)い始めた。

父さんが必ず見つけてくれるので、じっとしていてもいいのだが……

そう思って、右手の人差し指を無意識に触る。そこには、俺の居場所を知らせてくれる仕掛けが組まれた、王家の紋章を刻んだ金色の指輪があるはずだった。

「あれ……」

足を止めて指に目を向けるが、やはり指輪がいつの間にか外されている。

魔法も使えず愛刀もないこの状況に、俺は一層の危機感を覚えた。

出口かチョーカーを外すための方法を探さなければ……

「る～な、どこ行くの？」

だが、その望みは叶わない。

「アタメント……」

「駄目じゃない、ちゃんと部屋にいなきゃ」

「……どこだよ、ここ」

「さっきも言っただろ？　ここは俺たちの家、つまり愛の巣だよ」

「……は？」

「ここは俺たちの愛の巣で、ここで愛を育(はぐく)むんだぁ」

……何を言っているんだ、こいつは。

「俺はアタメントのことは好きだが、友人以上の感情は持ってない」

「嘘だよ、俺たちは両想いなんだから。俺はルナに気を許してたし、ルナも俺に許してくれていたでしょ？」

「確かに許していたが……アタメント以外にも気の置けない相手はいる」

真っ直ぐに俺の気持ちを伝えても、アタメントは全く聞く耳を持ってくれなかった。

不気味なくらいニコニコと笑みを浮かべている。彼の頭の中で出来上がってしまっているのだろう理想のルナエルフィンを払拭できない。

「それでも俺だけは特別でしょ？　俺とルナは番なんだから」

根気強く説得を試みているのに全く言葉の通じないアタメントに苛立っていたところに、俺にとって爆弾とも思える単語が投下される。

俺の番は唯一人。

拒絶していようが、キラトリヒだけなのだ。

彼がいるのにもかかわらず、その唯一無二の座を騙られるのは、こんなに不快なものなのか。

「そんなはずないだろ」

「どうしてぇ？」

「俺にはお前じゃない番がいるからだよ」

我慢の限界だった俺は、先のことを考えずに安易に言葉を発してしまう。

「何、それ……そんなはずないよねぇ……ねぇ……？」

一層淀んだアタメントの瞳が、ぎょろりと俺を射貫いた。

あんなに綺麗だと思った青と黄のオッドアイは、今、恐怖の対象でしかない。

「ッ！」

俺は今来た廊下を逆走する。

「ハハッ」

背後からアタメントの乾いた笑い声が聞こえたかと思うと、次の瞬間、魔力が集められ、魔法が発動する気配がした。

『斬風』

カクンと右足の力が抜けて、俺は廊下の床に膝(ひざ)をつく。

「……ひゅッ、があッ、あぁぁ」

アタメントが俺の体を傷つけるわけがないと高をくくっていたが、それは全くの間違いだった。

彼は風の刃で俺の踵(かかと)と脹脛(ふくらはぎ)の間、つまりアキレス腱を切り裂いたのだ。

一瞬何をされたのか理解できなかったものの、久しぶりに感じる激痛はすぐに俺の体を苛(さいな)んでいく。

『斬風』

「ッ――――――」

もう片方のアキレス腱も切られて声すら発せない俺には、もう廊下の床に這(は)いつくばることしかできなかった。

「さぁ、俺たちの部屋に戻ろうねぇ」

そう言って、アタメントは両足から血を流し続ける俺を抱き上げる。

恐怖と痛みが引き出すのは、頭の片隅に追いやっていた昔の記憶。

フラッシュバックと痛みを俺に齎した相手に横抱きにされている圧倒的な不快感から逃れたい。

俺は、昔していたことを思い出し、心が完全に壊れてしまわないように全ての感情を遮断することにした。

抵抗せずに大人しくなった俺に、アタメントは機嫌を直して廊下を進んでいく。

ぼんやりとした意識の中で、連れ戻された部屋の扉が閉まる音がやけに大きく聞こえた。

6

俺――キラトリヒは、殿下が五歳とされた年に出会い、専属護衛騎士として仕えること十八年。今ではミカルレイン様と共に、ルナエルフィン殿下の傍にいることが自然になってきたと思っている。

この十八年で殿下は驚くほど変わった。

いや、殿下の潜在能力が俺たちの想像を遥かに超えていたのだ。

子供の頃もその神秘的な色合いと整った容姿に惹きつけられたが、十八年で身長は伸び、貧弱ではないがスラリと細い体、美しく伸びた直毛の白銀髪、変わらず嵌め込まれたアイスブルーの瞳は、より一層多くの獣人の目を引く姿に成長した。

それは喜ばしいことなのか、俺は日々複雑な思いを抱いている。

それにルナエルフィン殿下はとても濃い魔力を大量に持っていて、それを自在に操ることができ、且つその状況に満足しない知識欲があった。あれはもう探求欲と言ってもいいだろう。

毎日のように王宮内にある地下図書館に足を運び、片っ端から本を読みまくる。

分からないことがあれば、すぐに傍に控える教育係であるエルフの王子――ミカルレイン様に質問し、知識を深めていた。

俺はそれを聞いているだけだが、知らない話も多く、俺自身が学ぶことがある。

その上、殿下は努力家で、剣術を学ぶために体を作るところから始めた。

本格的に剣術を学ぶ前には、自ら王立騎士団の訓練場に足を運び、第八師団の討伐任務にまで参加してくれたのだ。

元はといえば、俺がルナエルフィン殿下の傍(そば)を離れたくないと我儘(わがまま)を言ったせいだったのに、殿下がそんな俺の気持ちを汲(く)み取(と)り、騎士たちの願いを叶えるために動いてくれた時は感動した。

もう第八師団に、殿下を軽んじたり甘く見たりするような騎士はいない。

加えて、十五歳あたりからは刀という、殿下自ら魔法陣を刻んだ魔剣で、魔物の屍(しかばね)の山を築き上げた。

アレキサイト師団長から、「騎士たちの訓練にならないからもうやめてくれ」と言われるほどである。

そして殿下は二十歳を迎え社交界デビュー、王立学校に通い始めた。

そこでルナエルフィン殿下の規格外の資質が、瞬(また)く間に広まることとなる。

当の殿下は気の合う友人を見つけたらしく、毎日学校に行くのが本当に楽しそうであった。

友人と城下街へ出かける殿下についていき、その様子を陰から護衛したのだが、二人はひどくはしゃぎながら街を散策していた。

ルナエルフィン殿下がのびのびと楽しそうにしている様子を見られて嬉しい反面、隣を歩くのが自分ではないことに苛立(いらだ)つ。

俺の心はいつもそんな感じでぐちゃぐちゃだ。

そんな俺にとって友人と呼べるのはアレン――この国の国王であるアレンハイド・ヴィナシスだけである。

ほぼ兄弟同然であり友人でもあるアレンに、今日も殿下が出かけたことを報告して共に昼食を取った後、俺は王立騎士団の定例報告会の会場に向かった。

上座にアレンとレイモンド、クレセシアンが座り、続いて第一師団から師団長たちが席についていく。

副師団長たちは師団長の後ろに控えるように立った。

「――それでは王立騎士団の定例報告会を始めます」

進行をするのは第一師団の師団長であるダイアモントだ。

アレンに忠誠を誓っている彼は、その役を絶対に譲らない。

年に二度ある報告会で、ここ最近話題に出るのはルナエルフィン殿下のことだ。

殿下の情報を集めようとする他国の密偵が入り込んでいて、暗部と連携して対処したり、アポも取らずに訪れる使者の相手をしたりしなくてはならないのだ。

それと一緒に第八師団の討伐任務に参加した際の殿下の様子を報告し、騎士団内で共有したりもする。

今回もそのような話をして、定例報告会が滞(とどこお)りなく終わろうとした時――

「ッ!?」

あの香りが漂ってきて、俺は忙しなく辺りを見回した。

「……間違いない……」

この香りは番の、ルナエルフィン殿下の香りッ！

十八年ぶりだが、忘れるはずのない濃厚な香りだ。

漂ってきたというより、これは殿下と共に過ごして俺に移った香りだろう。

「キラトリヒ？　どうした？」

「アレ……陛下、急にルナエルフィン殿下の――」

そう、急に香ってきたのだ。

十八年間、一度も魔法が解かれることはなかったのに……

「ッ‼　アレン！　ルナエルフィン殿下は今どこにいる！　今すぐ王家の指輪の位置を調べろッ！！！」

「すぐにルナの位置を確認しろ！」

血相を変えた俺の叫び声に、アレンが即座に指示を出す。

俺は部屋を飛び出そうと踵を返した。

「待てッ、キラトリヒ！　ルナがどうした？　何があった⁇」

けれど、アレンが俺を止める。

「殿下の香りがする」

「……番の香りがか？　だがあれはルナの魔法で消されてるんじゃ……」

俺とアレンの会話に、部屋の中にいる王立騎士団の師団長、副師団長が目を見開いて耳を傾けている。

俺と殿下が番だということは、公表していなかったので無理はない。だが全員警戒態勢を取り、会話に入ってくることはなかった。

「あぁ、だからこのタイミングで魔法が解かれるのはおかしい。ルナエルフィン殿下が魔法が維持できない状況に陥った可能性がある」

「……分かった」

アレンが力強く頷いたのを見て、俺は今度こそ部屋を飛び出す。

「ディストード家の屋敷は東区だ！　第三師団！」

「はッ！」

俺は走りながら獣化して、黒豹に姿を変えた。身につけていたものは全て腕輪の魔道具に仕舞われる。

人化しているよりも獣化している時のほうが圧倒的に速く駆けることができるのだ。

「ガルアァッ」

道を阻む者を威嚇し、皆が逃げるように端に避けるのを横目に、ただただ一心不乱に脚を動かし続ける。

殿下の香りを頼りにディストード家の屋敷に辿り着いた。

門を飛び越え、扉を体当たりでぶっ壊して屋敷の中に侵入するが、護衛も使用人も出てこない。

おかしい……

ほとんど人の気配がしない。

殿下の香りが強く残っているので、ここにいたのは確実なのに。

「――ッ!!」

不意に地下から人の声と動く気配を感じる。

近くまで行き、そこにいるのがミカルレイン様だと分かると、俺は人化した。

「ミカルレイン様！」

「ルナ様がッ、今さっきここで気配が消えたッ！　この先で転移の魔法を使用したに違いない……もうすぐ開くッ」

ミカルレイン様は慌てながらも、魔法で厳重に鍵のかけられた扉を開こうとしている。

ガチャンッ。

鍵が崩れ落ちた瞬間、俺たちは乱暴に扉を開き急いで中に入る。

だが、一足遅かったようで、殿下とディストード男爵家の三毛猫（みけねこ）の姿はない。

「これは……」

地下室の床には大きな赤黒い魔法陣。

「駄目だ。血液が使われていて血の持ち主しか魔法陣を発動できなくなっている」

「……今アレンが殿下の指輪を追っているはずです。すぐに第三師団が来ます」

やがて第三師団は殿下が何処（どこ）にいるかの情報を持ってくるだろう。

俺は外へ出ようとして、薄暗い地下室の床に光を反射するものを見つけた。

「……ッ!!　これは殿下の指輪ッ!!」

「なんだとッ」

俺とミカルレイン様は愕然とする。

とにかく外に出なくてはと地下室から出ると、ちょうど第三師団が到着したところだった。馬に跨った騎士たちが何人も、ディストード家の屋敷の周りを囲んでいる。

早く何処に転移したのか、手掛かりを探し出さなくては……

到着した第三師団の師団長に現状の報告を済ませ、俺はディストード家の屋敷の中を探索する。

その時、ぶわあぁ……と全身の毛が逆立つような不快感が体を駆け抜けた。

ざわざわと落ち着かない。

俺の大切な番が害されている！

直感でそう分かった。

どうして分かったのかは分からないが、とにかくそう思ったのだ。

じっとしていられない。

早く番のもとへ行かなくては……

気付けば俺は、直感のままにふらふらと踏み出していた。

「キラトリヒ、どこへ行くッ！」

どこへ向かっているのかなんて俺にも分からない。

「殿下のもとだ」

だが、その場所に確実に殿下がいることは分かる。

俺はまた獣化して黒豹に姿を変えると、全速力で走り出した。

この先に殿下がいる。

俺の愛する番が。

番だから愛しているわけじゃない。

俺はこの十八年間でルナエルフィン殿下自身を大切だと、この世で一番愛おしいと、そう感じたのだから。

俺はあの地下で見付けた殿下の指輪を持ってきている。

ミカルレイン様はそのことを知っているし、アレンなら絶対にこの指輪を追いかけるように騎士団に指示を出すだろう。

◇　◆

ガンッ……ガス……

「キラ」

「黙って……」

ガスッ。

「……キラ……」

俺は助けられた先の希望を知っている。

キラトリヒ――俺の番は必ず来てくれる。

切り裂かれた足がじくじく痛い……

頬が痛い。

体が痛い。

ぼんやりとした意識では、痛みも他人のことのように感じ、あの時みたいに命を絶とうとは思わない。

だってキラトリヒが近づいてくるのが分かる。

「ルナが誰のものなのか分からせてあげる」

俺は黙って、キラトリヒを想った。

◇ ◆

俺がルナエルフィン殿下を求めて、王都の外壁を抜け走り続けた先に見たのは、広い草原に密集して生えている背の高い木々だった。

ここは魔素が溜まりやすいのか、多くの魔物の気配を感じる。

殿下がいるのはこの奥だ。

転移魔法だから、あの猫はこんな大量の魔物がいる場所の中に移動することができたのだろう。

俺は殺気を乗せた威圧を最大限に放ちながら突っ込む。

これで大抵の魔物は逃げ出す。だが、高ランクの魔物には効かない。

自分の場所を教えているようなものなのだが、俺は構わずに走り続けた。

こんな場所にあるのだから、殿下がいる場所には魔物除け(まものよ)の魔法か魔道具が使われているはずだ。

——その建物は木々に囲まれ、ひっそりと建っていた。

あそこだ。

やはり魔物を遠ざける強い魔法がかけられていたが、獣人を阻(はば)む細工はされていなかった。

この場所に他人が来るとは考えなかったのだろう。

俺でなければまずディストードの屋敷を隅々(すみずみ)まで調べるところから始まり、それで何も出てこなければ、ディストード男爵の繋がりやアタメントの最近の行動を調べて王都内の捜索になる。

それで見つからなければ明けの街、宵(よい)の街を調べ、城壁の外などその後だ。

俺は遠慮なく敷地に侵入し、扉を突き破って建物の中に突入した。

中は木々に遮(さえぎ)られ陽の光が届いておらず、ディストード家の屋敷の地下室に似た気味の悪い暗さだ。

そして玄関ロビーには、俺を待っていたかのように年を取った猫の獣人が立っていた。

服装や佇(たたず)まいからして、この家の家令だろう。

「どうか、坊っちゃまを止めて差し上げてください」

その男は深々と頭を下げ、人化を終えた俺にそう告げた。

彼の声は覚悟を決めたように重い。

「……場所は」

「二階の一番奥の部屋でございます」

彼の瞳は真剣で、本当に俺に止めてほしいようだ。

確かに二階の奥からルナエルフィン殿下の気配と匂いを感じる。

家令は俺が発する殺気を正面からもろに浴びているにもかかわらず、ビクともしない。俺がこれからディストード男爵家の長男であるアタメントに、どんなことをしようとしているかも分かっているはずなのに。

……殺してでも主の蛮行を止めてほしいということなのだろう。

俺は男の横をすり抜け目の前に伸びる階段を駆け上がり、殿下がいる二階奥の部屋へ走った。

すぐに部屋の前に辿り着く。

中の音が何も聞こえないことから、防音結界魔法がかけられているのだろう。だが、部屋に入れないような魔法が張られていることはなく、ドアノブに手をかけると簡単に扉が開いた。

その瞬間から漏れてくる、蕩けるように甘い番の香りと噎せ返るような血の匂い。

「はぁ、ルナ、ルナぁ……」

部屋の中は簡易照明に照らされ、中央にある巨大なベッドが目に入った。

その上をもぞもぞと動く影。

それはベッドの上に力なく横たわるルナエルフィン殿下と、その上に跨ぐように乗っかっているアタメントだった。

殿下の上着のボタンは全て外され、夥しい数の傷痕がある白い肌が露わになっている。

アタメントは上半身裸でその殿下の肌に触れていた。

殿下の顔には殴られたような痣が多数あり、所々切れているのか血が垂れている。

「……キ、ラぁ……」

「……殿下……？」

目に入る情報に頭が追いつかない。

「あ？　……キラトリヒ・ロックバレルッ⁉　なんでここにッ⁉」

ルナエルフィン殿下の上に男が乗り、服を脱がせ、肌に触れている。

それが今俺に見えている全て――

「……貴様ァーーーッ‼」

俺の視界は一瞬で真っ赤に染まる。

まるで血管がブチ切れて血の涙が流れているようだ。

目の前のゴミをルナエルフィン殿下から引き離して、排除しなくては――

それだけが頭の中を占める。

気が付くと俺の前には大きな血だまりと、血に塗れた塊が落ちていた。

両手は血で汚れていて、腰に愛剣があるのに抜いて使った様子はない。

「……殿下」

先ほど目に映った忌々しい情景を思い出し、俺はルナエルフィン殿下がいたベッドの上に目を向けた。

「……ッ」

そこに横たわっている殿下は、じっと俺を見つめている。

俺がこの部屋に入ってきたところから、ずっと俺だけを見ていたようだ。

俺が殿下に近寄ると、その視線も追うように動く。

「殿下……」

俺はゆっくりとベッドに腰を下ろし、傷に触らないようにできうる限り優しく殿下を抱き起こした。

左目の辺りが青紫に腫れ、口の中が切れているのか端から血が流れ出ている。

はだけた服を直そうと体に目を向けると、露わになった上半身にも無数の新しい痣ができていた。

「ッ!?」

さらに視線を下に向けていき、足の周辺のベッドのシーツが物凄い量の血で汚れていることに気付く。どこからと視線を泳がせ、パックリと斬られたアキレス腱を見つけてしまった。

収まることのない怒りが沸々と湧き上がる。

「あぁ……」

俺の胸に簡単に収まってしまうほど華奢な殿下を、包み込むように抱き締める。

間に合って良かったという喜び、安堵。

間に合わなかったという悲しみ、罪悪感。

目からツーッと涙が零れたかと思うと、その後は絶え間なくぼたぼたと溢れ、止められなくなった。

「……ッ……、くッ、……ッ……」

肩を震わせていると、腕の中に大人しく収まっているルナエルフィン殿下の掌が、俺の頬に伸びて、触れる。

「キラ……」

少し腕を緩めて殿下の顔を覗き込むと、殿下の目からも涙が溢れていた。

しかし殿下の瞳はいまだに虚ろなまま……

「……キラ……」

「殿下、申し訳ございません……」

悔しくて、そこで血まみれになっている奴が許せなくて、自分が許せなくて――

俺と殿下は、アレンの指示で辿り着いた王立騎士団が部屋に現れるまで、抱き合い続けた。


王立騎士団は最低限の戦力を王都に残し、戦闘能力の高い第八師団を中心にここに来たようで、今も外では第八師団が高ランクの魔物を相手にしている。

この部屋まで辿り着いた騎士は、アタメントを回収して建物の中を調べ始めた。

俺は殿下を横抱きにして騎乗し、帰路につく。

周りに護衛の騎士はいるが、彼らは一定の距離を空けて近寄ってこない。

というか近寄れない。

ルナエルフィン殿下が俺以外の獣人が近寄るのを拒絶したのだ。

俺以外の者があの部屋に入ってきただけでもガタガタと震え、今は俺の首に腕を回して、顔を埋（うず）めるように抱き着いて離れない。

怪我の手当てを受けてほしいのに、他の騎士は近づけないし、俺の首から離れないしで、処置できないでいる。

俺も少しでもルナエルフィン殿下の傍（そば）についていたいが、早く怪我を治してあげなければ。

ひとまず、殿下の傷の手当ては王城に帰ってからゆっくりとすることにした。殿下がアレンたちまで拒絶しないかが心配である。


やがて城壁を潜（くぐ）り王城に到着した。

既（すで）に日は沈み辺りは暗く、肌寒くなっている。だというのに、アレンとレイモンドは城の外でルナエルフィン殿下の帰りを待っていた。

その顔は分かりやすく不安と心配に染まっている。

「ルナ……」

アレンたちが声をかけながら近寄るが、殿下は俺の肩に顔を埋（うず）めたままだ。

「……話は聞いてます」

通信の魔道具で状況の報告はされているらしく、二人は殿下がどこにいたのかや今の状態についても詳しく聞いているようである。

「アレンたちは大丈夫みたいだ」

俺は殿下をしっかりと抱き締めたまま馬から降り、横抱きにしてアレンとレイモンドと共に王族の居住区へ足を進めた。

「上級ポーションは？」

「既にリビングに準備させてる」

「人払いも済んでいます」

確かに王城の廊下には使用人も警備の騎士もおらず、誰にも会うことなくリビングに着く。殿下を抱いたまま、俺はソファに座った。

ローテーブルの上には綺麗な小瓶が置かれており、中には透き通った薄水色の液体が入っている。

下級ポーションと違い、この上級ポーションは飲むだけで致命的な怪我まで治る代物だ。

「ルナ、これを飲め」

アレンが殿下に差し出すが、やはり殿下は俺の首に抱き着いたまま動かない。

「……俺たちがいると駄目みたいだな」

殿下が頑なに顔を上げようとしないのは、アレンたちに傷ついた顔を見られるのが嫌なのかもしれない。

「各所に指示を出しに行ってくる」

「私も行きます」

そんな殿下の気持ちを察したのか、アレンたちはリビングを出ていった。

チラリと見えた殿下の足の傷に顔を顰め泣き出しそうなレイモンドを、アレンが優しく支えながら。

「……殿下、ポーションを」

俺が体を離そうとすると、ルナエルフィン殿下の腕に力が入る。

「殿下？」

「…………ルナ」

「……？　……でん――」

「ルナ」

「……ルナ、ポーションを飲んでくれ」

初めて殿下の愛称を呼んだ。

ルナは俺の声に素直に従って顔を上げ、ポーションに手を伸ばす。

傷だらけの顔は明るいところで見ると、一層痛々しい。

ルナがポーションを飲むと、それらの傷が一瞬で消えた。

「良かった……」

だが、ルナの瞳が虚ろなのは変わらず、目が合っているはずなのに、何処か遠くを見ている気がする。

心なしか口調も幼い。

「……ルナ？」

「何？」

一応返事はある。

「どこか痛いところはないか？」

「ないよ」

「腹は空いてるか？」

ルナはふるふると頭を振ると、俺の胸にもたれ体重を預けた。

今日の出来事は、今のルナに大きな傷をつけただけでなく、昔の傷も呼び起こしてしまったのだろう。

十八年前のルナは、周囲の移り変わりに順応するのに忙しくて、次第に辛いことを思い出す暇をなくしていたのだ。

そして成長し、言いたい奴には言わせておけという気丈さを持った。

だが、今回はどうだろうか……

とにかく今は心も体も疲れ切っているから、ゆっくり休ませよう。

「アレンたちが戻ったら、風呂に入ってもう寝ような」

ルナは俺に身を任せたまま頷いた。

あれから数日経ったが、ルナの様子はあまり変わらなかった。

意識はあるものの気力が感じられず、虚ろな目も変わらない。

体の傷は消えたが、心の傷がふさがるまでにはまだ時間がかかるのだろう。

俺の声にしか反応を示さないし、俺から離れたがらないため、今はルナの部屋で一緒に生活している。

番の傍は無条件で安心できる場所なのだろう。

俺もルナが腕の中にいる今が一番安心するし、精神的にも安定している。

だが、王城に帰ってきて以降、ルナはあまり眠れていなかった。

夜も昼も短く浅い眠りを繰り返している状態で、回復には時間が必要であることがヒシヒシと伝わってくる。

俺はどうすることもできない無力感を味わいながら、ルナを決して離さずに、好きな時に好きな場所で眠らせて見守っていた。

「おはよう、ルナ」

「おはよ」

俺の一日は、ルナに挨拶し抱き起こすことから始まる。

「失礼いたします」

そんな俺たちの気配を感じて、使用人が顔を洗うための水とタオルを運んでくる。ミカルレイン様はルナの様子にショックを受け、自室に閉じこもっているらしい。

ルナは体を強張らせるが、使用人が近づいてもパニックを起こすことはなくなった。

背中を安心させるようにさすり、使用人が部屋から出るのを待って横抱きにし、ベッドを出て顔を洗う。

それが終われば着替えだ。

ここで生活するようになり、俺の服などの私物もいくつか運び込んでいる。

他人の着替えを手伝ったことなどなかったが、ルナのほうが世話をされることに慣れていたので、すぐにスムーズにできるようになった。

コンコン。

「入るぞ」

「おはようございます、ルナ」

アレンとレイモンドはルナをとても心配していて一日に何度も部屋を訪れる。

国王と宰相という立場上、仕事を放り出すわけにはいかないが、二人もルナの傍を離れたくないようだ。

「おはよう、ルナくん！」

少し前にはハヴェライトが明けの街から帰ってきていた。

冒険者になって国を離れていたギバセシスも、大急ぎでヴィナシス王国に向かっているそうだ。

俺はヴィナシス王家と共に朝食をとった後、ルナと部屋に戻りゆっくりと時間を過ごす。

ルナは食事もあまりとらなくなってしまった。俺や周りはなんとかものを食べさせようと試行錯誤している。

呑み込みやすいように柔らかいものを中心に、自室にいる間も、温かいスープと新鮮な果物を常に準備していた。

俺はそれをタイミングを見てはルナの口元に運ぶ。ルナは気が向けば口に入れてくれた。

他の時間はパラパラと本を捲ったり、うつらうつらと微睡んだりを繰り返す。

その間ずっと俺はルナの傍にいて、肩を貸したり椅子になったりしていた。

アキレス腱は既に癒えているが自分の足で歩こうとはしないので、太陽の光を浴びるために横抱きにして中庭に散歩にも行く。ルナは花を愛でながら気持ち良さそうにしているので、外に出るのが嫌なわけではないようだ。

「——ほら」

「あー」

「……キラもルナの世話がうまくなってきたな」

今は夕食だが、俺はルナの口に食べ物を運んでいた。アレンとレイモンドは自分たちも世話したいと食事の度に睨んでくる。

「……ミカルレイン様の様子は」

「あちらも相変わらずだ……」

ミカルレイン様は、あの日以降自室から一歩も外に出ていない。

彼の部屋に入ることができるのはクレセシアンだけで、クレセシアンが彼の命を繋いでいる状態である。

あの日、ルナの近くにいたミカルレイン様は、だからこそ誰よりも絶望と罪悪感が大きいのかもしれない。

「明日、レティシアスが来る」

「そうか」

ミカルレイン様も心強いだろうし、何よりこれでルナの首に嵌(は)められているチョーカーを外してやれる。

真ん中に魔石が付いたあのチョーカーは、魔力操作の一切を封じる魔法陣が刻まれた魔道具だった。アタメントの血液が使われていたので、俺たちでは外せない。

それをルナ以外で壊せる可能性があるのは、エルフの国マキュリア王国の国王であるレティシアス様くらいだ。

ルナがレティシアス様を拒まなければいいが……

夕食を終え、俺たちはまた自室に戻って二人で風呂に入る。

その時、初めてルナが俺を誘うようなことをしてきた。

それを俺は優しく断る。

そういう欲がないと言えば嘘になるが、今のルナに手を出すつもりはない。

それを分かってくれたようで、結局、二人でゆっくりお湯に浸(つ)かる。

ルナは俺に身を任せ、気持ち良さそうにしていた。

綺麗な髪質を保てるように気を付けるのが、今では楽しい。

風呂を上がり、髪を乾かすと、ルナは狐の姿に獣化した。

そして視線だけで俺にも獣化を促してくる。

「分かった」

俺も黒豹の姿に変わるとルナの首を軽く噛むようにして持ち上げ、ベッドの上に運ぶ。

ルナは俺の腹の上に顔を乗せ、静かに瞼を閉じた。

ゆらゆらと七つの尾が揺れているため、眠ってはいないようである。

俺はそんなルナが安心して眠れるように、ザリザリと毛づくろいしながら共に夜を過ごした。

「――ルナは大丈夫なのかッ!!」

ルナが傷を負って帰ってきた数日後。俺――アレンハイドが家族で朝食を食べとっているところに、冒険者として他国に行っていた息子のギバセシスが慌ただしく駆け込んできた。

「ルナは大丈夫ですよ。だから静かにしなさい」

ギバセシスの気持ちも分からなくはないが、朝から煩いのは感心しない。

レイがそれを窘めて、ギバセシスはやっと落ち着いたようだ。

「ルナたちはまだ寝てる。そのうち起きてくるだろ」

「そうですか……ルナの身にあったことを詳しく教えてください」

幼い頃はだいぶ我儘(わがまま)だったギバセシスは、王立学校に通い始めてから見違えるように変わった。

今では国を飛び出し、自由に世界を見て回っているのだから大したものだと思う。

「僕も一緒に聞くよ」

ハヴェライトは番(つがい)を見つけ、第九師団の魔法騎士として活躍している。引っ込み思案でいつもギバセシスの後ろをついて回っていた頃が懐かしいほどだ。

「まだ聞いてなかったのか？」

「ギバセシスを待ってたんじゃないか」

バラバラの道を選び歩んでからも頻繁に連絡を取り合っているようで、双子の仲の良さは変わることがない。

「兄上は？」

「……ミカルレイン様のところ。ルナくんのことでミカルレイン様相当なショックを受けて……部屋から出てこないんだ」

「……そうか」

双子は二人が王宮に住んでいた頃みたいに並んでソファに座る。

俺とレイは、心の底から弟を心配している彼らに、ルナの身に何があったのか今がどういう状態なのか話した。

「……なんだよ、それ」

「どうしてルナくんがそんな目に遭わなくちゃいけないの……」

ギバセシスは拳を握り締め、歯を食いしばって怒りを耐えている。

ハヴェライトはまるで自分のことのように涙を落として悲しんだ。

「今は傷も治って、キラトリヒとゆっくり過ごしてる」

「キラトリヒと？」

「そうだよ！　ルナくん、キラトリヒさんにべったりで凄く可愛いんだから！」

ルナが現在はだいぶ落ち着きを取り戻し、むしろ今までよりもゆっくりまったりと日々を過ごしていることを伝えると、それを直に見ていたハヴェライトが、興奮したようにギバセシスに補足した。

「僕も昨日、ルナくんにご飯あーんしてあげたんだ～」

「は？　なんだよそれ、ズリぃ」

「へへーん！　いいでしょー！　多分ギバセシスはやらせてもらえないと思うけどね」

ルナはギバセシスを無視していて、いまだに口を利こうとしない。

「なんだよ!!」

ギバセシスは納得できないらしく、まるで昔に戻ったかのように床をだんだんと踏みつけて不機嫌な顔をした。

「もう、ほんとに忘れちゃってるの？」

「……何をだよ」

「ルナくんと初めて会った時、ルナくんに何をしたのか」

「初めて会った時ぃ??」

ギバセシスはその時のことを思い出そうとうんうんと唸っているが、なかなか記憶の中から出てこないようだ。

「はぁ……ギバセシス、ルナくんのこと思いっきり蹴り上げて散々罵ってたじゃないか。それを謝らない限り、ルナくんは口を利いてくれないと思うね」

「げっ、そうだった……」

ギバセシスはやっと記憶を呼び起こしたのか、ばつが悪そうに頭を抱える。

少し前に、そろそろギバセシスと口を利いてやってもいいのではないかと、ルナに聞いたことがあった。ルナは謝れば許すというようなことを言っていたので、多分大丈夫だろう。

「今の状態のルナに謝ってもダメだよな」

「そうだね、ルナくんがきちんと回復してからにしたほうがいいと思うよ」

「だよなぁ」

ギバセシスはガックリと肩を落とす。

悪いのはギバセシスなのだから自業自得だ。

せいぜい目の前で、見せ付けるようにルナにあーんして、悔しがらせることにしよう。

◇
◆

朝というには遅い時間に、俺――キラトリヒは、のんびりと起きてのんびりと支度をする。

俺とルナはなんの予定もないため、気の向くままに過ごしているのだ。

朝の身支度を終えていまだに足を動かさないルナを横抱きにし、朝食をとるためにリビングを訪れると、冒険者として他国に行っていたギバセシスが帰ってきていた。

「ルナ！」

心配そうな、それでいて無事なことを安堵しているような複雑な表情で近づこうとする。ところが、俺に横抱きにされたルナはギバセシスを一瞥すると、拒否するように俺の首に顔を埋めた。

「ッ……」

「だから言ったでしょ？」

ショックを受けて固まるギバセシスの背中を、ハヴェライトが慰めるように優しく撫でる。

どうやら俺たちがここに来る前にあらかた話を聞いたらしい。今の状態のルナに受け入れてもらえないことを、ギバセシスも予想していたようだ。

「あいつは放っておいて朝食にしよう」

アレンはそう言うと、既にダイニングテーブルに座って紅茶を飲んでいるレイモンドの傍に向かった。

ニヤリと笑うその顔は、よからぬことを企んでいるようだ。

俺もアレンに続きダイニングテーブルの席に着く。

貴族が王家と朝食を共にするなんて本来は考えられないことだが、俺はアレンと兄弟同然に育ち、レイモンドとも幼い頃からの仲なので全然気にならない。

それ以前に今は王族の居住区で生活しているのだから、食事を共にするくらい今さらだ。

抱きかかえたまま座ったので、当然、ルナは俺の膝の上にいる。

運ばれてくる朝食を食べ進めながら、時折ルナの口にも食事を運んだ。

「ルナ、はいあーん」

俺以外にもアレンやレイモンド、ハヴェライトもルナの口に食事を運ぶ。

ルナはそれを抵抗することなく口を開けて受け入れた。

「クッソ、羨ましぃ～」

そしてその様子を少し離れた席からギバセシスが恨めしそうにガン見している。

アレンが楽しそうにしていたのはこのことだったんだな、と納得した。

「レティシアス様はいついらっしゃるんだ？」

朝食を終え、同時にルナに食べさせるのも終わった俺たちは、紅茶を飲んで一息つく。

今日はレティシアス様がルナの首に嵌められたチョーカーを外しに来るのだ。

「俺が呼べばすぐ来る」

「そうか。何故もっと早くレティシアス様に来てもらえなかったんだ」

ルナの首の忌々しいチョーカー。

ルナの魔法を封じ、あのクソの血が使われている気色悪い代物だ。

これを作るには、あいつの優秀な頭と相当の魔力量、そして時間がかかっただろう。

こんな、従属の首輪を彷彿とさせるものを、人間に奴隷として扱われていた歴史のある獣人が作ることは普通ないのだが……

あのゴミはルナを手に入れるために、なりふり構ってはいられなかったようだ。

「全然連絡が取れなかったんだ」

「やっと繋がったと思ったら魔法の研究に没頭していたそうですよ」

アレンもレイモンドも呆れ顔だ。それは俺も例外ではない。

あれほど長い間生きているにもかかわらず、まだ研究し足りないというのか。

だが、そうなった原因の一端はルナが次々に生み出した新しい魔法のせいなのだろう。

今まで誰もそんな風に魔力を使うことはなかった、という使い方をルナはして見せる。それがレティシアス様の心の琴線に触れ、魔力、魔法の探求に拍車をかける結果になったのだ。

アレンは一つの魔道具を取り出すと、それを起動させる。

【はいはーい。こちらレティシアス】

「ふざけてないでさっさと来い」

【はぁ～い】

その魔道具の向こうからレティシアス様の声が聞こえた。向こうにもこちらの声が聞こえているようだ。

「ったく……」

レティシアス様は相変わらず一国の王とは思えないほど気軽である。

「やっほ～」

そして数秒もしないうちに、転移魔法でここに現れた。

こんなことができるのはエルフでも王族の方たちくらいで、獣人ではルナだけだ。

ルナは当たり前のようにやってみせるが、そもそもこれは使える者が少ないし、使えたとしても大きな魔法陣を用いらなくてはならない。

魔法式を理解し、実際に構築し、陣にして魔法を発動させるのだ。

空間の転移なんて失敗したらと思うと恐ろしいし、魔力もかなりの量が必要なのである。

「あ、ルナ君、キラトリヒにぴったりくっついてる～」

レティシアス様はルナを見つけると、無邪気に駆け寄ってきた。

レティシアス様が近寄ってくるとルナは少し抱きつく力を強くしたが、それ以上の反応はない。

じっとレティシアス様を見つめている。

「……ルナ君はきちんと分かっているんだね。僕がそのチョーカーを外してくれるってこと」

レティシアス様はいきなりルナに触れるようなことはしなかった。

優しくルナの頭を撫(な)で、耳を擽(くすぐ)る。

ルナは気持ち良さそうにレティシアス様の白く細い指に擦(す)り寄(よ)った。

「ま、それはそうだよね。今はキラトリヒに甘々になってるけど、あのルナ君に変わりはないんだし、一度首輪を外してるしね」

そう話しながら、レティシアス様はごく自然にルナの首元に手を滑らせる。

そして十八年前と同じように手を翳す。その手が淡く光り、やがてチョーカーからどす黒い赤色の魔法陣が浮かび上がった。

「血を使ってまでルナ君を縛ろうなんて……ほんとに気持ち悪い……」

レティシアス様はそう呟くと、さっさと魔法陣を解体する。

様々な効果が盛り込まれていた従属の首輪と比べると簡単な構造のものだということだろう。

『崩壊』

魔道具としての機能を失ったチョーカーは、十八年前と同じように塵になった。

緊張して見守っていた俺たちは、ほっと胸を撫で下ろす。

ルナも嬉しそうにフルフルと首を振って、異物のなくなった解放感を味わっているようだ。

そんなルナの首を、何か違和感などないかと確かめるように撫でているうちに、パッと周りの景色が一瞬で変わる。

「ん？」

辺りを見回すと、どうやらここは城内の中庭のようだ。

多分ルナが転移魔法を使ったのだろう……

「ルナ、何も唱えなくても魔法を発動できるのか？」

「うん」

「……そうか」

本当に規格外というか、格が違うというか。

「俺たちの子供はどんな子が生まれるだろうな」

俺はルナを横抱きにして中庭を散歩する。

ルナは吹く風を心地良さそうに浴びながら、瞼を閉じていた。

今日のルナは、日向ぼっこをしながら昼寝をしたい気分らしい。

狐の獣人が迫害を受け、王都から姿を消してかなりの年月が経つ。

魔力量の多い狐の獣人との交わりがなくなったことで、魔力量の多い獣人が減り、今ではルナのような複数尾を持つ獣人はほとんどいなくなってしまった。

もともと獣人は体を動かすのが好きで、魔法より剣術のほうが得意なので問題は感じていなかったのだが、最近になりルナやハヴェライトの使用する魔法と剣術を掛け合わせた戦い方が注目を浴びている。

一方、俺は獣人の中では誰にも後れを取らない戦闘能力があると自負していた。

黒の色を持ち、獣人としての能力が高いこともあるが、今の地位はそれだけで手に入るほど甘いものではない。

そんな俺たちの間に生まれてくる子供は注目を浴びるだろう。そして、物凄く可愛いに違いない。

◇

◆

チョーカーを外されたルナが転移魔法を使用したらしく、彼はキラトリヒと共に俺——ギバセシスの前から姿を消した。

「あらら。魔法が使えるようになった途端か〜。もっとルナくんといたかったのに〜」

レティシアス様は詰（つ）まらなそうに言って項垂（うなだ）れる。

ルナはキラトリヒが傍（そば）にいるならどこへ行こうと安心だ。今はただゆっくりと体と心を休めてほしいと思う。

ルナにあーんをできないのは悔しいしから、いつかきちんと謝りたい。

……謝った後でも、あーんができる機会が来るとは思えないけど。

「ミカルレインの様子はどうだい？」

「相変わらずクレセシアンがつきっきりで生かしているような状態です」

「親としていっちょ声をかけてこようかな～？」

そう言うレティシアス様は何処（どこ）か楽しそうで、落ち込んでいるミカルレイン様にとどめを刺しに行きかねない。

「やめろ!!　クレセシアンがキレたら手が付けられなくなる……」

父上が必死にレティシアス様を止めているが、俺もやめたほうがいいと思う。

番（つがい）に手を出された獣人は、理性がぶっ飛び手に負えない。

もしそんな場面に行き合っても獣人ならその気持ちが分かるため、好きなようにやらせるし。

まぁ、兄上がレティシアス様にキレてもレティシアス様は軽く兄上を伸せるだろう。

「ちぇ、つまんないの〜」

その後、レティシアス様はしばらく父上と母上と話をした後、また転移魔法でマキュリア王国へ帰っていった。


「――ねぇ、ギバセシス」

「なんだ？」

その夜。俺が自分の部屋のベッドで寛いでいると、ハヴェライトがやってきた。そして当たり前のように俺の横に寝転ぶ。

「地下牢……行ってみない？」

「地下牢？　何しに」

「ルナくんに酷いことした奴の様子を見にさ」

「……なんのために」

ルナに危害を加えたのは、ディストード男爵家の一人息子だ。

家族を明けの街へ旅行に出し、使用人全てに強引に休暇を与えてまでルナを手に入れようとした、用意周到な猫又。

「聞いた話によるとその猫又、今凄く衰弱してて死んじゃいそうなんだって」

「は？」

「ずっと泣いてるって言ってた。……そんな風に後悔するなら、最初からしなければ良かったのにね……」

「……そうだな」

俺はハヴェライトと二人で王宮の地下牢に足を運んでみることにした。

ここに来るのは初めてだ。今まで使用されていると聞いたことがない。

つまり、俺たちが生まれてから初めて地下牢が使われたということだ。

この国の暗部を担（にな）っているマキアスレータ家が誰かを捕らえたとしても、王宮の地下牢は使わないしな。

灯りの少ない薄暗い螺旋（らせん）階段を、下へ下へと進んでいく。

壁も床も全て石造りで、ひんやりと冷たい空気に包まれた場所だ。

一番下に着くと、鉄でできた頑丈な扉が現れた。騎士が交代で門番をしているそこをさらに奥に進み、遂（つい）に牢が見えてくる。

「「………」」

鉄格子の中はやはり石造りで、ベッドが一つあるだけの狭い部屋だ。

「奴は？」

だがその中に、ルナを害した猫又の姿はない。

「今は布団の中で丸まっているようです」

ここまで案内兼護衛をしてくれた第一騎士団の騎士が俺たちの疑問に答えてくれる。

「布団の中って……」

「獣化してるのか？」

「はい、人の姿が保てなくなったのでしょう」

「保てなくなった？」

どうやら人化できないほど衰弱しているようだ。

確かによく見ると、ベッドの端のほうが少し盛り上がっている。

猫の獣化した姿って、あんなに小さいんだな……

「飯は？」

「この地下牢に入れられてから、まともに食べていません。生かしておくようにと陛下の指示が下っているのですが、このままでは……」

「……そうか」

俺はじっとベッドのシーツの盛り上がりを見つめる。

その間、猫又はピクリとも動くことはなかった。

このまま命を捨てる気か？

「ギバセシス？　どうしたの？　気になる？」

あまりにも真剣に見ていたからか、ハヴェライトが俺の肩を揺すってくる。

「……あぁ……」

この猫又は俺たちの大切な弟であるルナを傷つけた。許すことなんて絶対にできないと思う。

しかし俺は、衰弱死しそうなほどの後悔と罪悪感に苛(さいな)まれている、小さな猫に同情しているのかもしれない。

地下牢を使用するのも久しぶりなこの時代。

王族に危害を加えたことは、本来なら死罪になってもおかしくないことなのだが、多分父上はそうしないだろう。

というか、できないのだろうな。

気持ち的には何度殺しても飽き足りないくらいに違いなくても、この穏やかな時代に死刑執行したら様々な問題が起こる。

父上はもうこの猫又をどうするのか決めているのだろうか……

「――食え、いいから口を開けろ」

あれから俺は地下牢に通う日々を送っていた。

部屋にいてもなんだかあの猫又が気になってしまうし、見に行ったら行ったで目の前でどんどん弱っていく猫又を見ていられない。結局、自ら牢屋に入って無理やり食事をさせている。

だが、猫又は頑(かたく)なに食べようとしない。

今は固形物が食べられないので、スープやミルクを飲ませるので精一杯だ。

「ほら、もう一口」

俺は地下牢のベッドに腰掛け、猫又を膝(ひざ)に乗せて口を開かせる。

最近では俺のしつこさに観念したのか、渋々口を開けるようになっていた。

そういえばルナにもかなりしつこく話しかけたが、あいつは全然口を利いてくれなかったな。

この日も猫又に食べさせてリビングに戻ると、母上が俺を待っていた。

「母上！　手に入ったのですか？」

「……ギバセシス。貴方があの猫又に構うと、どんどんアレンやキラトリヒ、クレセシアンに睨まれることになるんですよ」

「……分かっています。ですが放っておけないんです」

「はぁ……これが魔力と体力の回復に特化したポーションです」

「ありがとう、母さん」

戻ってきたばかりだったが、俺はポーションを持ってまた地下牢に向かう。

鉄格子の中では、相変わらずぐったりと力なく硬いベッドに沈んでいる猫又。

俺はもはや持ち歩いている牢の鍵を使って中に入った。

猫又を慣れた手つきで抱き上げると、綺麗な瓶の中に入っている液体を飲ませる。

すると猫又は見る見るうちに状態が良くなった。毛の色艶からして回復していることが分かる。

そして猫又はその美しい青と黄のオッドアイの瞳を見開いた。

体力も戻ったらしく、何かを諦めるように瞼を伏せた後、淡い光に包まれて人化する。

光が収まり現れたのは、痛々しいほど痩せ細った体。

俺は十五歳の時に初めてルナの人化を見た時、同じようなショックに襲われたのを思い出す。

「……どうして……、なんで俺に構うの。もう構わないで……、もう何もしないで……」

そう言って、猫又はぽろぽろと涙を落とした。

「……ひッ、……ひっく……、ぐす……」

嗚咽(おえつ)しながら泣きまくる猫又。

俺は彼が落ち着くまでと、背中に手を伸ばし抱き締めるように回す。

ガリガリの体に、男とは思えないほど小さくて頼りない肩。

「ッ……ふぅ、うあぁぁ――」

猫又は一瞬固まったが、その後、堰(せき)を切ったように声を上げて泣き出した。

「落ち着いたか？」

しばらく泣き続けた猫又は、今はスンスンと鼻を鳴らしながら目を擦(こす)っている。

「……うん」

大きな声で泣き叫んだことで溜め込んでいたものをだいぶ吐き出せたようだが、気を抜くとまたすぐに泣き出しそうだ。

「そんなに後悔するなら、なんでルナにあんなことをしたんだ……」

それは俺が一番知りたいことだった。

二人は気が合い、仲のいい友人同士だったはず。

それがどうしてこんな結果になってしまったのか。

「……最初はルナと過ごす時間が、穏やかで居心地が良くて……ただそれだけだった……」

少し間を置いて猫又は話を始める。

「ルナの関心が俺に向いているのが嬉しくて、彼の一番であることが誇らしくて、本当に幸せだった」

遠い日を思い出すように話す彼は、悲しいくらいに切なく、消えてしまいそうなほど儚（はかな）げだ。

「でも、その静かな時間を邪魔する奴が多すぎた。貪欲（どんよく）な貴族、図々しい平民、立場を理解していない他国の人間。……許せなかった……どうにかして俺たちの時間を取り戻したかった。守りたかった……」

「……そうか」

「ルナが学校に来れなくなって、その辺りからおかしくなってきた」

「……うん」

「ルナは俺のものだって、俺とルナの邪魔をするなって。頭の中はそればっかりで。俺自身わけ分かんなくなってた……」

そうしてあの事件に繋がってしまったのだろう。

猫又は、またぽろぽろと涙を落とし始め、静かに泣き続ける。

自分でももう取り返しのつかないことをしたのだときちんと理解しているのだろう。

だから二度と戻れない日々を思い出して泣くことしかできない。

こんなことになってしまったが、その根源にあるものはとても純粋で綺麗な思いだったのかもしれない……

俺は猫又が泣き疲れて眠るまで、その傍から離れなかった。


その日の夜。俺は父上と母上の部屋を訪れていた。

父上は俺が猫又を構っているのが気に入らないらしく、俺が現れるなり一気に機嫌が悪くなる。

「なんの用だ？」

「父上にお願いがあって来ました」

「あの猫又のことか」

「はい。父上も頭を抱えているのでしょう？　彼の犯した罪は決して小さくありません。……しかし、彼は元々ルナの唯一とも言える友人だった。ルナがあの状態のうちに裁いていいものかと」

今のルナはあの猫又を確実に拒絶するだろう。

しかし、いつか元に戻った時にはどう思うか……

それはルナにしか分からないし、ルナの心の強さ、優しさ次第だろう。

「俺からの願いは、彼を国外追放にしてほしいということです」

「国外追放だと？」

気が付いたら、友人がこの世からいなくなっていた、腕や足がなくなっていた、なんてことになるのは、ルナでなくてもごめんに違いない。

「はい、俺が連れていきます」

「……それはルナのためか？　それともあの猫又のためか？」

「もちろん、俺の大切な弟とその友人のためです」

「……好きにしろ」

「ありがとう、父さん」

なんとか許可を貰えたため、俺は緊張を解いた。

「後のことは任せて、キラトリヒとクレセシアンに見つかる前に出発しなさい」

「はい。母上、ルナに伝言をお願いしてもいい？　いつか二人で謝るって」

「……分かりましたよ」

それだけ告げると、俺は父上と母上の部屋を後にする。

猫又がポーションで回復しきった今夜、出発してしまうのがいいだろう。

俺は自分の部屋から何着かの服をポーチの中に入れる。

このポーチは珍しい空間魔法の魔道具で、制限なくものを入れられるのだ。

その後、地下牢に向かい、慣れた手つきで鉄格子の鍵を開けた。

「どうしたの？」

猫又は起きていたようで、再び予定外の時間に訪れた俺に驚いている。

獣化している間に服は片付けられたようで、人化した彼は裸でシーツを体に巻いているだけだった。

俺はとりあえず持ってきた服を猫又——アタメントに着せる。

「お前の今後が決定した」

「……遂(つい)に……」

アタメントは覚悟を決めたような、それでいて不安そうな顔で俺を見つめている。

「アタメント・ディストード。ヴィナシス王族に危害を加えた罪により、国外追放とする」

「……国外追放……？　なんで……？」

「そう決まったんだ。執行は今だ」

「何故(なぜ)死罪じゃないの……？　……って今⁉　今からこの国を出ろってこと⁉」

騒ぐアタメントに手枷足枷(てかせあしかせ)を嵌(は)めていく。

こいつは一応罪人だし、暴れそうだからな。

そして俺は、アタメントをひょいっと肩に担(かつ)ぎ上(あ)げて地下牢を出た。

こんな時に転移魔法が使えれば、とつくづく思う。

……もしやアタメントは使えるのではないだろうか。もし使えるのなら、今後の旅がかなり楽になるな。

王城の外に出ると、第一師団長のダイアモントが俺の愛馬を用意して待っていた。きっと母上が手を回してくれたのだろう。

担(かつ)いでいたアタメントを一度地面に下ろし、愛馬に跨(またが)った後で改めて抱き上げる。

足枷(あしかせ)があって足を開けないので横抱きにした。

「行ってらっしゃいませ。どうか、お気を付けて」

「……あぁ、行ってくる」

いまだに状況を理解していないアタメントを連れて、俺は王城を後にする。

夜の店すらほとんど閉まっている静かな王都を、愛馬が駆ける音だけが響く。

「なんで、あんたも一緒に行くの？」

アタメントは俺とダイアモントのやり取りで、俺も国を出ることを察している。

「俺が今何をしているか知っているか？」

「……冒険者」

「俺が王子だって分かってんなら敬語使えよなー」

「だってしつこかったし、獣化してたし……」

「まぁいいけどよ。とにかく、俺が連れていくことにしたから」

「だから国外追放？」

「そ、お前も世界を見ながらゆっくり休めよな」

アタメントは何も言わなかったが、俺の胸に体を預けて瞼(まぶた)を閉じたのだった。

7

空が白み、そろそろ太陽が昇り始めるかという頃。

「…………んぅ……」

そんな早朝に目が覚めた俺――ルナエルフィンは、瞼を擦りながら沈んでいたベッドから体を起こした。

いつの間に寝ていたのだろう……

確かアタメントの家に行って、地下室に案内されて――

霞がかかってぼんやりとした頭で、あの日のことを順に思い出していく。

「ッ――!?」

そして焦って首に手を持っていくが、そこにチョーカーは嵌まっていなかった。

良かったと胸を撫で下ろす。

多分今回もレティシアス様が魔法で外してくれたのだろう。

物理的に外せないものを時を進めて朽ちさせるという方法で外すことができるのは、レティシアス様しかいない。

だから父さんは十八年前に彼を頼ったのだから。

「はぁ……マジか……」

アタメントがおかしいことには気付いていたのに、『断絶』があるからと油断していた俺が悪い。

でも、『断絶』の効果は俺が拒絶している者と、俺に危害を加えようとしている者に効くはず。

だとすると、アタメントは俺にチョーカーを嵌める瞬間、危害を加えようという気持ちはなかったということだ。

俺を自分の番だと言っていたし、本当に俺のためにチョーカーを用意したのだろう。

しかしそれに魔力を抑える魔法陣を刻むということは、壊れた心の何処かでは、俺に抵抗されることを分かっていたのかもしれない。

俺は微かに震えてきた体を、二の腕をさすって抑えようとする。

決定的に意識が保てなくなったのは『斬風』で足を切られた瞬間だ。

反射的に自分の心を守ろうと強制的に思考を遮断してしまい、元に戻るのに時間がかかった……

幸い、キラトリヒがどうやってか俺を見つけ助けてくれた。

だがもしも見つけられずにあのままだったら、俺は子供の時以上の地獄を味わうことになっていたかもしれない。

一度助け出されたことで期待や希望を知った俺には辛いことになっただろう。今の俺には父さんたちやミカがいるから死を選ぶことはないし。

キラトリヒという番に出会っているのに、アタメントに凌辱される日々を過ごさなければならないなんて。

想像するだけで……いや、想像なんてしたくない。

「……ルナ？」

体の震えが抑えきれないほど酷(ひど)くなったところで、キラトリヒの声が聞こえてくる。

キラトリヒは俺の異変に気付くと、バッと飛び起き、すぐに抱き締めてくれた。

「どうした!?　何処(どこ)か痛いのか？　怖い夢でも見たのか？」

やっぱりキラトリヒの腕の中は心地良くて心から安堵(あんど)できる。

俺はううんと首を横に振るけれど、キラトリヒの腕が緩むことはなかった。

「なら、どうして泣いてるんだ？」

「え……」

気付かないうちに俺の目からは止まることのない涙が流れていた。

キラトリヒに助け出された時にも流した気がするが、意識がはっきりしている時に泣くのはいつぶりか分からないほど久しぶりだ。

「俺がルナの傍(そば)から離れることは二度とない。必ず守るから、泣かないでくれ……！」

キラトリヒは絞り出すような声で、心の底からの想いを俺に伝えてくれる。

俺の腰を支え、髪を梳(す)くように頭を撫(な)でる手は、力強くてとても優しかった。

彼に抱き締められながら、涙と一緒に不安を流し切る。

俺が顔を上げ、胸を押すように手を動かすと、察したキラトリヒが力を緩めてくれた。

一番に目に入ってくるのが、琥珀色(こはくいろ)の力強い切れ長の目。

こんなに至近距離で見たのは初めてかもしれないな。

「ッ、目が覚めた……んですね、殿下……」

キラトリヒは俺と目を合わせ、はっとしたようにそう言う。

キラトリヒが俺を番（つがい）だと認めた、あの後に距離を取ったのは俺。

それから彼は、俺に対して護衛騎士としての態度に徹した。敬語を使い、殿下呼びを崩したことがない。

それを止（や）めるように、俺からねだった記憶がなんとなくある。

それだけでなく、着替えも食事も風呂もキラトリヒに任せきりで、べったりとくっついて離れなかった。

獣化して毛繕（けづくろ）いしてもらったり一緒に寝たり……

ゆったりと微睡（まどろ）むようなあの時間は、怒涛（どとう）のように問題に追われる生活を送ってきた俺に安らぎを与え、休ませてくれた。

「大変失礼いたしました」

だからキラトリヒが俺から離れようとすると胸が苦しくなるのは、仕方がないことなのだ。

俺を絶望の底に堕（お）としたのがキラトリヒなら、そんな俺を救い上げるのもキラトリヒだ。

俺は離れていくキラトリヒの服の裾（すそ）に手を伸ばす。

驚いて振り向いた彼に、笑顔を向けた。

「敬語、使わなくていい。殿下もやめてルナでいいから」

「いいのか？　……俺は気付けなかった……」

キラトリヒは悔しそうに俯く。

十八年前の俺たちの出逢いのことを言っているのだろう。

「……確かにあれは応えたけど、あれは首輪の……人間のせいだって今ではきちんと分かっている」

あの時はそれまでの冷遇に続く追い打ちで、辛くて苦しかった。でも、元はと言えば俺に従属の首輪を嵌めた人間が悪いのだ。

もっと言えば、諸悪の根源は俺の親だし。

「だが……香りがなくても」

「番を見つけるには香りが必須だ。それに俺たちは香りのない中で二十年近く一緒に過ごしただろ」

長寿な獣人にとっては短い期間なのかもしれないが、それでももう流石に時効だ。

当時は死にたくなるほど辛かったとはいえ、その後キラトリヒはあんなに俺に尽くしてくれた。

時間が解決してくれることも確かにあるのだ。

俺もキラトリヒも、もう充分に苦しんだのだし。

俺の言葉に、キラトリヒ——キラは泣き出しそうな微笑みを返してくれた。

「まだ朝早いが、リビングに行ってアレンたちが起きてくるのを待つか？」

キラは服の裾を持っている俺の手を取って、ぎゅっと握り締める。

そんな温かくて大きな手を俺も優しく握り返した。

「その前に……アタメントがどうなったのか、聞いてもいいか？」

俺の問いかけに、キラの手に少しだけ力がこもる。

最後に覚えているアタメントの姿は、血まみれで真っ赤な血の海に沈んでいるものだ。

「……国外追放。ギバセシスが連れていった」

キラは心底嫌そうに答えてくれる。

眉間に皺を寄せたその様子に、くすりと自然に笑みが零れた。

「あいつが？　確かに会った気がするな」

どうしてそうなったのかは分からないが、ギバセシスが国外に連れていってくれて良かった。

アタメントが死んでいないということに安堵し、当分会うことがないことにもほっとする。

彼にされた仕打ちを忘れることも、なかったことにすることもできないが、責めようという気持ちは不思議と湧かない。

アタメントをおかしくさせた原因が明らかに自分であることが分かっているし、もう二度と同じことは起きないという確信があるのだ。

これから先、俺が本当の意味で心を許す者は最小限になるだろうし、そうそう誰かに警戒を解くこともなくなると思う。

だけど、キラがいてくれる。

あれほど引っかかりを覚えていた過去の出来事も今は解れ、俺は番がもたらす安心感に包まれていた。

身だしなみを整えるとリビングに向かって歩き出す。

もちろんキラと手を繋いだまま。

父さんたちにもかなり心配かけただろう。

あの日まではキラと一緒にずっと俺の傍を離れなかったミカを、意識が戻ってから見ていない。

「ミカは？」

「……ミカルレイン様はあの日以降、部屋から出てきていない」

「……そう」

暖かい朝日が入り込むリビングでは、既に数人の使用人が朝食の準備をしていた。

「おはようございます、ルナエルフィン殿下、キラトリヒ様」

俺たちに気付いた使用人の一人が挨拶をしてくる。

「あぁ、おはよう」

「え!?」

いつものように答えたつもりだったのに、返ってきたのは驚きだった。

驚いているのはその使用人だけではなく、その場にいた全員が手を止めて俺を見ている。

「あ、えと……国王陛下たちを呼んで参ります!!」

駆け出した使用人を見送り、俺はキラを見上げた。

「……俺ってそんなに大変な状態だった？」

「あぁ、俺以外にはほとんど言葉を発しなかったし、挨拶をされても反応しなかった」

「そんな感じだったんだ……」

つまり使用人たちは俺が挨拶を返したことで、元に戻ったことに気付いたというわけだ。

「心配かけたな」

「いえ……いえ！　ご無事で何よりでございます……！」

感極まった使用人たちは、皆涙を流して喜んでくれる。

……ダダダダダダダッ。

「ルナッ!!」

それは大きな足音を立てて走ってきた父さんたちも同じだ。

「父さん……ッ」

「心配したぞ!!　体は大丈夫か？　痛いところはないか？」

「アレン、そんなに強く抱き締めてはルナが潰れてしまいます」

「ッと悪ィ……」

最初にリビングに飛び込んできたのはやっぱり父さんで、その後に母さんとハヴェライトが入ってくる。

「ルナ、体調はいかがですか？」

「悪くないよ」

母さんは俺の体を調べるように触り、どこにも異常がないことを直に確認する。

「ルナくん……、良かった……」

「……泣くなよ」

ハヴェライトは控えめに俺の服の裾を引っ張ると、涙をぽろぽろと流し始める。

それから朝食にありつくまでが長かった。

使用人も含めてこの場にいる全員を宥めて、泣き止ませることにかなりの時間を要してしまったのだ。

「いただきます」

「ほら」

「ん？　……あーん」

そういえばキラに食べさせてもらっていたな。

早速、食べようと思っていると、キラがさも当たり前のように俺の口に食事を運んできたので、俺は微かな記憶に逆らわず口の中に招き入れた。

別に自分でも食べられるのだけど、キラが楽しそうにしているので好きにさせる。

「キラ！　俺にもさせろ！」

「駄目だ」

「は⁉　なんでだよ⁇　昨日まではさせてくれたじゃねぇか‼」

「もう駄目だ」

父さんや母さん、ハヴェライトも何故か羨ましそうにしているが、キラは頑なに譲らない。

恥ずかしいから、俺もキラ以外に食べさせてもらう気はないが……

朝食を終えた俺とキラは、城の中のミカが使っている部屋を訪れることにした。

コンコン……

「兄さん？」

扉をノックして声をかけると、足音がこちらに近づいてくる。

「ルナ、か？」

「うん、俺だよ」

ミカの部屋から出てきたのは、クレセシアン兄さんだ。

俺の無事を喜んでくれているが、そんな兄さんのほうが今にも倒れそうな様子をしている。

少し痩(や)せて、目の下にははっきり隈(くま)ができていた。

「……兄さんのほうこそ大丈夫？」

「あぁ……」

明らかに疲れているのに、それが気にならないくらいにミカのことが心配らしい。

「ミカの様子はどう？」

兄さんは力なく俯(うつむ)く。

俺は兄さんの横をすり抜けて部屋に入った。

ミカの部屋は灯りも点けずにカーテンを閉めている。光源はカーテンの隙間から入り込む光のみで薄暗い。

何処にいるのかと部屋の中を見回し、ベッドの上に布団に包まったミカを発見した。

「……ミカ？」

魔法で明るすぎない淡い光を発現させて近づくと、ミカの状態がよく分かる。

顔はげっそりと痩せ、目の下には兄さんよりも濃い隈、何より顔色が物凄く悪い。

沢山泣いたようで、頬には涙の跡がくっきりと残っていた。

俺が声をかけながら傍に行ってもミカは全く反応を示さず、虚ろな目はどこを見ているのか分からない。

光を失った、絶望の瞳をしている。

俺も昔はこんな瞳をしていたのだろうか……

「ミカ、俺が分かるか？」

俺はベッドの縁に腰を掛け、ミカの背中に手を回して抱き締める。

……ゾッとするくらい細い。

どれほど長い間、まともな食事をしていないのだろう。

それでもこうしてなんとか意識を保っているのは、兄さんが必死にミカを支えたからに違いない。

「…………？　……誰…………？」

反応を示したので俺は抱き締めていた手を緩め、ミカの顔を覗き込む。

するとやっと俺の姿を視界に入れたミカが、目玉が落ちそうなくらいに目を見開いた。

俺の大好きな蒼い瞳に、少しだけ光が戻った気がする。

「……ルナ、様……」

「そうだ」

「……どうして……？」

「俺はちゃんと助けられたよ」

今度はミカの腰に手を回し、擦り寄るように抱き着いた。

ミカはいまだに状況が理解できないのか、おろおろと手を彷徨わせた後、ようやく俺の背中に手を回す。

体は頼りなく痩せ細っていても、掌はしっかり温かく、心臓もきちんと活動していて、ミカが生きていることが実感でき涙が出そうになる。

「……ミカ……」

肩に埋めている顔をすりっと動かすと、彼はびくりと反応する。そして俺を抱き締める手に力が入った。

ミカはようやく自分の置かれた状況を理解したようだ。

「……ふッ……ぐす……、うぅ………」

感情が高まっていくのか、徐々に泣き声が大きくなる。

「……ルナ様……」

「うん？」

「大変……申し訳、ありませ……ッ……」

「……うん」

お前のせいじゃないとか、俺も油断していたとか言うことはなく、ただただ謝りながら泣き続けるミカの声に、俺は耳を傾け続けた。


「――スンッ……」

「落ち着いたか？」

「……はい、申し訳ありません、ルナ様」

しばらくの間思う存分泣き俺に向かって謝り続けたミカは、やっと落ち着きを取り戻した。

「もう謝んなくていいから」

「しかし――」

「ミカ」

「……はい……」

しょんぼりとしてしまったミカに、伏せた犬の耳の幻覚を見て、くすりと笑みが零れる。

質の落ちてしまった髪の毛をくしゃくしゃと撫でてやると、表情がぱぁっと明るくなり、ブンブンと勢い良く振られる尻尾まで見えた気がした。

「ルナ様、痩せましたね……」

「いやいや、ミカのほうがヤバいから」

ミカはまじまじと俺の体を見ると、心配そうに眉を寄せてそんなことを言ってくる。だが、どう見ても危険な痩せ方をしているのはミカだ。

俺も確かに痩せたけど、少しずつ食事を与えられていたので、そこまでではない。

「兄さん、こっち来て」

兄さんとキラは、俺たちの一連のやり取りを部屋の端で心配そうに見ている。

キラは落ち着いているが、兄さんはもうずっとおろおろとこちらの様子を窺っていた。

俺たちの様子が悪い方向に行っていないことは察しているだろうが、ミカの今までの状態を知っているだけに不安で仕方がないらしい。

兄さんは俺の呼びかけに瞬時に反応し、トタトタと駆け寄ってくる。

「……ミカ、大丈夫か？」

俺の横に腰掛けてミカの顔に手を伸ばす。

ミカはその手を当たり前のように受け入れ、撫でられる感触に気持ち良さそうに目を細めて兄さんに目を向けた。

「はい、大丈夫です。……その、今までありがとうございました。貴方の声、きちんと聞こえていましたよ」

見つめ合う兄さんとミカは甘い雰囲気に包まれている。

兄さんは自分よりだいぶ年上で、魔法にも秀でたミカの脆い部分を目の当たりにし、今まで以上に強くあろうとしていた。ミカはそんな兄さんにこれから先、全幅の信頼を置くだろう。

二人は心身共にボロボロだが、より一層強い絆で結ばれたのだ。

「ルナ」

兄さんの後を追ってキラもベッドの側に来る。そして優しい声で俺の名前を呼ぶと、肩に手を回しぎゅっと抱き寄せてくれた。

今回のことで関係を深めたのは俺たちも同じなのだ。

俺は肩を寄せ合う兄さんとミカに手を翳(かざ)し、彼らに回復魔法をかけた。

淡い水色の光に包まれた二人は、見る見るうちに回復していく。

「ありがとうルナ」

「ルナ様も回復なさってください」

とはいえ、ミカにはまだ休息が必要なので、しばらくの間よく休むように言って俺とキラトリヒは部屋を出る。

扉が閉まる瞬間になんとなく振り返ると、涙を浮かべた兄さんとミカが、見つめ合いキスをしているのが見えた。

「……キラ」

「ん?」

俺が声をかけると、腰に手を回して離さないキラが、甘さを孕(はら)んだ琥珀色(こはくいろ)の瞳を向けてくる。

「……二人で風呂に入った時、俺、キラのこと誘っただろ?」

俺は今まで頭の隅に追いやっていた記憶を引っ張り出した。

なんの気力も湧かなくて、キラに身の回りの世話を全て任せていた時、虚無感を埋めたくなった俺は風呂の中でキラに迫ったのだ。

服を全部脱がしてもらってお互いに全裸だったのに、キラはその誘いに一切応じなかった。

キラの首に手を回し、逞しい腹筋に自身を擦りつけるようにして、キスができる距離まで顔を近づけたものの、それをキラに遮られたのだ。

「俺とキスするの、嫌だった？」

そんな場合じゃなかったことは分かっているし、キラがあの状態の俺に欲情する性癖を持っているとも思っていない。

だからあの時は、断られたことに何も感じなかった。

しかし今思い出すと、少し苦しくなってしまう。

キラに拒まれると、昔のことがフラッシュバックする。

「嫌なわけないだろ」

その不安を感じ取ったのか、キラは腰に回していた手を俺の頭に置き、諭すように撫でてくれた。

「今までは自分を戒めていたが……もう、許されたからな」

キラはそう言って綺麗に笑い、顔を近づけてくる。

後頭部に添えられた手に優しく力が入り、俺を逃がさないと主張した。

『転移』ができるから逃げるのは簡単なのだけど、そもそも俺に逃げようという気持ちなど全くない。

「ん」

俺の唇とキラの唇が重なる。

一瞬触れるだけのキス——たったそれだけのことなのに、俺は今までの人生の中で最高に幸せな時間を味わう。

キスをしたのは初めてだ。

思ったよりキラの唇は湿っていて柔らかい。

それを意識してしまうと、なんかこう一気にいやらしい気持ちになって……

「……はぁ」

キラの唇を舐めて、噛みたくて、堪らなくなる。

体を離してキラの顔を覗き込むと、琥珀色の瞳が蜂蜜みたいに蕩けていて、その中に同じように蕩けた表情の俺の顔が映っていた。

「……ッ！」

「うぉッ」

キラが突然、俺を抱き上げると、すれ違う使用人に見えないように俺の顔を隠しながら俺たちの部屋に足早に向かう。

そういえば廊下のど真ん中だった。

……誰にも見られてないことを願う。

あそこの近くに使用人はいなかったし、多分大丈夫だろう。

キラは俺たちの部屋の前に着くと、俺を抱えたまま器用に扉を開けて中に入る。入ってすぐに俺を下ろし、顎を掴んだと思ったらやはり上を向かされた。

「んぅ……、んッ」

予想通りにキスの雨が降ってくる。

キラの肉厚な舌が口内に入りたがって俺の唇を舐めるから、俺は口を少しだけ開いて招き入れた。

「……はぁ、……ぁッ……あ」

キラに口の中を舐められると、体中にピリリと快感が走り抜けてとても気持ちがいい。

初めは俺を夢中で貪るキラに任せきりだったが、蕩けて頭がふわふわしてくると、俺も積極的に快感を求めてキラの舌を追いかけた。

「……ッ……！」

それは充分にキラを煽り、深く濃厚なキスを続けながら彼は服の上から俺の体を撫で始める。

今はゆったりとした服を着ていた。

高品質のすべすべの生地がキラの掌の感触をダイレクトに伝え、敏感になった俺にさらなる快感を齎す。

「んあっ、……ちょっ、キラ……！」

「ん？」

キラが服の中にまで手を忍ばせ直接肌に触れ始めたので、蕩けていた頭が覚醒し、真っ昼間だということを思い出す。

焦る俺の様子が珍しいようで、キラは楽しそうにまじまじと眺めてきた。

にこにこと笑っているわけではないが、彼の足の間に見え隠れしている漆黒の尾がゆらゆらと揺れているのを見ればすぐに分かるのだ。

そんな風に俺を見ている間も、キラの手が止まることはない。

「ん？　……じゃなくて。これ以上は駄目だから！」

「これ以上って？」

俺がキッと睨み付けても、涙を浮かべながら赤面している顔ではなんの効果もない。いや、むしろさらに煽る結果になったようだ。

キラは面白そうに色気のある笑みを作ると、俺を連れてソファに向かう。

部屋の中央にある品のいいソファはふかふかで、キラが勢い良く座っても受け止めてくれる。

手を掴んだまま座るので、引っ張られた俺は向かい合う形で彼の膝の上に座った。

「んぅッ……」

キラは俺の耳を触りながら首筋に顔を埋める。

「……いッ！」

ぢゅっと音がしたと思ったら、チクリと痛みが走った。

どうやら首にキスマークをつけられたようだ。

その後キラは、ぐるりと首を一周するように丁寧に舐めていく。

そういえば、まだ傷痕が残っていた。

首だけじゃなく、俺の体にはだいぶ薄くなってはいるものの、いまだに夥しい傷痕が残っているのだ。

着替えや風呂の時に目には入るが、今では完全に自分の一部になり、特に消したいと思ったことはない。

だがキラの目にさらされ、もしかしてこの傷だらけの体では気持ち悪いのではないだろうかと不安になってきた。

今ならやろうと思えば、自分の魔法で綺麗に消すことはできそうだ。

だが、俺は人間から受けた仕打ちを忘れることなどできないし、忘れたいとも思わない。

全ての原因は俺を人間に売った両親なのだし、そんなことを言い出したら、狐の獣人が迫害される原因を作った三尾の狐の獣人まで遡らなくてはならなくなる。それでも、実際に俺の体に傷をつけたのは人間なのだ。

「……ごめんキラ。汚い体だけど、この痕を消すつもりはない」

「汚いなんて一度も思ったことはない」

そう言い、キラは俺の服を上半身だけ脱がせる。

そして一つ一つの傷痕に舌を這わせた。

まるで負った傷を治そうとする獣みたいに……

「んっ……、ぁ……」

ただでさえ肌が敏感になっていて気持ちがいいのに、キラはさらに快感を与えることを忘れず尻尾の付け根を刺激してくる。

流石に今これ以上のことをするつもりはないようなので、俺は目線の下にあるキラの頭を抱き締め、艶々の髪を撫でたり可愛い耳を触ったりして、その優しい快感に身を任せたのだった。

体が回復したとしても、心に負った傷は簡単には治らない。

その日から学校の卒業まで、俺は城の敷地の外に出ることはなかった。

城に教師を呼んで試験だけは受け、卒業まで、壁を作って過ごした時間を取り戻すかのようにキラと一緒に過ごす。

同じ部屋で生活し、沢山の言葉を交わした。

キラは今の俺のほぼ全てを知っているが、逆に俺はキラのことをなんにも知らなかったので、今までどんな生活をし、どんな経験をしたのか質問攻めにしてやったのだ。

そこで黒豹として生まれたキラの苦労を知ったのは良かったと思う。

他人に媚を売られるばかりの生活に辟易していたせいで、あの時の態度と言葉になってしまったようだ。

あの日の、あの瞬間に戻ることはできないのだし、そういう経緯があってもなくても今の関係は変わらない。

だが、キラが言い訳をしなかったことだけは確かだ。
俺たちはこの期間で着実に関係を深めていった。
そんな穏やかな時間はあっという間に過ぎる。
俺は無事に王立学校を首席で卒業し、同時にキラは王立騎士団第八師団を退団した。

8

「――それがルナの望みなんだな」

「はい」

王立学校を卒業した俺は、これからどうするのかを決めなくてはならなかった。

王家の血が流れていない俺の王位継承権はあってないようなもの。はなから国王になろうなんて思いは全くないので、王立騎士団の入団試験を受けて騎士になるか、父さんや母さんの手伝いをするか……。

「ルナが成し遂げたいことは、獣人の、ひいてはヴィナシス王国のためになります。……会えなくなるのは寂しいですが」

「遠距離でも話ができる魔道具がありますし、俺ならすぐに帰ってこられます」

「それもそうだな」

俺は、自分がやりたいことを父さんと母さんに打ち明けていた。

隣にはキラ。

彼は俺の望みを叶える手伝いをしてくれるのだ。

「俺にできることは少ないだろうが、だからといってルナと離れるという選択肢だけはない」

父さんたちの前にキラに俺の考えを伝えたが、迷うことなくそう言ってくれた。

ちなみにミカとクレセシアン兄さんは、今この国にいない。

少し前にミカの故郷、マキュリア王国に旅立ってしまった。

「あの事件で自分の未熟さを改めて痛感しました。まずは父上から魔法を学び直してきます。そして、いつか必ずルナ様のもとに帰らせてください」

意を決してそう告げるミカの表情は真剣そのもので、その覚悟と決意に、俺は送り出す以外になかった。

「ルナが成そうとしていることに、ヴィナシス王国国王であるアレンハイドは支援を惜しまない。……本当なら俺たちが取り組まなくてはならないことなんだがな……」

「父上達はこのままこの国を発展させてください」

父さんたちは俺がやりたいことの基盤を築いてくれたのだから。

俺のやりたいこと——それは人間と獣人の関係をよりよくすることだった。


「——ルナくんッ！　いらっしゃい！」

「久しぶり、ハヴェライト」

俺とキラは国を出発する前に、国内を精一杯観光しようということで、明けの街を訪れていた。

宵(よい)の街は第八師団の定期巡回や討伐任務で結構頻繁に訪れていたのでサクッと観光し、ハヴェライトのいる明けの街に長めに滞在しようと考えたのだ。

「いらっしゃいませ。ルナエルフィン殿下、キラトリヒ様」

ハヴェライトと共に街の入り口で出迎えてくれたのは、ハヴェライトの番であり、第九師団団長のアクアセレン。

鷲の獣人で背中に大きな翼が生えている。白と茶色に分かれた髪色が印象的な、礼儀正しい爽やか好青年だ。

軽く挨拶を済ませた後は用意された馬車に乗り、俺たちは夕方の街並みを眺めつつハヴェライトたちが暮らす家に向かう。

「本当に二人だけで来たんだね」

「まぁな」

「危ないって言ってるのに……」

ハヴェライトは眉を寄せる。

俺とキラが決して弱くはないことを分かっているはずなのに、心配してくれるのは素直に嬉しい。

「ルナの魔法で一瞬だしな」

「あ、転移してきたのか」

「そ」

「流石ですね」

しばらく馬車に揺られていると、海の近くにある第九師団の駐屯所が見えてくる。

その隣に見えるのが二人の家だ。

普通の一軒家でとても王族が暮らしているとは思えないが、二人は騎士なのだし、身の回りのことは自分たちでできるので使用人を雇う必要もない。

傍に第九師団の騎士たちが暮らす兵舎があるため、護衛の騎士を配置する必要もないし、平民と比べれば少し大きく立派だが一般的な家で充分なのだ。

「どうぞ」

招かれるままに、俺たちは家の中に入る。

綺麗に保たれた中にも生活感があって、なんだか新鮮だ。

「わぁ……」

リビングにある大きな窓からは、何にも邪魔されずに海が一望できた。

タイミングよく太陽が水平線に沈む様子が見える。

その光を反射してオレンジ色に輝く水面には漁から帰ってきた船が複数浮かんでいて、その上空では第九師団の騎士を背に乗せたミニドラゴンが力強く羽ばたいていた。

「綺麗でしょ？　僕、ここから見える風景が一番好きなんだ」

俺の隣に並んで一緒に海を見ているハヴェライトの横顔はとても幸せそう。それが見られただけでもここに来たかいがあったというものだ。

その後はハヴェライトが手料理を振る舞ってくれた。

城で暮らしていた時には料理はおろか、キッチンに入ったことすらなかったのに、アクアセレンのために頑張ったのだろう。

一緒に料理をする二人の後ろ姿は微笑ましくて、見ている俺たちもほっこりした。

「――美味かったなぁ」

ハヴェライトたちの家を後にした俺とキラは今、明けの街の宿に来ていた。

王族と貴族としての視察なら、明けの街の領主である伯爵家の屋敷に滞在するのだろうが、あくまで観光で来ているため街の宿に宿泊するのである。

高級宿だが。

「そうだな」

「……俺も練習するよ、料理」

俺は俯きがちに言う。

俺が料理をするということは、二人で暮らす、つまり結婚してからの生活のことだ。

自分で言っていて、かなり恥ずかしい。今絶対に顔が赤くなってる……

「それは楽しみだな。俺もその時は一緒にキッチンに立とう」

キラは俺の腰を抱き、優しい微笑みを向けてくれた。

「じゃあ二人で練習しないと」

「そうだな、俺は野営でしか食事を作ったことがないし」

「俺は全くしたことない……」

この世界では、だけど。

キラはロックバレル公爵家の長男だが、騎士団に所属していた。討伐任務等に赴(おもむ)けば、貴族も平民も等しく炊事の機会がある。

だからある程度できるのだろうが、それは家庭料理とはまた違うだろう。

「俺たちも家を建てたいな」

「建てるなら場所はどこがいい？」

「王都の外とか。街が一望できるような場所とかいいかも」

「ルナの魔法があれば魔物も近寄れないだろうしな」

「うん、そういう魔道具の開発をするのもいいかもね」

俺たちは希望ある未来に想いを馳(は)せながら楽しく話す。

だが、それらを叶えるのは全てを片付け、憂(うれ)いを晴らしてからだ。

次の日から二人で本格的な観光を始めた。

明けの街は港町だから、ここでしかできないことを存分に楽しむ。

珊瑚(さんご)や真珠のふんだんにあしらわれたアクセサリーや小物はもはや芸術品で、宝石や魔石を使ったものを見慣れている俺たちにはとても新鮮だ。

海鮮料理もお腹(なか)一杯食べたし、船にも乗った。

「宵(よい)の街のワイバーンもだけど、竜種の魔物はかっこいいよなぁ」

今俺は足首まで海につけながら、空を飛ぶミニドラゴンをのんびりと眺めている。

船の上から見たこの世界の海があまりにも綺麗で、どうしても入ってみたくなったのだ。

キラはそこまで興味がなかったようだが、俺に倣う。そして、海に入ったら入ったで、足の間をすり抜けるように泳ぐ小魚に気を取られていた。

流れてきた海藻や貝殻を拾っては見せてくる姿が、無邪気でめちゃくちゃ可愛い。

そんな平和で他愛のない時間はあっという間に過ぎ、早くも王都に帰る日になった。

「――ルナくん、僕に手伝えることがあったらなんでも言ってね」

「あぁ」

外壁まで見送りに来てくれたハヴェライトにぎゅっと抱き締められる。

彼と俺は背丈が同じくらいだから、包み込まれるようなキラとのハグとは違う。

キラは分かりやすくムッとして、アクアセレンは笑顔のまま片眉をピクリと動かすが、鈍感なハヴェライトは気付かない。

頬の鱗が冷たくて気持ちいいが、そろそろ二人の視線が痛いのでそっとハヴェライトの体を離した。

「ヴィナシスに帰ってくる時は教えてね？　絶対だよ？」

「分かってるよ。ちゃんと知らせるから安心しろ」

名残惜しそうに何度も念を押すハヴェライトと、それを止めることなくにこやかに見ているアクアセレンに別れを告げ、最後に王都を観光すべく転移した。

王都の外壁を顔パスで通過し、真っ直ぐにレストランに向かう。

前もって父さんたちに教えてもらっていた、王族御用達の店である。

この国の国王である父さんがすすめてくれただけあって、城で出される食事と同レベルでめちゃくちゃ美味しい。

平民には手が出せない値段だが、俺たちが食べたもの以外に、庶民価格のコースもあるそうだ。そのおかげでお祝いなどで訪れる者も多い人気の店なのだとか。

「――ご馳走様」

店を後にした俺たちは、特に目的を決めずに大通りをのんびり歩くことにした。

王都は、明けの街の海や宵の街の鉱山と違い、観光できる場所が少ない。

でも人口は桁違いに多いので、店の数が多いし種類も豊富で、それを冷やかしながら歩いているだけで充分楽しめるのだ。

「それにしても人間が増えたな……」

「冒険者や商人がほとんどだったのが、今では獣人見たさに観光に来る奴もいるみたいだからな」

人間にとっては獣人という存在が観光の目的になるらしい。

確かに俺も前世と同じように人間で身近に獣人がいなければ、獣人の国に行ってみたいと思うだろうから、気持ちは分からんでもないのだが……

「黒豹……、獣人最強のキラトリヒじゃないか？」

「本当だ！　まさか有名な騎士様にお目にかかれるなんてな」

「……話しかけてみるか？」

「バカやめとけって」

キラは人間の、その中でも冒険者から絶大な人気があるようで、視線を一身に集めてしまう。

俺は、冒険者や観光目的の人間からは、キラの隣に白いのがいるなくらいの認識みたいだ。

「ルナエルフィン殿下……」

「……殿下だ」

しかし、この国の獣人は流石に俺のことを知っているらしく、殿下殿下と呟いて俺を遠巻きにした。

まぁ、そもそも王都にいる狐の獣人は俺だけだし、今存在している獣人の中で白い体毛をしているのも俺だけだから、この反応は仕方がない。

魔法で姿を変えればいいのかもしれないが、キラとありのままの姿で普通にデートしたかったのだ。

俺は今、自分に結界を張る魔法は使っていない。

常時発動の魔法に頼りきりになると、警戒が甘くなってしまうから……

アタメントのことで、そう学習したのだ。

空間の把握。

俺たちの周りにいる生物の気配を感じとり、こちらに向けられる敵意・殺意に敏感になること。

これは長年戦いという場に身を置いていたキラに教えてもらった。

魔法でも相手がこちらに向ける感情を知ることができるのかもしれないけれど、魔法が使えなくなった時のために、その力を身につけたかったのだ。

もちろん、警戒ばかりに意識を向けていては、せっかくの王都観光を満喫できないし、態度には出していないと思う。

そもそも、今の俺たちに話しかけられるのは、よほど度胸と自信のある者か、信じられないほど鈍感なアホくらいだろう。

「おい」

ちなみに今俺たちの目の前に立ち塞(ふさ)がっている、軽い敵意をこちらに向けたニヤケ顔の冒険者は確実に後者だ。

大通りを歩いていた俺とキラは、王都のかなり外側、つまり外壁の近くの冒険者ギルドがある辺りに辿(たど)り着(つ)いていたらしい。

気付けば周りは今日の依頼を終えて帰ってきた冒険者ばかりになっている。

「あんた獣人最強ってほんとかァ？」

「意外とひょろいんだなァ」

今相対している冒険者は四人。積極的に絡んでくるのは三人で、早い時間から飲んでいたのか、かなり酒臭く、頬や鼻が真っ赤に染まっている。

だが、一人はどうやら素面(しらふ)で、三人とは反対に顔を青くして仲間を止めようとしていた。

それより気になるのは酔っ払い冒険者の発言だ。

確かに目の前の冒険者たちは筋肉ムッキムキで、横にも縦にもデカい。

それに比べたらしなやかな豹の獣人であるキラは細く見えるかもしれないが、脱げば間違いなくムキムキだ。

腹筋も八つに割れているし。

「黒豹が珍しいんだっけェ？」

「それだけでちやほやされるとかいいねェ」

「はぁ、悪いルナ」

キラはこういう絡まれ方をされるのが初めてではないようで、自分のせいで邪魔が入ったことを謝罪してくる。

俺は目の前の三人を睨み付けた。

デートを邪魔されたことよりも、キラを軽んじる言葉や態度が気に入らないのだ。

キラはそんな俺の気持ちを分かっているのか、少し嬉しそうにしている。

喜んでないで怒れよと思うのだが、相手は圧倒的に格下なので眼中にないらしい。

「彼女も超可愛いしィ」

「確かにッ!!　めちゃくちゃ美人じゃ～ん」

「あ？」

いや、そう思えたのも束の間で、酔っ払いどもの標的が俺になった途端、彼は額に青筋を浮かべてキレた。

こうなると逆に俺が嬉しくなっちゃうという……

「……にしても二人共ほんとに顔がいいなァ」

冒険者の中でもリーダーと思しき奴が、しみじみとその一言を呟いたことにより、酔っ払いたちの目つきがあからさまにいやらしいものへ変化する。

その瞬間、キラから殺気が溢れ出し、周囲の温度が一気に氷点下になった。けれど、鈍感なアホの上に出来上がっている下衆には、それを感じることができない。

ちなみに素面のもう一人のメンバーは、既に泣き出している。

よく逃げないな。

こいつは唯一まともで、一番苦労しているのだろう。

「俺らがまとめて相手してやろうかァ？」

プツン……

「ッ、貴様ら、黙って聞いていれば……、ルナ？」

声を荒らげたキラの肩に手を置き、横をすり抜けて俺は冒険者たちの前に出る。

「お？　なんだなんだァ？」

先の発言をしたリーダーと思われる男が、近づいてきた俺の身長に合わせるように、かがんで顔を覗き込んだ。

ヒュンッ――

「ガッ⁉」

俺は勢い良く体を回転させると、その勢いを殺さず右足を振り上げ、冒険者の顎先に、気持ち良いほど思い切り回し蹴りを食らわせた。

今俺は低いとはいえヒールがついた靴を履いているし、魔法で強化することも忘れなかったので、冒険者は情けない格好で大通りの地面に沈む。

他の二人の酔っ払い冒険者は、目の前で起こった一連の出来事で完璧に酔いが醒(さ)めたようで、周囲で遠巻きにしている他の冒険者たちと同じように、唖然(あぜん)としていた。

「俺の男を気色悪い目で見てんじゃねぇよ」


「――ルナ、そろそろ機嫌治したらどうだ？」

「ふんッ」

王都の貴族街にほど近い場所にある高級宿。

あれから後始末を終え、その場を離れた俺たちは、宿の中でも一番ランクが高い最上階の一フロアを貸し切りにしていた。

「影に言ってアレンに報告したし、ギルド長も問い詰(つ)めただろ？」

「だって邪魔されただけでもムカつくのに！　……キラは違うのか？」

俺はソファに腰を掛けたキラの足の間に膝(ひざ)を抱えるように座る。

膨れっ面の俺を後ろから抱きかかえているキラは、俺とは逆に機嫌がいい。

「俺はルナがブチキレてくれたのが嬉しすぎてな」

あんなに殺気を振りまいていたくせにと思わなくもないが……

……キラがいいなら、いつまでも怒っていても仕方ないか。

俺は振り返り、甘えるようにキラの首に腕を回す。

するとキラも俺の背中に腕を回してくれる。そこから首筋にキスを落としたり耳を食(は)んだりと自然に愛撫(あいぶ)が始まった。

「……んぅ」

深くソファに腰掛けたキラに跨(また)がり、貪(むさぼ)るようなキスに夢中になる。

徐々に体が火照(ほて)り始め、身につけているものが煩(わずら)わしくなったところで、互いのボタンに手をかけた。

キラとの行為を最後まで進めたことはまだない。

それは俺が城でいたすのが恥ずかしくて嫌だったのと、キラを受け入れるのに念入りな準備が必要だったためだ。

だが、準備と称して、その手前までは何度も行っている。

気持ちが通じ合った番(つがい)同士なら行為に至るのは自然なことだ。

キラからは番(つがい)にだけ感じられる魅力的な香りが常に漂(ただよ)ってくるし、好き合っている者が同じ部屋で生活してベッドまで共にしているのだから、夜の営みに発展するのも必然である。

だからキスをしながら服を脱がすのにもだいぶ慣れてきていて、あっという間に上半身が裸になった。

「んぁ、……はぁ、はぁ……キラ……」

「ん？」

「……ベッド……」

息を乱しながら誘うとキラは色っぽく微笑み、琥珀色の瞳が甘く蕩ける。

俺の背中と膝下にキラの腕が回り、いわゆるお姫様抱っこでベッドに移動した。

流石はヴィナシス王国王都で一番の高級宿、さらにその中でも最高ランクの部屋なだけあって、城の俺の部屋と同じくらいの広さがある。

もちろんベッドも文句なしの大きさで、見るからにふっかふかだ。

キラは俺を優しく丁寧に下ろした後、一度ベッドから離れてこの部屋の灯りを暗くすべく、壁のスイッチに向かった。

その灯りを消したとしても、間接照明がいくつかあるため真っ暗になることはない。

キラはすぐに戻ってきたが、それまでに俺は自分でズボンの前を開いておいた。

そして指に嵌めた王家の紋章の刻まれた指輪と、尾を隠すための魔道具である指輪を外す。

すると俺の背後で五本だった尾がぶわりと七本に増えた。

「調子は？」

「ん、問題ない」

獣人が完全な成体になるのは五十歳だという。それまでに俺の尾はまだ増えそうだ。

七尾に増えたということはいまだに公表していない。多尾というだけで珍しいのだから、無駄な問題を引き起こさないためには隠すのが一番なのだ。

尾を隠す方法は魔法が使えなくなった時のために魔道具に変えた。

まぁ、俺の意思に反して魔道具が外される状況はまずないと思うが……

「……ッ」

ベッドに座っている俺と、その前に立つキラ。

そうなると自然とキラの下半身に目が行く。そこには苦しそうに張られたテントがあった。

俺はそれにおもむろに手を伸ばす。

「ルナ？　……してくれるのか？」

ズボンの前を開けて下着を下ろすと、緩く勃ち上がったそれが顔を出す。

既に蜜が溢れ出ていて、俺はその蜜を伸ばして全体に塗るように扱き始めた。

そして蜜をまんべんなく塗り終わると、引かれるように顔を近づけ、それを口に含んでさらに育てる。

「ふっ……」

徐々にキラからは気持ち良さそうな声が漏れるが、うまくできているのかはよく分からない。

舌と頬の筋肉、喉を使い、キラが反応する場所を重点的に攻める。

ムクムクと育ち、蜜の量が増えるそれと、キラから漏れる声、番の香りが濃くなった。それを感じて俺まで気持ち良くなってしまう。

奉仕しているのは俺のほうなのに、頭が蕩けて何がなんだか分からない。

「んっ、んっ、んぅ……」

口に含んで頭を前後に動かすと当然俺の口内も擦られるわけで、もはやキラよりも喘いでいた。

「……ルナ、そろそろいいぞ……」

「ぷはぁ、……んぇ？」

「……気持ち良さそうだな」

口を離してもぽやっとしている俺を、キラはゆっくりと押し倒す。そのままベッドに乗り上げ、俺に覆い被さって愛撫を始めた。

「んっ、ぁっ……やぁ……」

まずは首、そしてコロンと俺をひっくり返して、背中に広がっている古くなった傷痕を丁寧に舐める。

それはまるで何かの儀式のように、夜の営みの際にキラが常に行うことだ。

「ルナ」

「ん」

俺の名前を呼ぶ甘い声が合図となり、俺はいつものように腰を持ち上げて浮かせる。

するとキラが俺の七本の尾をかき分け、蕾へと舌を伸ばした。

「ひゃっ、ぁっ……キラぁ……」

ぬるぬると唾液で濡れた舌で窄まった蕾を解すように丹念に舐められ、しばらくするとキラの肉厚な舌が俺の中に入ってくる。

初めの頃はそれが恥ずかしくて嫌だったのだが、意外と強引なキラによって与えられる快楽に流されているうちに、慣れてしまった。その気持ち良さを覚えこまされ、今では口だけの抵抗しかできない。

「んぁ……ぁ……」

「……はぁ、ルナ、『収納』を開いてくれ」

「んぅ？　……ん～」

舌が届く範囲が全て解された頃、キラが後ろを解すのに必須な潤滑剤を入れている『収納』を開くように言ってくる。

こういう行為をするようになってから二人で選んだ、一般的に出回っているものよりは少し高価な潤滑油だ。

宿で前もって準備されているものは催淫効果などの余計なものが入っている可能性があるし、一応こだわっているので他のものは使いたくない。

ってことで常備しているのだが、俺にしか開閉できない『収納』は万が一にも他人に見られることがないので安心である。

キラは俺が開けた空間の穴に手を突っ込むと、そこから半分ほど使われた潤滑剤を取り出し、自分の手に出して温める。

あっという間に人肌くらいになるので、それをたっぷりと指に塗って俺の蕾(つぼみ)にあてがった。

「ふぁっ、あっ……ぁ……」

俺の中にキラの太くて剣だこのある指がゆっくりと入ってくる。

何度も経験したその感覚にはいまだに慣れることはなく、しかし俺の蕾は抵抗することなく指を呑み込んでいった。

数回抜き差しして潤滑剤を馴染ませた後、キラは指を増やし、俺が感じるポイントを探すように動かし始める。

「ルナが好きなのはココ、だよな?」

「あぁッ……っ……」

キラは俺が一番感じる場所を覚えていて、そこを中心に蕾を解していった。

「……キラっ、もういいから……」

「まだだ」

かなり解れてきたのが自分でも分かる。早く繋がりたくて先を促したのに、キラは絶対に俺に痛い思いをさせたくないらしい。

彼が満足した時には、俺はもう限界に達していた。

キラもそれは分かっていて、入れる前に一度俺を果てさせて力を抜かせようと、勃ちすぎてシーツに擦れてしまっている前に手を伸ばしてくる。

「あっ、駄目ッ!」

しかし俺はそれを拒む。

「キラで……キラので……」

「……ッ！」

キラはすぐに俺が求めていることを理解し、一気に顔を赤く染め、反り返ったものを、待ち切れなくなっている俺の蕾にあてがった。

だが乱暴になることはなく、丁寧に俺の中に埋め込んでいく。

「あ、あッ……」

キラが俺の中に入ってくる。

お互いに最悪な出会いをしてから二十年という時間が経った。

獣人は寿命が長く、これから二人で生きていく年月と比較すれば、あっという間だと言えるほど短い時間なのだろうが……

それでも、番同士であるはずの俺たちが気持ちを通わせるには、長すぎる時間だった。

「……ルナっ」

キラは腰を進めながら俺に覆い被さり、充分に解され痛みはなくても圧迫感にシーツを握り締めている俺の手を、上から包むように握ってくれる。

そして俺のうなじにキスを落とした。

キラとの距離がなくなったことで、部屋に充満している濃い番の香りが一層近くなる。幸福に包まれた俺は、キラのことしか考えられなくなった。

「熱ッ……っ……！」

俺の中に入ってきているものが、どれだけ大きく、硬く、そして熱を持っているのかを意識してしまい、それを締め付ける自分の動きまで分かる。

そうなるともう、俺は得られる快感を享受することしかできず、今にも果てそうだ。

「……あぁっ、深ぃ……ぁっ……」

「ッ、ルナッ、締め付けすぎだッ！」

そう言いながらも、キラは俺の奥へ止まることなく進む。

少しずつ、少しずつまだ触れられたことのない場所への道が開いていく。

「駄目ぇッ！　キラ！　……イく……イッちゃうよぉ……」

俺はイヤイヤと頭を横に振るが、キラはそんな俺の顔を振り向かせるように捕まえ、さらなる快感を与えるべく唇に齧(かじ)り付(つ)いた。

「ん!?　……んぅ、んッ――!!」

そしてついにキラは俺の最奥に到達する。その瞬間に俺は限界を迎えた。白濁を放ちながら絶頂に達して果てる。

「ぁ、はぁ……はぁ……ぁ……」

唇が解放され、俺は息を整えた。

手にも足にも力が入らなくて、くったりとベッドに沈む。

「……悪いが動かすぞ」

「あ……」

キラはうつ伏せのまま動けない俺を、一度横にしてから、足を持ち上げてくるんと仰向(あおむ)けにする。

七本もある尾が体の下敷きにならないように気を遣うことも忘れない。

その間、俺の中に入ったものは、抜けることがなかった。

向かい合う形になった俺には、キラの幸せそうな顔がよく見える。

それはキラ側からも同様で、俺がいかに幸せかということがきちんと伝わっているだろう。

「はッ……ぁ……」

俺を見下ろしていたキラは、繋がったものはそのままに、正面から俺を抱き締める。

「そろそろいいか？」

「……うん、もう動いていいよ」

俺の息が整うのを待ち、今度こそ腰を前後に動かし始めた。

揺さぶられる俺は、中に入れただけの時とは比べ物にならない快感に、ただただ喘ぐことしかできない。

キラはそんな俺の様子を目に焼き付けるように見つめたり、俺の胸にある敏感な突起や尻尾の付け根を虐めたり、随分と楽しんでいる様子だ。

「あッ、あッ、キラッ……おれ、また……ッ！」

「……あぁッ、俺もイキそうだ……！」

腰を打ち付ける速度がどんどん速くなっていく。

正面からイクところを見られるのはいまだに慣れない。そんな俺の気持ちを心得ているキラは、俺が顔を隠さないように、指を絡めて両手を俺の顔の横に縫いとめた。

「キラッ、キラ……ッ」

「……ルナッ」

俺たちは互いに互いの名前を呼び合い、しっかりと目を合わせる。

いつもは見上げてばかりのキラの琥珀（こはく）を、この時だけは真正面から覗き込むことができた。

「ルナ、愛している」

そして告げられた言葉に、俺の涙腺は崩壊する。

「……ッ、俺も！　……ふぅっ……俺も愛してる！」

そのままキラは俺の最奥に白濁を放ち、それと同時に俺も二度目の絶頂へと達した。

その後も幸せすぎて泣き続ける俺の瞼（まぶた）や頬、唇などに、キラはキスの雨を降らせる。

「ルナ、風呂に行こう」

「……ぅん」

汗やその他諸々を洗い流すために風呂に行きたいのだが、俺の足腰は立ちそうもない。キラに抱っこしてもらうために両手を伸ばす。

キラは当然のように応えてくれた。

「ふふっ」

「んっ？」

俺の世話や、俺に尽くすことにすっかり慣れたキラの行動に、なんだか笑みが零れる。

先ほどの行為は初めてだったということもありだいぶ優しくしてもらったが、次はキラの好きなように動いてもらおう。

そんな次が、風呂で体を洗ってもらっている時に訪れるとは、流石(さすが)に予想していない俺なのだった。


次の日。

俺は王都の観光に行くことはできなくなった。

せっかく体を洗いに風呂に入ったのに、キラの興奮は冷めていなかったようで、風呂の中でも一回、ベッドに戻ってからも一回行為に及んでしまったのだ。

流石(さすが)に朝から活動はできず、昼になった今もベッドから起き上がれない。

魔法で回復させることもできるのだが、この体のダルさまでも幸せの欠片(かけら)だと思うと、まだ浸(ひた)っていたかった。

「……悪い、無理させすぎたな」

キラが心配そうな顔で昼食を運んでくる。

「ううん、大丈夫」

キラに手伝ってもらいながら体を起こし、俺はいつものように食べさせてもらった。

はぁ、「幸せ」だなぁ。

転生してからあまりにも悲惨な幼少期を過ごした俺が、こんな風に心の底から幸せを感じることができるなんて思いもしなかった。

それもこの幸せは今だけのものではない。
俺はこれから先もずっと続いていく幸福を得ることができたのだ。
そう信じられた。

エピローグ

俺とキラが結婚したのは、俺の百歳の誕生日だった。

それまで俺が行っていたのは外交というか、マキュリアやジュピタルといった人間の国を含めた他国の王族や皇族との交流だ。

「――ルナエルフィン王子、この国の案内は以上になります」

「ありがとうございます」

まずは王族を訪ね、城の中や国について案内してもらう。

もちろん、機密事項などは聞けないが、城の中を見られるだけでも各国の個性が感じられて面白い。

俺とキラの案内をしてくれるのは大抵王子や姫たちだ。狐(きつね)の獣人であり尚且(なおか)つ平民出身である俺に対する様々な反応も見られた。

「汚らわしい」

獣人を嫌う奴。

「賤(いや)しい身分」

養子を見下す奴。

そんな反応が多かったが、いちいち気にしてはいない。

そういう人間にもできるだけ歩み寄ったが、絶対に無理そうだと悟った以降はさらりと流した。

中には、俺たちと交流するうちに友好的になる人間もいて、そんな国とはかなりいい関係に発展している。

そして初めから俺に対して好意を持っている相手に対しては、こちらからも積極的に友好的な関係を築いた。

俺の望みを叶えるには、権力のある人間の協力が欲しかったのだ。

そんな王族との交流の間に街にも降りた。

キラと二人で好き勝手に街を探索する。

そして、俺たちが街中を歩くことによる民の反応も見た。

「ここはどうだった？　シリウス」

「駄目ですね、獣人の価値だの需要だのの話で盛り上がってます」

学生生活をアタメントと一緒に過ごしたシリウスも手伝ってくれた。

自ら協力を申し出てくれたのだ。

あの事件で傷を負ったのは俺たちだけではなく、俺の護衛であるシリウスもであった。

あれから全然姿を見せないと思っていたのだが、国を出る直前俺の前に現れたのである。

自分を見つめ直し、磨き直した彼は、精鋭を率いて俺のために闇に紛(まぎ)れている。

「じゃあ、とにかくこの国は要監視ってことで」

「了解です」

シリウスはいつも、短い報告を終えると、音も立てずに姿を消す。

「王族は友好的だったのになぁ」

「そうだな」

そんな風にして、関係作りと情報集めを行ったのだ。

ここまで、やらなければならないことが多すぎて本当にあっという間だった。

俺がもしも人間だったのなら、そろそろ死んでいる。

そして、一度死を願ったほど悲惨な奴隷生活を送った俺が叶えたいと思ったもう一つの望み。獣人だったからこそ成(な)し遂(と)げられたこと——

「——これが最後の一つ」

俺は今、手のひらに乗せた金属の首輪を見下ろす。

随分と使い込まれたそれは、獣人の国ヴィナシス王国から最も離れた国で見つかった。

従属・隷属・奴隷の首輪など、国によって様々な呼び方がある、忌々(いまいま)しい存在。

俺はそれを握り締めると、憎しみ恨みを全て込めて魔力を流し、手の中でパァンと弾けさせる。

塵(ちり)になった首輪はさらさらと俺の手から滑り落ち、風に飛ばされて何処(どこ)に行ったか分からなくなった。

「はぁ……」

これで俺の活動は一段落する。

俺は過去を清算し、心がすっと軽くなった。

「ルナ」

それまで傍で俺を見守っていてくれたキラが、柔らかい声で俺の名前を呼び、優しい手つきで肩を抱いてくれる。

「帰るか」

「うん」

そして俺たちは城に転移した。

「――結構時間かかっちゃった」

「いや、全ての従属の首輪を見付け出して壊すのに、七十五年は速すぎるだろ」

そして、帰国した俺は今、父さんが差し出した腕に迷わず掴まる。

二人で教会の大きな両開きの扉の前に立ち、それが開かれるのを待った。

扉が開くと中は赤いカーペットで道が作られ、その両脇で俺とキラの親族が綺麗に並べられた椅子に座って俺と父さんを見つめていた。

教会の中には、全てを優しく包み込むような静かな音楽が流れている。

カーペットの先には、純白の衣装に身を包んだキラが立っていて、俺が辿り着くのを今か今かと待ちわびていた。

多くの獣人に見守られながらゆっくりと時間をかけて歩き、俺は遂に父さんの腕を離し、差し出されたキラの手に自分の手を重ねる。

「随分長い間待たせたな」

キラと出会ってから九十五年である。

結婚が可能になる五十歳という成人を迎えてからは五十年。キラにはだいぶ俺に付き合ってもらった。

「ほんとにな」

「ふふっ」

キラに手を引かれ、俺たちは神官の前に並んで立つ。

ここは月を信仰する教会。

この国では太陽や星、大地などが信仰の対象になっているが、その中でも二人が結婚式を挙げるなら月の教会だと満場一致で決まった。

俺に前世の記憶があることは、五十歳を迎えた時にキラにだけ話している。

実はこの世界では結婚を発表する時に盛大なパーティーをするだけで、結婚式というものを行う文化はない。けれど、俺がキラに相談して父さんたちに提案すると喜んで賛成してくれた。

唯一無二の番（つがい）に出会った獣人同士が、改めて永遠の愛を誓うのはおかしいかなとも思ったのだが、気に入ってもらえて良かった。

俺たちの結婚生活が落ち着いたら、父さんと母さんも太陽の教会で式を挙げるらしい。

「――汝（なんじ）キラトリヒは、この男ルナエルフィンを妻とし……」

やるなら本格的にやってやろうと純白の衣装を用意して、神官にも古代言語の書籍に記されていたと言って口上を伝えた。

前世で死ぬ三年ほど前に兄の結婚式に参列していたため、教会の雰囲気や綺麗なステンドグラス、神父の言葉を結構はっきりと覚えていたのだ。

俺は一度死んだというのに、愛する相手と結婚することができるなんて、なんとも不思議である。

それにしても死ぬ瞬間に助けた子猫は、無事だっただろうか。

あの子も確か、綺麗な漆黒（しっこく）の毛に金色の瞳をしていたな。

「――誓います」

「汝（なんじ）ルナエルフィンは、この男キラトリヒを夫とし、良き時も悪しき時も、富める時も貧しき時も、病（や）める時も健（すこ）やかなる時も、共に歩み、他の者に依（よ）らず、死が二人を分かつまで、愛を誓い、夫を想い、夫のみに添うことを、神聖なる婚姻の契約のもとに、誓いますか？」

少し俯（うつむ）き涙を堪えることなく流していた俺は、そこで顔を上げる。

「……誓います……っ……」

そして、俺とキラは月に誓い、月に祝福されるのを感じながら、教会の中に差し込む暖かい光の中でキスをした。

番外編

結婚式の夜

「あッ、あぁッ」

まだほとんど使用していない真新しい寝室には、俺とキラの発する番（つがい）の香りが充満し、ベッドの軋（きし）む音と俺の喘（あえ）ぎ声（ごえ）が響いていた。

「はぁ……」

「キラッ、あッ……んぅ……」

キラの気持ち良さそうな息遣いが時折耳に入り、顔が見えていない状態でも俺の興奮を煽（あお）る。

本日、無事盛大な結婚式を挙げることができた俺たちは、夫婦になって初めての夜を迎えていた。

周囲に散々騒がれた後にやっと解放され、『転移』で帰ってきたのは王城の俺の部屋ではなく、父さんに貰ったロックバレル公爵領の屋敷である。

帰ってきてすぐに二人で風呂に入ると、自然とそういう雰囲気になり行為に及んだ。

俺とキラが横になっても余りある大きなベッドの中心で四（よ）つん這（ば）いになり、キラはそんな俺の尾をかき分けるように後ろから覆い被さって、腰を打ち付け俺を揺さぶっている。

俺の視界には清潔なシーツを握り締める自身の手と、それを縫いとめるように指を絡めるキラの手に嵌った結婚指輪が映っていた。

指の太さに合わせてサイズだけが違うお揃いの指輪が見えるたびに、結婚したんだという実感が湧いて、泣きそうになる。

まぁ、今も快感で涙が溢れてしまっているが。

「う、ふぁ？　……ッ、ちょ、キラ……」

キラの手が、絡めていた俺の指からするすると二の腕へ移動した。かと思うと、おもむろにグイッと引っ張り上げられ、四つん這いから膝立ちに姿勢を変えられる。

予期していなかった急な動きに足に力が入らず、キラに引かれている両腕が体を支えた。全く身動きのできないまま後ろから攻められていることに、より一層の興奮を覚える。

「はぁッ、ルナ……」

「キラッ、俺……もうッ……」

気持ち良さそうな熱い吐息が首に触れ、うなじに唇が滑ることで、キラの絶頂が近いことを感じることができた。

後ろから攻められる時はいつもそうなのだ。

俺は次の瞬間に訪れるだろう衝撃に期待しながらも備え、瞼を閉じてうなじに全ての意識を向ける。

ガリィッ。

「ふわぁッ、ぁッ――」

キラがうなじに歯を立てると共に俺の中に精を吐き出し、その慣れた痛みにすら快感を覚えるようになった俺は深い絶頂を迎えて果てた。

「はぁッ、はぁ……」

「……はぁ、はぁ」

両腕を解放される。柔らかいクッションに顔を埋めるようにくったりと倒れた俺は、力なくベッドに沈んだ。

キラはサイドテーブルに用意された水に手を伸ばし、ゴクゴクと喉を鳴らして飲む。

なんとか息を整えた俺も水を取ろうとしたのだが、正確な回数も分からないほどの行為のおかげで腕には全く力が入らない。

俺の様子を見ていたキラは、一度水をサイドテーブルに戻すと俺を抱き起こし、もう一度水を手に取って口に含み、口移しで水を飲ませてくれた。

「ん、んく……んぁ……」

よく冷えた美味しい水が喉を通ると共に、キラの舌に蹂躙される。

流石にこれで終わりかと思っていたのにキラにそのつもりはないらしく、ベッドに胡坐をかいて座り、いまだに力の入らない俺を自分の上に乗せようとした。

「ちょッ、キラ！　俺もう無理、限界だって！　聞いてる？　ダメ、ッ、あぁぁッ！」

キラのものは萎えるどころかむしろ元気に勃っていて、俺は容赦なくそれを挿れられながら対面で座らされる。

「ぁ、ぁ……」

自分の体重も相まって、キラのものが先ほどよりも奥深くに打ち込まれ、壮絶な快感に襲われた。

このまま容赦なく揺さぶられることを予想した俺は、どうにかキラを止めようとする。だが、その必要はなかった。

「……えっ？」

キラは俺の肩に顔を埋めたまま動こうとしない。

それはそれできついものがあるのだが、どうしたのだろうか。

「キラ？」

「……悪い、ルナに無理をさせたくないのに」

そこには体は元気なのに、しょんぼりしているキラがおり、俺は凄く疲れているはずなのに自然と笑みを零した。

「本当に幸せなんだ……」

「うん、俺もだよ」

「ルナと家族になり、肌を重ねられる日が来ると、思っていなかった……」

「うん」

俺たちの出会いはあんなに最悪だったのにと話すキラは、涙ぐんでいる。

俺は彼の首に手を回し、耳を触ったり髪を梳いたりしてキラを宥めた。

そうしているうちに、キラが顔を上げてくれる。大好きな琥珀色の瞳を眺めながら、俺はキラの顔中にキスを降らせた。

「無理なんてしてない。本当に限界だったらそう言うから、な？」

この間もキラのものは俺の中に入っていて、そのままだと当然俺も辛い。

なのに、誘う俺を見下ろしているキラは、何を思ったかいまだに腰を動かそうとはしなかった。

だが、俺の中のものは徐々に硬度を増していき、ムクムクと大きく育ち始める。

「……キラ、なんでッ、あ……」

「ルナ、動かしていないのに感じているのか」

いじわるそうに笑ったキラは、やはり動こうとはせず、俺の胸の飾りに顔を寄せた。

「そこッ、駄目ぇ……」

全身が性感帯になってしまっている俺は、ただでさえ中の収縮だけで感じているのに、胸の突起を舐められピクピクと悶える。

「キラッ、お願いッ……」

「ん？」

「動いてぇッ……あ、あ……ダメッ」

何度お願いしてもキラは腰を動かさず、控えめな愛撫を与えるばかり。

その状況に興奮した俺は、静まるどころかどんどん快感を覚え、遂に絶頂を迎えようとしていた。

「ッ、あぁ――ッ」

なかなか果てることができなかったためか、溜まった快感が一気に爆ぜる。いつもよりも深く長く絶頂が続いた。

「ぁ、あ？　……噓……ッ、やぁッ、イッてるから駄目ッ……あぁッ――」

俺の様子を満足げに見ていたキラは、当然自身は果てていない。ようやく乗っかっている俺を動かし始める。

一突きごとに絶頂まで達するような快感に、俺はされるがままになって喘ぎ声を上げることしかできなくなっていた。

それはキラが達するまで続く。

意識を飛ばさなかったことを褒めてほしい。

思う存分に愛し合った俺たちは、魔法で体を綺麗にし、一糸纏わぬ姿で抱き合って眠りにつく。

この世の中で一番安心するキラの腕の中で朝を迎えることは初めてではないが、やはりこの日だけは特別で、忘れられない瞬間になった。

――瞼を持ち上げると、そこには先に起きて俺が目覚めるのを待っていた琥珀の瞳。

「キラ、おはよう」

「あぁ、おはよう、ルナ」

それが俺の日常となった。

この作品に対する皆様のご意見・ご感想をお待ちしております。

おハガキ・お手紙は以下の宛先にお送りください。

【宛先】

〒150-6008 東京都渋谷区恵比寿4-20-3 恵比寿ｶﾞｰﾃﾞﾝﾌﾟﾚｲｽﾀﾜｰ８Ｆ
（株）アルファポリス　書籍感想係

メールフォームでのご意見・ご感想は右のＱＲコードから、
あるいは以下のワードで検索をかけてください。

アルファポリス　書籍の感想

ご感想はこちらから

本書は、「アルファポリス」（https://www.alphapolis.co.jp/）に掲載されていたものを、改稿、改題、加筆のうえ、書籍化したものです。

雪狐（ゆきぎつね）　～氷（こおり）の王子（おうじ）は番（つがい）の黒豹騎士（くろひょうきし）に溺愛（できあい）される～

Noah（のあ）

2021年 5月 20日初版発行

編集－黒倉あゆ子・倉持真理
編集長－塙綾子
発行者－梶本雄介
発行所－株式会社アルファポリス
〒150-6008 東京都渋谷区恵比寿4-20-3 恵比寿ｶﾞｰﾃﾞﾝﾌﾟﾚｲｽﾀﾜｰ8F
TEL 03-6277-1601（営業） 03-6277-1602（編集）
URL https://www.alphapolis.co.jp/
発売元－株式会社星雲社（共同出版社・流通責任出版社）
〒112-0005 東京都文京区水道1-3-30
TEL 03-3868-3275
装丁・本文イラスト－サマミヤアカザ
装丁デザイン－円と球
印刷－中央精版印刷株式会社

価格はカバーに表示されてあります。

落丁乱丁の場合はアルファポリスまでご連絡ください。

送料は小社負担でお取り替えします。


ISBN978-4-434-28798-5 C0093